KB009225

시니컬 황후

2

시니컬 황후 2

초판 1쇄 인쇄 2014년 7월 9일
초판 2쇄 발행 2015년 9월 16일

지은이 은빈
발행인 오영배
기획 박성인 **책임편집** 이신옥
표지 · 본문 디자인 신경선
제작 조하늬 **일러스트** 김효영

펴낸곳 (주)삼양출판사 · 단글
주소 서울특별시 강북구 솔샘로67길 92
대표 전화 02-980-2112 **팩스** / 02-983-0660
블로그 blog.naver.com/dan_gul
출판등록 1999년 3월 11일 제9-00046호

ISBN 979-11-313-0069-5 (04810) / 979-11-313-0067-1 (세트)

단글 은 (주)삼양출판사의 로맨스 문학 브랜드입니다.

시니컬 황후

은빈 장편 소설

2

단글

| 차 례 |

제1장

만월의 밤

황후는 황제를 등지고 돌아선 그 길로 달리고 또 달렸다. 황후는 차가운 공기와 습기가 어우러진 숲 속을 달리면서 눈가에 흘러내리는 눈물을 주체할 수가 없었다.

손등으로 흐르는 눈물을 닦아내면서 자꾸만 흐려지는 시야를 걷어내는데도, 원인을 알 수 없는 눈물은 끝없이 흘러내렸다.

분명 후회 없을 거라 여기고 선택한 길이었다. 그녀에게 울지 말라던 그를 두고 떠나 버린 건, 다름 아닌 자기 자신이었다.

아무것도 모른 채 잠에 빠진 그와 멀어질수록 밀려오는 불안 감과, 더 이상은 가지 말라는 듯 자꾸만 흐르는 눈물은 갈등으로 가득 찬 그녀의 머릿속을 한없이 헤집어 놓으며 발목을 붙잡았다.

그러나 황후는 이를 세게 악물었다. 여기서 더 독해져야 했다. 이미 그의 곁을 떠나 버렸고, 잃어버린 한 해란 시간에 대해 사건의 진상을 직접 알아내야만 했다.

직접 나서지 않는다면 암흑 속에서 처절하게 살아왔던 순간들을 가슴에 묻어야만 할 테니까.

이마에 맺혔던 땀방울들이 그녀의 턱 선을 타고 쉼 없이 흘러내렸다. 황후는 무조건 앞만 보고 차오르는 숨을 억누르며 끝없이 달렸다.

한참을 달리다 보니 어느덧 더러워진 신과 비단옷, 그리고 헝클어진 머리카락이 그녀를 감싸고 있었다.

황후는 숨을 크게 들이쉬고 더 이상은 무리라는 듯 천천히 멈추어 섰다. 그리고 가슴에 손을 얹어 숨을 고르면서 주의를 의식하는 그녀였다.

전보다 더욱 어두워진 숲 속엔 그녀의 숨소리와 풀벌레 소리만이 울려 퍼지고 있었다. 잠시 숨을 돌리다 보니 그녀는 이 넓은 숲 안에 덩그러니 혼자 있다는 사실을 깨달았다. 이윽고 얇은 옷 위로 한기와 막연한 두려움이 등을 타고 올라오자, 서서히 그녀의 여린 몸이 떨려오기 시작했다.

황후는 그 자리에서 주저앉았다. 후들후들 떨려오는 다리를 지탱한 채 계속 서 있을 수가 없었다. 두 팔로 어깨를 감싸고 멍하니 한동안 그 자리에서 꼼짝 않는 그녀였다.

언젠가 들려왔던 소문. 황궁 안엔, 시들어 가는 한 떨기 꽃으로 살고 있는 연약한 황후가 있다는 말이, 뇌리에서 잊히지 않았다.

"하……."

황후는 어깨를 감싸 안은 팔 안으로 얼굴을 묻고 흔들리는 눈을 감아 버렸다. 그러자 한동안 멈춰 있던 생각이 또 다시 마구잡이로 이곳저곳에서 뒤엉키기 시작했다.

'저는 정말로, 폐하께 기대려 했습니다. 폐하께 기대고 싶었습니다. 헌데 폐하께서는…….'

엉킨 생각의 실타래 끝에 남는 것은 씁쓸함뿐이었다. 그러나 그녀는 최대한 냉소적인 황후로 돌아가 냉철함을 유지하려는 듯 고개를 도리질했다.

"읍!"

그리고 그 순간, 눈가에 고인 눈물을 닦아내려던 황후를 뒤에서 감싸 안은 채 누군가 그녀의 입가를 막아버렸다. 놀란 황후가 두 눈을 크게 뜬 채 자신의 입을 막은 손을 떼어내려 애를 썼지만 역부족이었다.

"쉿."

낮은 중저음의 목소리가 그녀의 귓가에 울렸다. 나지막이 속삭이듯 말하는 목소리는 불안에 떨던 그녀를 안정시키듯 부드럽게 다가왔다.

황후는 큰 눈을 천천히 깜박이며 상황을 이해하려 눈살을 찌푸렸지만 자신이 왜 이러고 있는지에 대해 도무지 파악할 수가 없었다.

황후를 감싸 안은 사내가 그녀를 일으켜 세우곤 조심스럽게 발걸음을 움직여 근처에 있던 커다란 나무 뒤로 몸을 숨겼다. 황후는 그의 움직임에 떨어지지 않는 발을 억지로 옮길 수밖에 없었다.

의문의 사내와 황후가 나무 뒤로 몸을 숨기자마자 또 다른 사내들이 빠르게 근처로 다가왔다. 얼굴을 가리진 않은 걸로 봐선 자객은 아닌 듯했다.

다섯 명 정도 되어 보이는 그들은 허리에 칼을 차고 있었으나 빼어 들진 않고 있었다. 그저 누군가를 찾는 듯 차오른 숨을 고르듯 헉헉대며 주변을 두리번거리고 있을 뿐이었다.

"또 놓쳐 버렸군. 대체 왜 매번 우리들을 따돌리시는지 원."

무리들 중 한 명이 짜증스럽다는 듯 볼멘소리로 말했다. 그리고 계속 주변을 둘러보며 힐끔거리고 있었다. 그리고 이내 또 다른 이가 머리를 긁적이곤 한숨을 쉬며 말했다.

"원래 혼자 다니길 좋아하시니 자꾸 따라붙는 우리가 거추장스러운 게지 뭘."

나머지 무리들은 그의 말에 수긍한다는 듯 조용히 고개를 끄덕였다.

황후는 자신의 뒤에 서 있는 이가 누군지도 모른 채 덜덜 떨리는 손으로 그녀의 입을 막고 있는 손을 감싸고 있을 뿐이었다.

무슨 상황인지는 모르겠지만 혹 쫓기고 있는 자일까 싶어 잠시나마 동정심이 들기도 했으나 현재 자신이 어떻게 될지도 모르는 상황 속에서 마냥 가만히 있을 수는 없었다.

"읍……."

이윽고 그녀가 무언가 말을 하려는 듯 움직이자, 당황한 황후의 뒤에 서 있던 사내는 한 손으론 여전히 그녀의 입을 막은 채 다른 한 손을 조심스럽게 움직여 자신의 옆에 있던 나무의 가지를 빠르게 꺾고는 최대한 멀리로 던졌다.

휙—

그러자 부스럭거리는 소리와 함께 나뭇가지가 멀리 떨어졌다. 움직임을 느낀 다섯 명의 무리들이 귀를 세웠다. 이내 그들은 눈짓을 주고받은 채 나뭇가지가 떨어진 방향으로 내달리기 시작했다.

그에 맞춰 그들이 시야에서 멀어지자, 사내는 황후의 입에서 손을 떼고 뒤에서 그녀의 어깨를 감싸 안았던 자신의 팔을 풀었다. 그리고 다시 재빠르게 황후의 손목을 낚아채 무리들이 사라진 반대 방향으로 달리기 시작했다.

천 우에 의해, 그리고 황제에 의해 이미 부어오를 대로 부어오른 손목을 또다시 잡히자 황후는 밀려오는 통증에 입술을 앙다물었다.

"이거 놓지 못하겠습니까!"

그녀는 영문도 모른 채 빠르게 뛰는 사내에 의해 억지로 끌려가듯 또다시 달리고 있었다.

'대체 어떻게 된 거지. 혹 이러다가 황제를 마주치기라도 한다면……'

그렇게 한동안 달리고 또 달리자 사내는 그제야 멈추어 섰다. 이미 한참을 달렸던 그녀였기에 체력은 한없이 떨어졌고 깊어가는 밤 아래 피곤함이 몰려오고 있었다.

"잠깐만 들어가 있으시지요."

사내는 주위를 둘러보다 구석진 곳에 자리한 커다란 동굴 안으로 그녀를 밀어 넣었다. 그리곤 밖에 누군가 따라붙은 자가 없는지 유심히 확인하는 그였다.

그리고 이상 없다는 듯 후, 안심하며 들어오는 사내를 발견하자마자 황후는 큰 눈망울로 그를 똑바로 바라보며 소리쳤다.

"대체 이게 무슨 짓이십니까? 당신은 누구고, 왜 저를 여기까지 끌고……."

그러나 곧 황후는 하던 말을 멈추고 입을 꾹 다물었다. 앞에 서 있는 이자가 누군지도 모르면서 함부로 황후라 신분을 밝히고 그 죄를 물을 수는 없기 때문이었다.

"그 입 다물지 못하겠습니까. 죽고 싶어서 그런가?"

그녀의 외침에 당황한 듯 다시 동굴 밖을 내다보고 온 사내는 빠른 발걸음으로 휘적휘적 그녀의 곁으로 다가와 섰다.

그리고 사내는 미간을 좁힌 채, 그녀의 입가에 자신의 검지 손가락을 대고 큰 키를 숙여 시선을 맞췄다. 낯선 사내와 두 눈을 마주한 황후는 순간 할 말을 잃었다.

이윽고 동굴 안으로 새어 들어온 달빛에 의해 어두워서 제대로 보이지 않았던 그의 얼굴이 서서히 드러났다. 어딘가 이국적인 느낌을 물씬 풍기는 갈색 머리카락, 갈색 눈동자. 그리고 앞머리가 살짝 덮은 짙은 눈썹 아래, 또렷하고도 날렵한 그의 눈매가 시간이 멈춘 듯 얼어붙은 그녀를 가만히 응시하고 있었다.

"지, 지금……."

당황한 황후는 눈을 천천히 깜박였다. 처음 보는 여인을 납치하듯 끌고 와선 겁박까지 하다니.

"여인의 입술이 이리 거친 것은 필히 무슨 연유가 있어서일 텐데."

사내는 입매를 살짝 비틀곤 황후의 입술에서 그의 손가락을 떼며 말했다. 그의 말에 황후는 자신도 모르게 입술에 손을 가져다 대어 그녀의 거칠어진 입술을 매만졌다. 그리고 냉기 가득한 말투로 그를 노려보며 말했다.

"어서 정체나 밝히십시오."

"보아하니 대갓집 사내의 여인인 것 같은데. 후실의 서러움 뭐 그런 것 때문에 도망쳐 나온 건가."

경계심 가득한 황후의 말에 사내는 그녀를 위아래로 스윽 훑어보고는 답했다.

"무슨 근거로 그리 생각하시는 겁니까."

황후는 기가 차다는 표정으로 그의 앞에 한 발짝 가까이 다가갔다.

이 나라의 황후인 내가 후실이라 취급받다니. 황후는 초면에 그녀가 누구인지도 모르는 상황에서 그가 아무렇지도 않게 한 말이 상당히 모욕적이었음에도, 침착함을 유지하기 위해 마른침을 삼켰다.

도망치고 있는 상황에서 그 누구라도 경계심을 풀어서는 안 된다는 생각이 들었기 때문이었다. 다행히 그는 그녀가 황후임을 모르는 듯했다.

더욱 가까워진 그와 그녀의 거리 사이로 잠시 동안 침묵이 돌았다.

그리고 그런 침묵을 먼저 깬 것은 사내였다.

"그렇게 가까이 다가오면 곤란한데."

사내는 그녀가 누구일까, 떠보려는 의도였다. 보통 이렇게 말하면 여인들은 그것이 맞든 아니든, 모욕적이라며 흥분하고는 자연스레 자신이 누구임을 밝혀왔다. 적어도 그의 나라에선 그러했다.

그러나 의외로 침착한 황후의 반응은 그의 예상을 깨고 흥미롭게 다가왔다. 이곳 나라의 여인들은 다들 이리 경계심이 많고 차가운 것일까.

고개를 갸웃하던 그가 의미심장한 미소와 함께 뒤를 돌아 동굴의 벽 쪽으로 다가갔다. 그리고 그는 털썩 기대어 앉으며 말을 이었다.

"이 야심한 시각에 산중에 혼자 덩그러니 있는 여인은 드물고.

팔 위에는 귀한 비단으로 지어진 사내의 옷이 걸쳐져 있으며 땀을 많이 흘린 것으로 보아 한참을 달렸다는 것인데. 사연이 있는 여인이 아니라면 꽤 이해하기 어려운 상황 아닌가?"

사내의 옷? 그의 말을 되새겨 보던 황후는 멈칫했다. 그리고 자신의 팔 위에 걸쳐진 옷을 가만히 바라보았다. 천 우가 남기고 간 그의 옷이었다.

그에게 돌려주려다 궁 밖까지 나온 것이었다. 그리고 어느덧 그의 무모함이 여기까지 번져 버렸다. 어쩌면 그에게 고마워해야 하는 것이 맞는 걸까.

황후의 얼굴에 잠시간 그림자가 드리워졌다. 이내 자신만의 생각을 거둔 황후는 어디선가 들은 이야기로 그녀에 대해 넘겨짚는 사내에게 반박했다.

"사내의 옷이 제 팔에 걸쳐져 있으면 모두 후실이라는 겁니까."

"그것보다는, 여인들은 보통 사내의 곁을 떠나면 그의 물건을 하나쯤은 가지고 간직하려 하던데."

사내는 누군가를 떠올리며 미간을 좁히곤 답했다. 그리고 뒤늦게 후회하는 표정으로 황후를 유심히 바라보는 그였다.

쫓아오던 녀석들을 피해 숨은 곳이 하필이면 이 여인이 있는 곳이었다. 괜히 소리라도 지르면 어쩌나 어쩔 수 없이 데리고 온 것이긴 했으나, 그는 왠지 모르게 앞으로 엄청나게 귀찮아질 것만 같은 기분이 들었다.

"그것이 무슨 말도 안 되는 억지입니까. 저는 그 어떤 사내의 후실도 아닙니다. 당신의 정체나 밝히시라 했습니다."

황후는 자신이 도망자 신분임을 되새기며 어디선가 나타난 그에게 톡 쏘았다. 그 누구도 믿을 수 없었고, 여인의 몸으로 처음 보는 사내와 단 둘이 있다는 것도 불안하기만 했다.

그러나 그녀 역시 연약한 여인임을 부정할 수는 없었다. 동굴 안으로 불어오는 서늘한 미풍이 땀이 식어 체온이 내려간 그녀의 몸을 으슬으슬 떨게 했다.

사내는 그런 황후를 물끄러미 응시했다. 자신이 데려온 여인은 상처받은 얼굴을 하고 있으면서도 그것을 애써 숨기며 경계 어린 눈빛으로 불안에 떨고 있었다.

"서은후."

사내가 옅은 한숨과 함께 나지막이 말했다. 그의 특유의 갈색 머리카락이 미풍에 부드럽게 흩날렸다.

"쫓기고 있어서 어쩔 수 없이 데려올 수밖에 없었다면, 답이 되려나."

결국 그녀를 무작정 데려온 것에 대해 실토한 은후가 피곤하다는 듯 두 눈을 감았다. 황후는 그런 그를 여전히 어이가 없다는 표정으로 되물었다.

"누구에게 쫓겼다는 겁니까."

"딱 보면 모르겠습니까. 험악한 얼굴을 한 무서운 자들인 것을."

은후가 조용히 답했다. 일일이 그녀에게 설명하기엔 자신의 정체는 꽤 복잡했다. 거기다 앞으로 얼마나 더 그녀와 같이 있을지도 모를뿐더러 곧 스쳐 지나가는 인연처럼 헤어질 여인에게 이것저것 설명하는 것도 불필요하다고 여겨졌다.

뭐, 천나라에서 있었던 일들 중 하나의 기억으로는 남겠지만.

"아무리 그렇다 해도 저까지 끌어들이다니요. 저는……!"

"……."

벽에 기대앉은 채 아무런 대꾸도 하지 않는 그가 이상하다는 느낌을 받자, 황후는 주춤주춤 천천히 그의 앞으로 다가왔다.

그러자 두 눈을 감고 여린 숨소리와 함께 잠들어 있는 그의 모습이 그녀의 눈에 들어왔다. 그를 바라보니 문득 황후는 수면 가루 때문에 자신에게 쓰러져 잠에 빠진 황제가 생각났다.

그러자 그녀는 더 이상 이 엉뚱하고도 낯선 사내에게 따지며 칼날을 세울 수가 없었다. 그 또한 그녀처럼 도망쳐야 하는 사연이 있을지도 모른다는 생각이, 그를 흔들어 깨우지 못하도록 가로막은 것이었다.

황후는 팔에 걸쳐져 있던 천 우의 옷을 어깨 위에 걸치고 여몄다. 그러나 이내 그녀는 다시 천 우의 옷을 벗어 은후에게 다가갔다. 어차피 계속 천 우의 옷을 들고 다닐 수는 없었다. 언젠가 궁 밖에서 천 우를 마주친다면, 그는 단번에 자신을 알아볼 테니까.

이제 황후에게 남아 있는 것은 아무것도 없었다. 천 우가 준 나비 머리꽂이도, 돌려주어야 하는 그의 옷도, 그리고 황제도…….

황후는 천 우의 옷을 은후에게 덮어주고 떠나기 위해 동굴 벽에 기대어 앉아 있는 그에게 조금 더 가까이 다가갔다.

그리고 몸을 굽혀 옷을 덮어주려던 순간— 천 우가 그녀의 팔을 잡았다.

"가지 마."

여전히 두 눈을 감은 그가 낮게 말했다.

역시나 자신의 예감은 틀린 적이 없었다. 귀찮은 일에 꼬여 버릴 것 같다는 예감. 쫓아오는 녀석들을 따돌리고자 어쩔 수 없이 데려오긴 했지만 이 여인 역시 누군가에게 쫓기거나, 도망치는 중이었기에 곧 떠날 거라 예상했다. 그리고 그런 그녀가 알아서 떠나도록 둘 생각이었다.

하지만 그대로 놔둘 수가 없었다. 이 여인이 어떻게든 도망친다 한들, 여인의 몸으로 혼자서는 분명 한계에 부딪치게 될 것이었다. 그러면 끌려가듯 원래 있던 곳으로 돌아가게 될 테니까. 돌아가고 싶지 않은 그곳에.

은후는 천천히 두 눈을 떴다. 그리고 그녀의 팔을 놓으며 말했다.

"혼자 가면, 분명 잡힐 거야. 누구에게서 도망쳤든."

황후의 동공이 흔들리기 시작했다. 자신은 누구에게서 도망친 것일까.

"물이라도 떠 올 테니, 그동안 잘 생각해보십시오."

황후가 망설이는 동안, 은후는 자리를 털고 일어났다. 그도 마찬가지로 쫓기는 신세였기 때문에 하루 종일 그들을 피해 숨어 다니고 달리느라 너무도 지친 상태였다. 그러니 여인에겐 더 고단한 일일 것이었다. 과연, 어떤 선택을 할까.

이윽고 은후는 동굴 입구에서 밖을 조심스럽게 살피곤 물을 가지러 나섰다. 덩그러니 혼자 동굴에 남겨진 황후는 또다시 막다른 선택의 기로에 섰다.

문득 그가 떠나자 다리에 힘이 풀린 것이 느껴졌다. 그녀는 무거운 발걸음으로 동굴 벽 쪽으로 다가가 은후가 그러했던 것처럼 기대어 앉았다.

그리고 두 팔로 무릎을 감싸고 그 위에 얼굴을 묻었다.

정말로 그의 말처럼 그 어떤 것도 알아내지 못한 채 궁으로 다시 끌려가게 된다면 어떻게 될까.

몰려오는 피곤함이 애써 버티고 있던 눈꺼풀을 누르자 황후는 자신도 모르게 그 자리에서 눈을 감았다.

"뭐지."

그리고 자신의 가죽 물주머니에 물을 담아온 은후가 어이없다는 듯 피식 웃었다. 대답을 들을 수 없도록 잠들어 버린 걸 보면 똑똑한 건가. 아니면 너무 대책이 없는 여인인 건가. 아까는 그렇게 가시를 세우더니. 내가 어떤 사내일지 알고…….

그는 반신반의했다. 하지만 물을 뜨고 돌아오면서 그 성격대로라면 떠나고도 남을 거라 거의 단정을 짓고 있었다. 급한 마음에 손목을 낚아챈 건 사실이었지만, 처음 본 순간부터 그녀가 아무도 다가오지 못하도록 하는 냉기를 가득 품고 있다는 게 느껴졌으니까.

장난이 가득한 한마디를 던지면서도 사실 그는 그녀가 상처를 가진 여인일 거란 생각을 은연중에 품고 있었다.

"후……."

은후가 깊은 한숨을 내쉬었다. 그냥 지나치지 못했던 불편한 마음이 결국 귀찮은 일을 만들어 내고 말았다. 최대한 조용히 천나라를 돌아보고 갈 예정이었는데.

은후는 고개를 묻고 불편한 자세로 잠이 든 그녀를 들어 편히 기댈 수 있도록 벽에 그녀의 머리를 조심스럽게 대어 주었다. 그리고 그녀가 자신에게 덮어 주려던 옷을 다시 그녀의 어깨에 덮어주는 그였다.

"이 옷의 주인이 누구인지는 모르겠지만, 궁금해지네."

무엇 때문에 척 보아도 고귀해 보이는 이 여인이 산속을 도망치며 헤매었을지.

*　　　*　　　*

짹― 짹짹짹. 새소리가 울리는 나무 아래로, 따사로운 아침 햇살이 황제의 얼굴 위를 비추었다.

"으음……."

황제는 눈부신 햇살을 한 손으로 가리고는 천천히 눈을 떴다. 밤새 나무에 기대어 잤던 탓에 굳어버린 어깨가 뻐근함을 호소하자, 그는 눈살을 찌푸렸다. 이윽고 자신의 옆에 잠들어 있을 황후를 바라보려 고개를 돌린 그의 눈이 번쩍 뜨였다.

"황후……?"

황제는 황후가 덮어 준 그의 옷을 걷어내고 황급히 일어나 주위를 둘러보았다. 그러나 다른 나무에 매여 가만히 서 있는 그의 말이 내는 숨소리와, 아침을 반기듯 새소리만 들려오는 숲은 황후의 빈자리만 남긴 채 여전히 고요할 뿐이었다.

"……!"

이윽고 자신 외에 이곳에 아무도 없음을 알아챈 황제는 이내 자신의 손에 들려 있던 나비 머리꽂이를 발견했다.

그의 눈빛이 흔들리기 시작했다. 황제는 황후에게 무슨 일이 일어났음을 직감적으로 느꼈다.

그가 불안함으로 가득 차 한없이 어두워진 얼굴로 외쳤다.

"황후!"

다급하게 들려오는 황제의 목소리에 근처에 있던 국영이 달려왔다.

"폐하, 무슨 일이십니까."

국영은 아무것도 모른다는 듯 황제 앞에 다가가 상황을 물었고, 황제는 어디선가 나타난 그에게 자신의 손에 들려 있던 나비

머리꽂이를 내밀었다. 그의 눈동자 사이로 불안함이 가득 묻어
났다.

"황후가…… 사라졌다."

황제는 황후가 남기고 간 머리꽂이를 꽉 쥐었다. 그리고 국영
을 바라보며 낮게 말했다.

"넌 황후가 사라지는 걸 보지 못한 것이냐."

국영은 마른침을 꿀꺽 삼켰다. 굵은 그의 목젖이 목 위를 움직
였다. 어떻게든 둘러대어 황제를 속여야 했지만 워낙 눈치가 빠
른 그였기에 신중하고 또 신중해야 했다.

"그것이……."

이윽고 국영이 고개를 숙이며 조심스럽게 답했다.

"분명 한 시진 전까지만 해도 황제 폐하 곁에 계셨습니다. 저
는 두 분 마마께서 깨어나시기 전에 속히 환궁할 수 있는 길을
찾아보며 이곳 주변을 돌고 오는 길이옵니다."

국영의 등 뒤에서 식은땀이 배어 나왔다. 황후가 떠난 지 벌써
오랜 시간이 지났다. 허나 어디로 갔는지 흔적을 남겼을까 싶어
황후가 사라진 길을 따라 돌아보고 오는 길이었다.

국영은 한 지점에서 여러 명의 발자국이 남아 있는 것을 발견
했다. 혹 황후에게 무슨 일이 생긴 것일까 짐작하며 주변을 더
돌아보았지만 곧 발자국들은 이곳저곳으로 흩어져 버렸다.

그리고 황후에게 정말 무슨 일이 일어났을지도 모른다는 생
각을 할 때쯤, 멀리서 황제의 목소리가 울려 퍼졌다. 그 길로 국

영은 발길을 돌려 다시 황제가 있는 곳으로 돌아왔던 것이었다.

"······."

황제는 한동안 입을 굳게 다문 채 아무런 말도 하지 않았다. 당장 국영에게 칼을 겨누고 천호영이라는 자가 황제의 곁을 비운 죄에 대해 묻고 싶었다.

그러나 국영 또한 국영이 해야 할 일을 찾아 직접 행동으로 옮긴 것일 뿐 모든 책임을 그에게 전가할 수는 없었다. 황후가 사라진 것에 대해 아무것도 모른 채 잠에만 빠져 있었던 자신의 탓이었다.

혹 납치라도 당한 건 아닐까, 한없이 여린 그 여인이 어디에서, 무슨 일이라도 생긴 건 아닐까 그의 불안감은 더욱 커져만 갔다.

그의 얼굴에 핏기가 사라졌다. 황제는 입술을 깨물었다. 그리고 자신의 말이 있는 쪽으로 다가가 말 위에 올라탔다. 그리고 침착한 말투로 국영에게 말했다.

"넌 지금부터 속히 궁으로 돌아가 온 병력을 동원해 황후를 찾아라."

"폐하께서는 궁으로 돌아가지 않으십니까."

국영의 물음에 황제는 말을 매어 두었던 굴레를 풀어 양손에 쥐곤 답했다.

"한 시진 전에 사라진 것이라면 아직 이 근방에 있을지도 모른다. 나는 이 근방을 샅샅이 찾아볼 테니 너는 어서 궁으로 돌아가 내가 명한 대로 행하거라."

"존명(尊命)."

국영은 명을 받들겠다는 의미로 한쪽 팔을 가슴에 척 대며 고개를 숙였다. 황후가 사라지는 것을 보고도 모른 척 내버려 두었던 자신에게 그녀를 찾으라고 명하다니. 국영의 입가에 쓴웃음이 묻어났다.

국영은 또다시 갈등에 빠졌다. 재연을 위한 일이라 하여 선택의 순간에서 방관을 택했지만 황명을 거역할 수는 없는 일이었다. 어쨌든 황급히 궁으로 돌아가 이 사실을 홍 재상에게 알려야 했다. 결국 그는 자신의 말 위에 올라 황궁을 향해 달리기 시작했다.

멀어져 가는 국영을 응시하던 황제는 국영과 다른 방향으로 말을 돌렸다. 그리고 황후를 찾기 위해 최대한 빠른 속도로 달렸다.

말 위를 달리는 그의 마음 한구석이 찢어질 듯 아파 오기 시작했다. 황제의 얼굴 위로 어두운 그림자가 드리워졌다. 불안감으로 가득 찼던 그의 눈빛이 한없이 차갑게 변해 갔다.

'분명 어딘가에 있을 것이다. 나를 떠난 것이 아니라 분명 무슨 일이 생겨서일 것이다……'

그는 황후 스스로 그를 떠난 것이라 믿고 싶지 않았다. 여전히 손에 쥐고 있는 황후의 머리꽂이만이 그의 곁에 남아 있을 뿐이었다.

그러나 사실 벌써 느꼈어야 했다.

그녀가 정말로 누군가에 의해 납치되었다면…… 그의 손에 자신의 머리꽂이를 남길 리가 없다는 것을.

황후에게 덮어 주었던 자신의 겉옷이 도로 그의 몸을 덮고 있을 리가 없다는 것을.

"으아아아아!"

황제는 너무나도 믿기 싫은 사실이, 진실이 되어 버린 것을 그제야 받아들였다. 형용할 수 없는 슬픔과 분노가 서로를 잡아먹을 듯 뒤엉켜 그의 가슴속에서 타들어 가고 있었다.

이를 악문 그의 눈가에서 눈물이 한 방울 떨어졌다. 그는 말없이 고개를 떨궜다. 황후에 대해 얼마나 몰랐던 것일까. 그녀에게 힘들 때 기대라 한 것은 자신이었음에도 정작 그녀가 기댈 만한 여지를 준 적은 있었을까.

황후는 언제나 차가웠고, 그 차가움 속에 자리하고 있는 두려움에 대해선 한 번도…… 묻지 못했다. 그리고 그 연유가, 그조차도 다가가지 못할 그녀의 차가움 때문이었다고 여태껏 합리화했던 걸지도 몰랐다.

그러나 그 역시 늘 차가운 황제였다. 황후조차도 다가오지 못할 만큼.

"제발…… 내 앞에 다시 나타나 줘."

황제가 조용히 흐느꼈다. 그의 손에서 배어난 땀에 젖은 황후의 머리꽂이가 햇빛을 받아 영롱히 빛났다. 혹시라도 잃어버릴까 봐 품 안에 넣어둘 수가 없었다. 너무 세게 쥐어서 자국이 나고 살을 파고들 정도였지만 그는 손에서 놓지 않았다.

황제는 황후의 흔적을 찾아 쉴 새 없이 주변을 돌아보며 달리고 또 달렸다. 울창한 숲 속에서 그녀의 흔적을 찾기란 쉽지가 않았다. 그래도 그는 그녀를 찾아야 했다. 그녀가 자신을 어떤 연유에서 떠났든, 혹은 도망쳤든…… 여인의 몸으로 혼자서 움직이기는 너무도 위험했다. 이윽고 그가 힘겹게 덧붙였다.

"……제발."

*   *   *

"도희야, 어떡해! 황후마마가 여태 돌아오시질 않았어!"

황후가 천 우와 궁 밖을 나선 뒤로, 황후의 침전 밖에서 애타게 그녀가 돌아오기만을 기다렸던 리아는 새벽에 깜빡 잠들었던 눈을 뜨자마자 도희에게로 달려갔다.

도희는 늘 그렇듯 아침마다 황제에게 내어가기 위한 차를 준비하고 있었다. 리아의 말에 그녀가 깜짝 놀라 뒤를 돌아보며 물었다.

"뭐? 황후마마가 돌아오시지 않다니? 황후마마께서 궁 밖에 나가셨단 말이야?"

"그게, 천……."

리아는 순간 자신도 모르게 입을 꾹 다물었다. 황후마마가 천 우님과 함께 궁 밖을 나가셨다는 이야기가 궁 안에 퍼지면 분명 황후마마가 곤란해지실 것 같았다.

"그게 뭐? 어서 말해 봐! 황후마마가 궁 밖에 나가셨어?"

"그게…… 아무튼 나를 떼어놓으시곤 어디론가 가셨는데 아직도 돌아오질 않으셨어."

"너를 떼어놓고 가셨다고? 눈도 성치 않으신데 어떻게? 황제 폐하도 알고 계셔?"

"어? 그러니까……."

"도희! 뭐 해, 물 다 끓었는데. 빨리 내어다 드리고 와. 할 일이 많다구."

리아가 머뭇거리는 사이 답답하다는 듯 얼굴을 찡그리던 도희에게 설이 다가와 말했다. 도희는 화들짝 놀라 지펴 놓았던 불을 끄기 위해 분주하게 움직였다. 그리고 끓인 물을 미리 찻잎을 넣어 두었던 찻잔에 부으며 말하는 그녀였다.

"일단 황제 폐하께 내가 차를 내어다드리고 올 테니, 이따 다시 얘기하자."

리아는 어색하게 고개를 끄덕이곤 다시 연주전을 향해 뛰었다. 혹시 자신이 자리를 비운 사이 황후마마가 돌아오셨을지도 몰랐다.

*   *   *

"매번 느끼는 거지만…… 왜 이곳 천나라에서 맞는 아침은 이리 빨리 오는 것일까."

아침 일찍 눈을 뜬 천 우가 창밖을 바라보며 중얼거렸다. 본래 잠이 없기는 했지만 유독 전날 밤은 잠이 오질 않았다. 그리고 역시나 깊은 잠을 자지 못한 채 눈을 떴다.

그리고 그런 천 우보다 이미 일찍 일어났던 천 영은 차를 마시고 있었으나 무언가 골똘히 생각에 빠진 듯했다.

천 영에게서 아무런 대꾸도 들려오지 않자, 눈살을 찌푸린 천 우가 그에게 다가와 말했다.

"무슨 생각을 그리 하는 것이냐."

천 우의 말에 기나긴 생각에서 깬 천 영이 그를 물끄러미 바라보았다. 영은 눈살을 찌푸리며 퉁명스럽게 답했다.

"어제 내게 황후의 사가에 다녀오라 했으니, 가서 어떤 방법으로 알아볼지 고민 중이었어."

"참."

천 우가 그제야 자신이 한 말이 생각났다는 듯 고개를 천천히 끄덕였다. 영은 여전히 그런 천 우가 못마땅하다는 듯 후, 한숨을 쉬고는 자리에서 일어났다.

"일단 다녀와 보지 뭐."

천 우는 영이 먹던 찻잔을 들어 자신의 입으로 가져가 홀짝였다. 그리고 의미심장한 미소와 함께 나지막이 답했다.

"기대해 보마, 천 영."

　　　　　*　　　*　　　*

　"아무리 그래도 지나라의 황제인 내가 이게 무슨 신세야."

　화려한 비단옷을 벗고 평범한 옷으로 갈아입은 영은 한숨과 함께 궁 밖을 나섰다. 최대한 백성들의 무리에 위화감 없이 섞이기 위해서는 화려함이나 황족으로서의 고고함쯤은 버려야 했다.

　황자로서 고귀하게 자란 것은 사실이었지만 원래부터 성격이 무심했던 휘와 달리 천방지축이었던 우와 자주 지내다 보니 영 역시도 품위를 그리 따지는 편이 아니었다.

　더불어 다른 형제들보다 어린 나이에 황위에 올랐던 천 영은 적당한 때를 고르고 적당한 행동을 취하는 것에 능숙한 천 우를 지켜보면서, 황제로서의 권위만을 내세우는 게 능사가 아님을 오래전에 깨달았다.

　또한 자신은 천 우와 협력하여 해야 할 중요한 일이 있었다. 따라서 황제라는 직위쯤은 이곳 천나라에선 잠시 잊는 것이 속 편했다.

　그러나 자신과 꽤 큰 일을 도모할 것 같았던 천 우는 큰일은커녕 자질구레한 일을 맡기고 있었고 영은 그런 천 우가 늘 못마땅했다.

　"아씨! 백 향 아씨! 그러다 넘어지셔요!"

　그렇게 천 영이 미간을 좁히며 황후의 사가를 향해 걸어가고 있을 때였다.

"이게 얼마만의 외출이야. 오늘은 꼭 저잣거리 한 바퀴를 돌고
오겠어."

"아씨! 거기……!"

"어? 꺄악!"

철푸덕—

"……!"

천 영의 앞으로 한 여인이 땅바닥에 얼굴을 박고 보기 좋게 넘
어져 버렸다. 천 영은 하마터면 그 여인에게 걸려 넘어질 뻔했
다. 깜짝 놀란 그는 그 자리에서 걸음을 멈추곤 쭈그려 앉으며
물었다.

"괜찮느…… 아니, 괜찮소?"

"……."

그러나 여인은 땅바닥에 얼굴을 박은 상태 그대로 미동도 없
이 움직이지 않고 있었다. 그것을 이상하게 여긴 천 영은 고개를
갸웃하며 미간을 좁혔다.

"괜찮냐고 물었는데."

"……."

그리고 혹 못들은 걸까 다시 한 번 물었으나 여인은 여전히 아
무런 대답도 없었다. 답답해진 천 영은 다리를 펴고 일어나려고
했다. 그러나 문득 드는 재미있는 생각에, 천 영은 펴려던 다리
를 다시 구부리고 그대로 앉았다. 팔짱을 긴 채 움직이지 않고

있는 여인을 내려다보고 있는 천 영의 입꼬리가 살짝 올라갔다.

'언제까지 이러고 있나 볼까.'

"백 향 아씨!"

"아씨?"

아씨라면, 여느 집 규수라는 건가. 천 영이 의아한 듯 피식 웃었다.

"아씨, 빨리 일어나셔요! 여기서 이러고 엎어져 계시면 어떡해요! 그러니까 제가 뛰지 말고 조신하게 다니라고 그리 말씀을 드렸는데……."

그리고 이내 여인의 시녀처럼 보이는 아이가 그녀에게로 달려와 호들갑을 떨었다.

"그냥 좀 갈 것이지."

"지금 나한테……."

천 영이 두 눈을 동그랗게 떴다. 이내 엎어져 있던 여인이 불만스럽게 중얼거리며 주춤주춤 자리에서 일어나려던 순간,

퍽―!

"아악!"

"아야……."

"아씨! 아이고 어떡해요!"

쭈그려 앉아서 그녀를 보고 있던 천 영의 이마를 뒤통수로 박았다. 천 영은 무방비 상태로 부딪친 그의 이마를 부여잡으며 신음했다. 여인 역시 자신의 뒤통수를 손으로 문지르며 자리에서

일어나곤 천 영을 노려보았다.

"그냥 모른 척하고 가시지 왜 굳이 안가고 버티신 겁니까?"

천 영은 어이가 없었다. 자신의 앞에 넘어진 사람을 그냥 두고 지나치는 것이 도리어 손가락질 당할 만한 일인데. 호의에 대한 감사도 없이 오히려 도와주려 나선 사람에게 따지는 꼴이라니.

"그대 같으면 사람이 앞에 넘어졌는데 모른 척하고 갈 수 있겠소?"

천 영도 자리에서 일어나 그녀를 차갑게 응시했다. 그리고 엉망이 되어버린 여인의 행색을 위아래로 바라보며 한심하다는 듯한 표정을 지었다.

"왜 그렇게 보십니까?"

그리고 그런 천 영의 시선을 느낀 여인은 팔짱을 낀 채 천 영과 눈을 마주쳤다.

"……!"

여인의 눈을 자세히 바라보자, 천 영은 이 여인이 누군가와 닮은 구석이 있다는 것을 알아챘다. 어디서 많이 본 듯한 눈동자. 그리고 좀 더 자세히 얼굴을 뜯어보니 점점 낯이 익었다.

"우리 어디선가 만난 적이 있던가."

문득 천 영이 나지막이 물었다. 여인은 잠시 무언가를 생각하는 듯하더니 고개를 저으며 답했다.

"만난 적이 있겠습니까? 저는 오늘 처음 보는데."

"흐음……."

천 영이 고민에 빠진 사이, 여인은 자신의 치마를 탁탁 털며 말을 이었다.

"하여간, 사내들이란. 이리 눈치가 없으니 눈길 한 번 주는 여인네가 몇이나 있겠어."

"뭐라고?"

천 영은 머리가 지끈거려 왔다. 남의 일에 관심 두지 말라던 천 우의 말이 어렴풋이 스쳐 지나갔다. 뒤통수를 맞는 게 아니라, 뒤통수로 이마를 맞아 버렸으니. 거기다 한심한 사내 취급까지 당해 버렸다.

"나참, 어이가 없군."

"저분의 이마가 벌겋습니다. 아씨 때문인 것 같은데 어서 사죄드리세요."

천 영의 부어오른 이마를 발견한 시녀 아이가 여인의 옆구리를 콕 찌르며 조용히 속삭였다. 그러자 여인은 옅은 한숨과 함께 팔짱을 끼곤 웅얼거리듯 다른 곳에 시선을 두고 말했다.

"혹 제게 관심이 있어서 부러 떠나지 않고 머문 것이라면 소용없으십니다. 그런 게 아니라면 제가 대답하지 않았을 땐 필시 그 연유가 있을 거라 생각 안 해보셨습니까. 뭐 어찌 되었든 제 탓에 이마가 꽤 부어오른 것 같은데. 그 점에 대해선 사죄드리지요. 그럼 전 이만."

백 향이라 불리던 여인은 마지못해 천 영에게 고개를 숙이곤 시녀 아이와 함께 다시 발걸음을 옮기기 시작했다. 천 영은 멍하

니 빠르게 휘몰아치듯 지나간 여인을 바라보며 여전히 지끈거리
는 그의 머리에 손을 가져다 대었다.

"내가 누군 줄 알고 저리 당당하게……."

그는 당장이라도 그 여인을 쫓아가 제대로 방금 전 상황에 대
해 다시 얘기를 해야겠다는 생각이 들었지만 지금은 그가 궁 밖
을 나온 목적이 있었다. 결국 영은 이를 악물고 다시 황후의 사
가로 가던 발걸음을 떼었다. 천 영은 부글부글 끓어 오르는 속
을 애써 진정시키려 노력했다.

'다시 마주치기만 해 보아라. 감히 지국의 황제한테 눈치 없는
사내라니.'

*　　*　　*

"으음……."

황후가 두 눈을 천천히 떴다. 그리고 문득 딱딱한 것이 등 곳
곳에 박혀 있는 느낌이 들자 그녀는 천천히 몸을 일으켜 세워 앉
았다.

이윽고 그녀가 일어나 앉음과 동시에 덮고 있던 천 우의 옷이
스르르 내려왔다. 황후는 옷을 집어 들고 자리에서 일어나 주위
를 둘러보았다.

어젯밤 일은 꿈이 아니었다.

서늘한 바람이 동굴 안을 스쳐 지나가며 황후의 뺨에 닿았다.

황후는 천 우의 옷을 어깨에 둘러 여미곤 동굴 입구를 향해 천천히 걸어 나갔다.

동굴 입구에 서자 그녀를 맞이하는 따사로운 햇살이 황후의 어깨 위로 내려앉았다. 숲 속에 자리한 동굴이라 그런지 동굴 밖을 나와 보니 밖에선 입구가 잘 보이지 않았다. 황후는 고개를 돌려 시선을 옮기며 이곳이 어디쯤인지 가늠해 보려 노력했다.

그러나 여전히 이곳이 어디인지는 알 수가 없었다. 간밤에 있었던 일이 꿈이 아니라면 황제에게서 도망치던 중, 사내에 의해 납치되듯 이끌려 가 이곳으로 왔다는 사실밖에는 아는 것이 없었다.

"결국 남기로 결정한 건가."

그리고 그녀의 앞에 어젯밤 보았던 사내가 상의를 입지 않은 채 머리에서 물방울을 떨어뜨리며 다가왔다. 그는 자신의 상의를 한쪽 팔에 걸치곤 어깨 위로 떨어지는 물기를 반대쪽 손으로 털며 점점 더 가까이 그녀에게 다가오고 있었다.

"지금……."

황후는 당황한 눈빛으로 황급히 그에게서 돌아섰다. 여태껏 한 번도 보지 못한 사내의 넓고도 단단해 보이는 가슴이 머릿속에 잔상으로 남아 자꾸만 떠오르게 되자, 그녀는 그것을 잊어 보려 두 눈을 꾹 감아 버렸다.

"뭐지?"

은후가 문득 자신에게서 뒤돌아 선 황후를 바라보며 의아한 표정을 지었다. 이내 은후는 자신이 상의를 입고 있지 않다는 것을 깨달았다. 간밤에 뛰느라 땀으로 범벅이 된 것을 씻기 위해 근처 냇가에 다녀오던 길이었다. 그는 재미있다는 듯 피식 웃으며 그의 팔에 걸쳐 있던 옷을 입었다.

"선택하라고 혼자 두었더니 잠들어 버리고. 그럼 난 어떻게 받아들여야 하나. 남기로 했다고 받아들여도 되는 건가."

은후는 자신이 옷을 다시 입었다는 사실을 모르는 황후의 뒤로 더 가까이 다가가 부러 말을 걸었다. 황후는 화끈거리는 얼굴을 감추기 위해 절대 뒤돌아 보지 않으리라, 마음을 다잡고 있는 중이었다.

그것을 모를 리가 없는 그는 부러 눈을 꾹 감고 있는 그녀의 앞에 천천히 다가가, 그녀를 마주 보고 섰다. 그리고 그녀의 뺨에 두 손을 가져다 대었다. 코끝이 닿을 만한 거리에서 갑작스러운 그의 행동에 눈을 뜬 황후는 그대로 은후와 두 눈을 마주쳤다.

"제 얼굴에서 손 떼지 못하겠습니까?"

황후가 놀라 차갑게 톡 쏘며 그를 바라보았다. 다행히도 그가 옷을 입고 있음을 알아챈 그녀는 속으로 안도의 한숨을 쉬었다. 은후는 여전히 황후의 두 뺨에서 손을 떼지 않은 채 진지한 얼굴로 물었다.

"그대가 남기로 했다 받아들여도 되냐고 물었어."

어젯밤 보았던 그의 갈색 눈동자가 그녀를 온전히 담고 있었다. 황후는 어젯밤 그가 한 말을 떠올렸다.

―혼자 가면, 분명 잡힐 거야. 누구에게서 도망쳤든.

그리고 고민에 빠진 사이 자신도 모르게 잠이 들어버렸던 기억이 믿고 싶지 않을 만큼 자세히 떠올랐다.

'지금쯤 분명 그는…… 내가 사라진 것을 알았겠지.'

그녀는 지난밤 그에게서 도망치듯 떠나던 자신의 모습을 회상했다. 그리고 이튿날. 날이 밝았고 그녀의 앞에는 서은후란 정체 모를 사내가 서 있었다.

황후는 그의 눈동자를 유심히 바라보면서 생각에 잠겼다.

'누군가에게서 도망치고 있는 내게 손을 내민 사람. 과연 내게 선택의 여지란 것이 있을까.'

그녀는 천천히 두 눈을 감았다 떴다. 누군가에게 도움을 구한다는 것. 처음이었다. 그녀의 입술이 가늘게 떨렸다.

'어차피 그 역시 내게 잘못한 것이 있으니…….'

또한 황후는 결국 그가 거절하지 못하리라는 것을 알고 있었다. 애초에 그가 그녀에게 잘못한 일에 대해 모른 척했다면, 그 어떤 선택의 여지조차 주지 않고 떠나버렸을 테니까.

이윽고 굳게 닫혀 있던 그녀의 입술이 떼어졌다.

"저를 도와주시겠습니까."

제2장

여우비

　"황후마마! 어디 계세요?"

　연주전으로 황급히 뛰어온 리아가 연주전 안을 두리번거리며 소리쳤다. 그러나 침묵만이 돌아올 뿐 연주전은 아까 찾아왔을 때처럼 여전히 비어 있었다.

　리아는 연주전 안을 꼼꼼히 둘러보고는 황후가 아직도 돌아오지 않았다는 것을 깨달았다. 그리고 연주전 밖으로 나와 다시 도희가 있는 곳으로 달려가는 그녀였다.

　마침 도희는 고개를 갸웃거리며 가져갔던 찻잔을 그대로 다시 들고 천기전에서 나오는 중이었다.

　리아는 도희를 발견하자, 그녀가 있는 쪽으로 뛰어갔다. 그리고 겨우 가쁜 숨을 고르며 말했다.

"황제 폐하께 어서 알려야 해. 황후마마가 아직도 돌아오시지 않았어!"

"리아, 황제 폐하께서도 지금 천기전에 계시지 않아. 어떻게 된 거야?"

"뭐?"

도희는 여느 때처럼 차를 내어드리려 천기전으로 갔지만 황제 폐하는 그곳에 계시질 않았다. 그녀는 전날 몸이 좋지 않아 자리를 비웠던 탓에 그 까닭을 알지 못했다. 그래서 다른 지밀 궁녀에게 물어보았고, 황제 폐하께서는 전날 궁을 나서신 이후로 아직까지 돌아오지 않으셨다고 했다.

"황제 폐하께서도 궁 밖을 나가셨는데 아직 돌아오지 않으셨대."

무언가 이상하다는 표정으로 도희가 덧붙여 말했다.

"두 분 마마께서 모두 황궁을 비우셨다고? 그것도 행방조차 알 수 없이……."

불안감에 거세게 흔들리는 리아의 눈동자 위로 천 우와 함께 궁 밖을 나서던 황후의 모습이 그려졌다. 황제 폐하께서는 윤허한 일이라 하셨다.

하지만 황후마마가 아직까지도 돌아오시지 않은 상황에서 황제 폐하마저 안 계시다니. 도희와 리아는 난감한 상황에 빠졌다.

"려운 님께 말씀드려야 하나."

리아가 입술을 잘근 깨물며 현재 국경 수비일로 출타 중인 려운을 떠올렸다. 지금 황제 폐하께는 려운 님이 아닌 다른 호위 무사가 붙었으니, 려운 님은 모르는 일일 것이다. 하지만 당장은 려운에게 연통을 할 방법이 없었다.

"어떡해…… 이건 모두 내 잘못이야."

리아가 사색이 된 얼굴로 바닥에 주저앉았다. 그런 리아를 보고 놀란 도희가 찻잔을 내려놓으며 차분한 목소리로 리아를 위로했다.

"리아, 일단은 상궁 마마님들께 이 사실을 알리고……."

"안 돼."

황후마마께서 아직 환궁하시지 않은 사실을 알려야 한다는 도희의 말에, 리아가 벌떡 일어섰다. 황후마마의 눈이 성치 않은 상황에서, 궁 밖으로 나가신 뒤 사라졌다는 말이 궁에 알려지면 분명 황후마마의 눈에 대해 의문점을 품는 이들이 생길 수도 있었다.

그러나 혹 황후마마의 뜻으로 사라진 것이 아니라면……. 간밤에 황후마마께서 납치라도 되셨다는 말이 될 테고, 지엄한 황궁에서 황후에게 변고가 생긴 것이라면 황권에 대한 도전이라 여겨 어떤 피바람이 불지 몰랐다.

'납치……?'

그리고 리아의 머릿속으로 무언가 스쳐 지나갔다. 어젯밤 황후마마께서는 천 우 폐하와 함께 궁을 나섰다. 그런데 그에게 직접 물어볼 생각은 하지 못했던 것이었다.

"뭐? 당연히 알려야지!"

이해할 수 없다는 듯 리아를 응시하던 도희가 눈살을 찌푸리며 말했다.

"내가 괜히 설레발 친 것일 수도 있어. 그러니까 도희야, 넌 잠시만 입 다물고 있어줘. 알아볼 게 있어서 이만 가볼게."

리아는 영문을 몰라 하는 도희를 뒤로한 채 천 우가 있는 곳으로 향하기 시작했다.

*　　*　　*

"여기가 어디쯤인 거지."

밤 새 산중을 헤매다 지쳐 근처 바위에 몸을 기대 쉬고 있던 려운이 눈을 가늘게 뜨며 말했다. 피가 흘렀던 관자놀이 부분이 아직도 지끈거려 왔다.

두두두두두두―

그가 지끈거리는 머리를 한 손으로 감싸고 통증을 완화시키려 노력할 때 즈음 어디선가 말발굽 소리가 들려왔다.

려운은 말발굽 소리가 가까워지자 황급히 바위 뒤로 몸을 숨겼다. 체력이 소진한 상태에서 제발 적만은 마주치지 않기를 바랐다.

이윽고 말을 타고 온 누군가가 려운이 있던 바위 앞에서 멈춰섰다. 말발굽 소리가 더 이상 들려오지 않는 것으로 보아 한 사람뿐인 듯했다. 려운은 상대가 누구인지 확인하기 위해 바위 뒤에서 고개를 살짝 돌렸다.

그리고 말을 타고 온 자가 누구인지 확인한 그의 눈이 커졌다.

"폐하……?"

려운의 눈 안에 들어온 사람은 다름 아닌 황제, 휘였다. 그는 황후를 찾아 온 산을 헤집고 다니다 이곳까지 이른 것이었다. 소리를 들은 황제 역시 놀란 표정으로 고개를 돌려 목소리의 주인을 확인했다. 려운은 지친 몸을 이끌고 바위 뒤에서 나와 황제의 앞에 섰다. 그리고 머리를 조아리며 말했다.

"폐하, 저 려운이옵니다."

검은 복장이 다 헤져 초라해진 그의 행색을 발견한 황제는 당황한 기색을 감추지 못했다. 려운의 분신이라 할 수 있는 천호검 역시 보이질 않았다.

"어떻게 된 것이냐. 분명 너는 급히 천소성으로 출타를……."

황제가 이해할 수 없다는 표정으로 려운을 물끄러미 바라보았다. 이윽고 황제의 표정이 어두워졌다. 역시나 려운은 그에게 아무런 언질조차 주지 않고 그의 곁을 비울 녀석이 아니었다.

'나는 내 근심에만 빠져…… 려운의 소식조차 되묻지 않았던 건가.'

그제야 황제는 자신이 국영의 말만을 믿은 채 다시 한 번 려운에게 기별을 넣어볼 생각을 못 했다는 것을 깨달았다.

'그렇다면 국영이란 자는 내게 거짓말을 했다는 것이고. 그의 뒤엔⋯⋯.'

"황제 폐하의 탄신일 날, 홍 재상이 저를 납치해 이곳 산중 광에 감금하여 두었습니다."

역시 홍 재상이었다. 황제는 부들부들 떨리는 손으로 주먹을 꽉 쥐었다. 압이 차 붉게 물든 그의 손등에서 퍼런 핏줄이 불거져 올라왔다.

그는 황후까지 사라진 상황에서 려운조차 성치 못한 모습으로 그의 앞에 나타난 것을 알게 되자 절망스러운 상황에 머리가 어지러웠다.

황후를 찾는 일이 시급했으나, 그보다 더 급한 일이 있었다. 국영이란 자를 믿고 궁으로 돌려보냈으니. 어서 궁으로 가서 홍 재상을 추궁하고 제대로 된 황명을 내려야 했다.

"려운. 일단 궁으로 돌아가자. 너의 대신이라 내게 거짓으로 고하고 내 호위를 맡은 국영이란 자를 혼자 궁으로 돌려보냈다. 분명⋯⋯. 홍 재상에게로 갔을 것이다."

* * *

"천 우 마마께서 머무르고 계시는 곳이 어디야?"

리아가 천 우와 천 영이 머무르고 있는 곳을 찾기 위해 별궁 입구를 거닐던 세답방 궁녀 아이에게 물었다. 궁녀 아이는 빨랫

감이 가득 든 바구니를 안은 채 리아를 이상하다는 눈빛으로 바라보았다.

"거긴 왜?"

"설명할 시간이 없어. 어서 말해 줘."

"흐음……. 이곳 별궁 안으로 들어가면 가장 안쪽에 있는 하원전(蝦原殿)이란 전각에 머무르고 계셔."

궁녀 아이는 다급해 보이는 리아를 가만히 응시하곤 다시 제 갈 길을 가기 위해 발걸음을 옮겼다. 리아는 '하원전'이라는 전각의 이름을 되뇌며 별궁 안으로 들어갔다.

리아가 별궁 안으로 들어서자 별궁 안의 아침은 상당히 고요했다. 별궁이라 천 우와 천 영의 시녀들 외에는 다른 궁녀들이 보이지 않는 것 같았다.

리아가 이마에 흐르는 땀을 소매로 닦아내곤 침을 꿀꺽 삼켰다. 그리고 별궁 가장 안쪽으로 들어가라 했으니, 조금 더 깊숙이 발을 내디뎠다.

그리고 리아는 하원전으로 들어서기 전, 마침 하원전을 나서던 천 우를 발견했다. 리아는 천 우가 있는 곳으로 재빨리 다가갔다.

"폐하!"

"……?"

누군가 자신을 부르는 소리에 고개를 돌린 천 우는 멀리서 다가오는 리아를 알아보곤 미간을 좁혔다.

'저 아인 황후의 시녀였던가.'

"저는 황후마마의 시녀, 리아입니다. 황후마마께서 아직 궁으로 돌아오시질 않으셨사옵니다. 혹 어젯밤 같이 환궁하신 것이 아니셨습니까."

리아는 침착하게 천 우에게 자초지종을 설명했다. 리아의 말을 들은 천 우가 두 눈을 번쩍 떴다.

"황후마마께서 아직 환궁하시지 않았다는 말이냐."

"예. 허면 천 우 폐하와 함께 환궁하시지 않았단 말씀이십니까? 어찌 눈도 성치 않으신 분을……."

우려했던 것이 현실로 되어버린 것을 깨달은 리아의 가슴이 철렁 내려앉았다. 자신은 황후마마의 눈이 보인다는 사실을 알고 있지만 천 우님은 모르신다. 그런데도 어찌 그분을 혼자 두고 오셨단 말인가.

리아의 말에 천 우가 깊은 생각에 빠진 듯 아랫입술을 물었다.

'황후는 분명 황제와 함께 떠났다. 아직까지 돌아오지 않았다면 황제와 함께 있다는 것인데.'

"휘는 궁 안에 있느냐."

천 우는 생각을 거두고 불안에 떨고 있는 리아를 바라보며 말했다. 리아는 말없이 고개를 저었다.

'휘 녀석도 돌아오질 않았다…….'

그는 문득 의아한 생각을 하긴 했지만 휘와 함께 있다면 그리 문제 될 것은 없었다. 어차피 그 둘이 어디에 갔건 함께 있을 테니까. 천 우는 리아의 의심을 사지 않기 위해 담담하게 말을 이었다.

"어제 궁 밖에서 휘를 만났다. 그리고 그 뒤로 황후마마는 휘와 함께 사라졌으니 나도 알 길이 없지."

"예? 그렇다면 지금 황제 폐하와 함께 계시다는 말씀이신가요?"

"아마 그렇겠지."

천 우가 입가에 미소를 머금으며 말하자 리아는 그의 말을 천천히 곱씹으며 이해하려고 노력했다.

'황제 폐하께서도 침전에 안 계신다 하였고, 황후마마께서도 아직 돌아오시지 않아 걱정했는데 두 분이 함께 계시다니. 그렇다면 황제 폐하께서도 어제 궁 밖을 나가셨다는 말이 사실인 거 잖아.'

이내 리아는 안도의 한숨을 내쉬었다.

"이리 불쑥 찾아와 여쭈어서 송구합니다, 폐하."

리아는 상황을 이해하고 황급히 고개를 숙이며 말했다.

"되었다. 어서 가 보거라."

천 우는 리아에게 가 보라는 듯 손짓을 하곤 다시 하원전 안으로 발길을 돌렸다. 그는 뭔가 이상한 낌새를 느꼈다. 평소 휘의 성격이라면 궁 밖에서 밤을 지새우고 돌아올 리가 없었다. 그것도 여인과 함께 밤을 보낸 뒤에.

전날 두 사람 사이에 서서 그들의 눈빛을 읽으며 서로를 마음에 두고 있다고 확신했었지만, 적어도 어제만큼은 둘은 그럴 만한 상황이 못 되었다.

'뭘까. 대체 뭘까……. 그 둘.'

천 우는 산책이나 해볼까 궁 주변을 돌아보려던 것은 잊은 채 하원전에서 천 영이 돌아오기만을 기다렸다.

*　　　*　　　*

"아직도 얼얼하네."

천 영이 여전히 이마를 감싸 쥔 채 황후의 사가를 찾아 걸으며 말했다. 황후의 사가라면 아는 이가 있을 법도 한데 지나가는 이에게 물어봐도 그곳이 어딘지 아는 자가 없었다.

'어떻게 한 나라의 황후가 살던 곳을 아는 사람이 한 명도 없다는 거지. 모든 이들의 축복을 받으며 잔치라도 열렸을 터인데.'

천 영은 눈살을 찌푸리며 주위를 둘러보고 또 둘러보았다. 보통 이름 난 가문의 규수가 황후의 자리에 올랐다면 적어도 그 가문의 사가 근처에 사는 사람들은 사가의 위치를 알고 있어야 했다.

그러나 이곳 사람들은 황후가 누구인지조차 잘 모르는 듯했다.

"갈수록 의문투성이군. 천나라의 황후……. 거기다 눈까지 멀었고."

그가 입술을 삐죽이며 길가를 배회할 때쯤 그를 발견한 누군가의 목소리가 들려왔다.

"어……?"

아까 그의 앞에서 넘어진 그 여인이었다. 다시 마주치면 요절을 내주겠다고 마음먹은 지 얼마 지나지 않아 또다시 마주친 것이었다.

여인은 저잣거리를 다녀온 듯 품 안에 이것저것 먹을 것을 잔뜩 들고 있었다. 손에는 먹으면서 온 것으로 보이는 백설기가 쥐어져 있었다. 그리고 그 옆의 시녀 아이도 전에는 못 보았던 무거운 보따리를 들고 있었다.

정숙한 여인의 행색에 비해 속은 너무나도 딴판인 이 여인을 다시 보게 되자, 그는 분위기는 다르지만 또다시 누군가와 무척 닮았다는 생각이 들었다.

그러나 이내 이 여인이 누구든 간에 상관하고 싶지도 않고, 고민하기도 귀찮아진 영은 눈살을 찌푸리며 말했다.

"뭐지."

그러자 향은 마찬가지로 눈살을 찌푸린 채 영을 바라보며 대꾸했다.

"혹시 절 따라다니시는 겁니까?"

"따라다닌다고?"

"그렇지 않고서야 어찌 하루에 두 번씩이나 또다시 마주친다는 말입니까."

영은 언제나 할 말이 없게 만드는 이 여인을 보자 다시금 머리가 어질했다. 이런 옷차림새만 아니었더라도 무릎 꿇고 사죄하게 만들 수 있었으나 그는 어쩔 도리가 없었다.

그러나 아무리 신분이 높은 여인이라 한들 분명 황족이자, 다른 나라의 황제인 자신을 이리 하대할 수는 없었다. 마음을 굳게 먹은 천 영은 천 씨 형제답게 거침없는 언사로 답했다.

"착각도 유분수군. 사람이 길을 걷다 보면 두 번 정도야 마주칠 수도 있는 것이오. 그리고 아까부터 내가 그대를 쫓아다니는 사람처럼 취급하는데, 내가 무슨 연유로 그대를 쫓아다닌다는 거지?"

"그러니까⋯⋯. 어찌 되었든, 제겐 그런 사람이 한둘이 아니라 경계할 수밖에 없습니다."

천 영의 말에 딱히 틀린 것은 없다는 생각이 든 향이 눈을 내리깔며 중얼거렸다.

"흐음."

시시때때로 변하는 그녀의 표정과 행동에 영은 문득 자신도 모르게 피식 웃었다. 금방이라도 말대꾸를 하며 대들 줄 알았는데.

"그럼."

백 향은 시녀 아이와 함께 천 영을 지나쳐 가기 시작했다.

"잠깐."

그리고 그런 향을 천 영이 불러 세웠다. 향은 뒤를 돌아 영을 물끄러미 바라보았다.

"더 할 말이 남으셨습니까."

영은 혹시나 하는 생각에 그녀에게 황후의 사가가 어디에 있는지 묻기로 마음먹었다. 어쨌든 이 근방에 사는 여인 같았으니 그녀가 알고 있을지도 몰랐다.

"황후마마, 그러니까 백 월이란 여인이 살던 곳을 알고 있소?"

툭―

그에게서 '백 월'이란 이름이 들려오자, 향은 손에 들고 있던 백설기를 바닥에 떨어뜨렸다. 그리고 금방이라도 눈물이 터져 나올 것 같은 눈으로 천 영의 앞으로 다가와 묻는 그녀였다.

"방금 백 월이라 하셨습니까."

"백 월이라면 바로 우리……."

백 향의 곁에 서 있던 시녀 아이도 차마 말을 끝맺지 못한 채 놀란 눈으로 그녀를 쳐다보았다.

천 영은 문득 눈물이 가득 고인 그녀와 눈이 마주치자, 주춤 뒤로 물러섰다. 그리고 조심스럽게 답했다.

"그렇소. 천나라의 황후이신, 백 월."

그가 말한 이름이 자신이 알고 있는 백 월이라는 것을 깨달은 향이 공허한 눈빛으로 고개를 천천히 끄덕였다. 백 월, 그녀가 살았던 곳을 자신이 모를 리가 없었다.

"정말 그곳을 알고 있다는 말이오?"

천 영이 재촉하듯 물었다. 그렇게 물어도 아는 이가 없었는데 다시 마주친 이 여인이 그녀의 사가에 대해 알고 있다니. 그의 마음이 급해졌다.

그러나 우연이라기엔 너무도 찜찜한 기분. 천 영은 아까부터 풀리지 않은 의문에 대해 또다시 고민하기 시작했다.

'분명 아까 전 저 시녀 아이가 이 여인을 백 향이라 불렀다. 거기다 어디서 많이 본 듯한 얼굴. 누군가와 무척 닮은 얼굴…….'

그리고 잠시 뒤, 해답을 찾은 그의 동공이 커졌다.

'설마……. 황후의 동생?'

백 향은 천 영의 물음에 다시 한 번 고개를 끄덕였다. 한시도 잊은 적이 없었다. 그리고 그녀를 기억하고 또 기억하면서, 멍하니 방에 앉아 넋을 놓고 있어야만 하는 정숙한 여인의 삶 따윈 버리겠다고 마음먹었다. 그러한 삶을 강요하는 아비에게 반기를 들 목적이기도 했다.

향은 백 월이라 불리는 그녀를 고통스러운 얼굴로 떠올렸다. 한 해 동안 얼굴조차 보지 못했던 여인. 이 세상 그 어떤 여인보다 가엾고 비참한 그 여인을.

한 해 전 그렇게 도살장으로 끌려가는 가축 같았던 그녀의 표정은 아직도 향의 뇌리에서 잊히지가 않았다.

현 천나라의 황후는……. 다름 아닌 그녀의 자매였으니까.

"헌데 그분의 사가에는 왜 가시려는 겁니까."

향이 어두웠던 표정을 가까스로 거두고 의심스럽다는 얼굴로 영에게 물었다. 그녀의 물음에 천 영은 잠시 말문이 막혔다. 황후의 사가가 있는 곳을 아는 사람이 하필이면 황후의 여동생이라니.

확신할 수는 없었지만 그의 앞에 서 있는 여인은 황후와 자매인 것처럼 닮아 있었다. 또한 황후에 대한 이야기를 꺼내자마자 얼굴색이 어두워지는 것을 보면, 무언가 그녀에 대해 알고 있다는 뜻.

"그러니까……."

영은 머뭇거리듯 한동안 입술만을 달싹였다. 어찌 되었든 불순한 의도를 가지고 가는 길이었다. 인연은 참으로 모질게도 황후의 동생을 그와 엮어 버렸다.

이윽고 영이 어색한 미소를 지으며 입을 열었다.

"황후마마께서 나를 사가에 보냈소. 마마의 사가가 자리한 곳을 일러 받았는데도 이곳 지리에 대해 어두워 길을 헤매고 있었던 것이오."

"방금 황후마마께서 보냈다 하셨습니까?"

천 영의 말에 향의 눈이 커졌다. 그리고 황후와 닮은 크고 또렷한 눈망울로 그를 바라보았다. 어두웠던 그녀의 표정이 환해지자 얼굴 위로 생기가 돌기 시작하고 기쁨에 가득 찬 싱그러운 미소가 입가에 피어났다.

한 해 만이었다. 사가에 발길을 끊고 황궁에 입궁하라는 기별조차 없던 그녀가 사가에 사람을 보내오다니. 향은 방금 전까지만 해도 다신 마주치고 싶지 않았던 천 영을 뚫어져라 쳐다보았다. 물어볼 것이 아주 많았다.

그는 문득 느껴지는 쓸쓸함에 천 영은 그녀의 눈을 피해 다른 곳으로 시선을 돌렸다.

"그렇소만."

대충 얼버무리려고 한 말인데 오히려 일을 더 크게 벌여 버린 건 아닌지. 그는 골치 아픈 일에 빠진 것 같은 기분이 들었다.

사실 조용히 황후의 사가를 찾아가 그곳에서 일하는 자들을 매수하고 집안의 분위기에 대해 알아볼 작정이었다.

쉬운 일은 아니겠지만 자신은 천 우 형님처럼 황후와 직접 이야기해 볼 재간도 없었으니 딱히 그 방법밖에는 황후에 대해 알아볼 수 없을 것 같았다.

그런데 운이 좋은 건지, 아니면 너무 직접적인 접촉을 하게 된 건지 황후의 동생이라는 여인과 얼떨결에 만나게 되었다. 첫 만남이 그리 반가운 상황은 아니었지만.

"백 월, 그러니까 이곳 천나라의 황후마마는 제 언니이고…… 저는 백 향이라 합니다."

백 향이 그제야 천 영에게 고개를 숙이고 정식으로 자신을 소개했다. 낯선 사내라 경계할 연유도, 이상한 사내라 멀리할 연유도 거짓말처럼 사라져 버렸다. 오직 곧 있으면 언니에 대한 이야기들을 들을 수 있다는 기대감만이 향의 가슴속에서 부풀어 오르고 있었다.

"나는……."

천 영은 백 향이란 여인에게 자신의 진짜 이름을 말해 주어도 될지 또다시 고민에 빠졌다. 천씨는 천나라 황족만이 쓸 수 있는 성이었기에 그의 신분을 들킬 수도 있었다. 결국 그는 이리저리 눈동자를 굴리더니 불현듯 떠오른 휘의 이름을 따서 자신의 이름과 엮어 붙였다.

"……휘영. 휘영이라고 하오, 아니, 휘영이라 합니다."

자신이 지어낸 이름을 소개한 천 영은 이내 아차 싶었다는 듯 향에게 고개를 숙였다. 지금 자신은 이 여인의 신분보다 낮은 황후의 수족에 불과했다.

더불어 황후의 자매라 하면 천나라에 존재하는 두 명의 실세 중 하나라 들었던 백 재상의 딸도 될 것이니, 실제로는 엄청난 대갓집의 여식이라는 말도 되었다.

그것을 이제야 깨닫다니. 감정에 휘둘려 사리분별을 제대로 하지 못한 탓이었다.

문득 그가 매사에 치밀한 천 우를 따라가려면 아직 멀었다는 생각이 들자, 천 영은 말없이 미간을 좁혔다.

"……?"

그리고 갑자기 자신을 높은 사람 취급하는 영의 행동에 백 향이 잠시 어리둥절한 표정을 지었다. 그러나 곧 그녀의 입매가 올라갔다. 향은 재미있다는 듯 그를 바라보며 물었다.

"전의 그 당당함은 어디에 제쳐 두시고, 이제야 제게 예를 갖추는 연유는 무엇입니까."

생각해 보니 이 사내는 처음부터 경어를 쓰지 않았다. 정숙한 여느 여인처럼 다니지는 않았어도 신분은 눈에 보이는 법. 더구나 황후마마께서 보낸 자라면 품계가 그리 높지도 않을 터였다.

"제가 미처 못 알아 뵌 점, 사죄드립니다."

천 영이 입술 안쪽을 물고는 다시 한 번 고개를 숙였다. 지나라의 황제라는 그의 존엄한 위치를 다시 한 번 망각해야만 하는 순간이었다. 그러나 그가 이루려는 목적을 위해서 이쯤은 감수해야 했다. 애초에 쉽게 포기해 버릴 것이었다면 천 우의 손을 잡지도 않았다.

수일을 고민하고 고민한 끝에 내린 결정. 설사 그것이 겨누면 겨눌수록 그 칼끝이 자신의 심장 깊숙이 박힐지도 모르는 아픈 일이더라도, 천 영은 그 일을 하리라 마음먹었을 만큼 강한 독기를 품고 있었다.

그리고 그 독이 자꾸만 퍼져 잊고자 했던 그의 상처를 계속 건드렸다. 그리하여 결국 영은 어느 날 일을 도모하자, 천우가 내민 손을 잡기로 결심한 것이었다. 그는 그런 자신의 결의를 회상하곤 마음을 굳게 먹었다

"괜찮으니 어서 가시지요."

이윽고 가만히 그를 응시하던 향이 잠시간의 정적을 깼다. 그리고 피식 웃으며 천천히 시녀 아이와 함께 앞장서 걷기 시작하는 그녀였다.

첫 만남이 불쾌하기는 했지만 향은 그의 신분에 대해서 그다지 신경 쓰지 않았다. 어차피 어느 날 재상이 된 아버님의 지위 상승으로 인해 자연스럽게 자신의 지위도 올라간 것일 뿐, 그렇게 해서 얻은 높은 신분이라는 것이 도리어 역겹게만 느껴지던 차였다. 그래서 그녀는 그와의 신분 차이에 대해 뒤늦게 깨닫게 되었음에도 그에게 말을 놓지 않았다.

또한 향은 언제나 그녀 자신도 떳떳하지 못한 자리에 있는 사람이라 생각했다. 무엇보다도 언니인 월을 황궁에 밀어 넣은 대가로 얻은 허울 좋은 권세에 불과했으니까. 향의 입가에 쓸쓸한 웃음이 묻어났다.

"이런."

그가 향에게 들리지 않을 정도로 나지막이 중얼거렸다. 도무지 쉽게 발걸음이 떨어지지가 않았다. 이대로 황후의 동생이란 여인을 따라간다는 것은 굉장히 위험한 일이었다. 황후의 아비인 백 재상이란 자를 직접 대면해야 할지도 몰랐다. 그는 일전에 있었던 천 휘 형님의 탄신일 연회에 왔었기 때문에 자신을 알아볼 수도 있었다.

"무슨 문제라도 있으신 겁니까."

몇 걸음 앞서 걸어갔던 향이 발걸음을 멈추고 천 영이 있는 곳으로 되돌아와 물었다. 끝내 갈등에 빠져 있던 영은 의아한 표정으로 그를 바라보고 있는 향을 멍하니 바라보았다.

언니인 천나라 황후와는 대조되는 밝은 여인. 어딘지 모르게 여느 여인과는 다르게 느껴지는 구석이 천 영은 신기하고도 이상했다. 또한 자신이 분명 고개를 숙여 예를 갖추었는데도 변함없이 그를 대하는 모습에 영은 이 여인의 머릿속이 궁금했고 조금은 흥미롭게 느껴졌다.

'황후의 동생이라…….'

"휘영?"

천 영은 백 향에게서 그를 부르는 이름이 들려오자 그녀를 향해 어색한 미소를 지었다. 휘영이라. 문득 드는 생각이었지만 얼떨결에 만든 이름 치고는 꽤 잘 지은 것 같았다. 그러나 결국 그는 황후의 사가로 이 여인과 함께 간다는 것이 위험한 일이라고 결론을 내렸다. 더 이상 이 여인과 엮이는 것도 위험한 건 마찬가지였다. 왜 군이 황후마마가 보냈다는 말을 했을까. 영은 후회가 밀려들었다.

그때, 불현듯 그에게 좋은 생각이 떠올랐다. 천 영은 조심스럽게 향의 기색을 살피며 말을 꺼냈다.

"지금 생각해 보니, 황후마마의 사가에 군이 찾아갈 필요가 없는 듯합니다. 황후마마의 동생이라 하시니 이 자리에서 황후마마께서 전하고자 했던 말을 전하는 것이 나을 듯싶습니다."

"지금 이 자리에서 말입니까. 허나……."

영의 말을 들은 향의 얼굴에 실망한 기색이 역력했다. 이 자리에서 전해 줄 말이라면 그다지 중요한 말이 아니라는 것을 직감적으로 느꼈던 탓이었다.

그래도 한 해 만에 전해 듣는 소식인데, 너무도 허무한 소식은 아닐까. 불안해진 마음과 함께 드디어 듣게 되는 월의 소식에 향은 터질 듯한 심장을 손으로 누르곤 천 영의 말을 기다렸다.

"백 향! 네가 하도 살 것이 있다고 하여 큰맘 먹고 어서 저자에 다녀오라 일렀더니 길 위에서 무얼 하고 있는 게냐?"

그리고 천 영이 대답을 하기도 전에 뒤에서 향을 부르는 누군가의 목소리가 귓전을 울렸다. 낯익은 목소리. 천 영은 저 멀리서 뒷짐을 진 채 향에게 소리치며 다가오는 사람이 누구인지를 확인하자, 황급히 몸을 돌렸다.

"아버님이잖아. 그새를 못 참으시고 날 잡으러 오셨네."

익숙한 목소리가 들려오자 뒤로 고개를 돌려 자신을 부른 이가 누구인지 확인한 향이 눈살을 찌푸리며 말했다. 척 보기에도 그 기세가 하늘을 찌를 듯 당당하고 보는 이들을 주눅 들게 할 만큼 화려한 차림새를 한 노인이 두 명의 수족을 거느리며 그녀에게 다가오고 있었다.

영은 그 사람이 휘 형님의 탄신일 날 연회에서 보았던 백 재상임을 확신하자, 혹 그에게 자신의 정체를 들키기라도 할까 재빨리 머리를 굴렸다.

"……!"

이내 그는 향의 손목을 잡아당김으로써 백 재상에게 가 있던 그녀의 시선을 돌려 자신과 두 눈을 마주 하도록 만들었다. 향과 영의 맑은 두 눈이 마주치자, 둘 사이에 알 수 없는 전율이 흘렀다.

"잘 들으십시오."

천 영은 그의 시선을 여전히 향의 눈동자에 고정한 채 말했다.

"저기 아버님이 오시니 함께 들어도……."

"사흘 후. 이곳으로 다시 찾아오겠습니다."

천 영은 단호한 한마디와 함께 향을 뒤로한 채 빠르게 발걸음을 옮겨 그 자리를 떠났다. 잠시 뒤, 멍하니 멀어져 가는 그의 뒷모습을 바라보고 선 그녀에게로 다가온 백 재상이 눈썹에 힘을 주며 추궁하듯 물었다.

"방금 너와 함께 있던 사내는 누구냐."

"저 사내는 월이 언니가…… 아니, 제가 잠시 누군가와 착각을 하여 그의 얼굴을 확인한 것뿐입니다."

"방금 월이라 하였느냐?"

월이라는 이름이 향의 입가에서 흘러나오자, 그것을 놓치지 않은 백 재상이 두 눈을 매섭게 떴다. 그는 요즘 들어 원치 않게 월의 이름을 듣게 되는 것이 뭔가 좋지 않은 징조임을 느꼈다.

그렇잖아도 며칠 전 황궁에서 온 기별 때문에 그는 더욱 예민해져 있었다.

향은 왠지 자신의 아버지에게 언니인 월에 대해 이야기를 꺼내면 안 될 것 같다는 생각이 들었다. 휘영이란 사내가 월의 이야기를 하려고 할 때 갑작스럽게 아버님이 나타나자, 황급히 사라진 것을 보면 분명 아버님과 그녀 사이에 무슨 일이 있었을 거라는 의문이 들었기 때문이었다.

"월이라뇨. 그 이름, 입에도 담지 못하게 하신 지 한 해가 넘었습니다. 말씀드리지 않았습니까. 제가 불러 세운 것이라고요."

"흐음. 네가 얼굴을 기억하는 사내라도 있었다는 말이냐."

백 재상은 여전히 의심스러운 눈초리를 거두지 않고 향을 응시했지만 향은 그런 백 재상의 시선을 무시한 채 시녀 아이에게 어서 가자고 눈짓을 했다.

"절대로, 내 허락 없이는 어디든 가려는 생각 말거라."

그러자 그가 향을 뒤쫓아 가면서 그녀에 귀에 쐐기를 박았다. 백 재상은 백 월을 황후로 황궁에 보내면서, 향 역시 자유롭지 못하게 만들었다. 향은 그런 아버님이 도무지 이해가 가질 않았다.

혼자 돌아다니며 황후마마께 찾아가기라도 할까, 황후마마의 소식을 묻고 다니진 않을까 노심초사하는 모습은 일상과도 같았다. 그리고 여전히 조금이라도 그녀가 돌아올 시간이 지체되면 어김없이 직접 찾아 나서는 모습은 재상이란 자리에 앉아 있는 분이 맞을까 늘 의심스럽게만 느껴졌다.

언니인 월보다 더 나들이를 좋아하고 여느 여인들보다 활기찬 그녀였기에 사가 대문 안에서의 삶은 너무나도 지루하고 가혹했다. 그리고 어느 날, 문득 황궁에 있는 월을 떠올리자 그녀가 황후로서 극진한 대접을 받고 있을 거라 여겼던 생각들이 사라져 버렸다.

그녀가 원해서 황후가 된 것이 아니었으니까. 끌려가듯 아버님 손에 의해 입궁한 그 날의 얼굴이 아직까지도 차갑게 남아 있을 것만 같았다. 그리고 그런 그녀를…… 과연 황제 폐하께서 보듬어 주셨을까. 넘쳐나는 후궁들 사이에서 그녀는 안중에도 없는 것은 아닐까 그렇게 하루하루 걱정을 쌓아 가고 있었다.

그리고 어느덧 한 해라는 시간이 흘렀고, 이제야 그녀의 소식을 들을 수 있게 되었는데 휘영이란 이름 하나만을 남긴 그는 사흘 후 다시 만나자는 한마디의 기약과 함께 떠나 버렸다.

'정말 그는 황후마마가 보낸 사람이 맞는 것일까.'

그는 평범한 행색이었지만, 그저 윗사람들의 말을 전하러 다니는 자라고 하기엔 너무도 깊은 눈을 하고 있었고 또한 숨길 수 없는 기품이 있었다. 향은 그에게서 향은 알 수 없는 묘한 느낌을 받았다.

"사흘 후라……."

그녀가 그와의 기약을 잊지 않으려는 듯 그의 얼굴을 떠올리며 중얼거렸다. 휘영. 어찌 되었든 사흘 후, 꼭 그와 다시 만나야 했다. 그녀가 전하고자 했던 이야기를 듣고 싶었다.

'전하고자 했던 이야기.'

향의 눈동자가 흔들리기 시작했다. 어쩌면, 자신이 모르는 진실이 있을지도 모른다는 생각이 그녀의 온몸을 빠르게 휘감자 이내 백 향은 백 재상이 들리지 않는 목소리로 조용히 말했다.

"휘영. 그 사내를 꼭 다시 만나야겠어."

*   *   *

"이제 이곳부터는 저잣거리인 듯한데."

주위를 경계하며 황후와 함께 산에서 내려와 마을 가를 지나고, 곧 저잣거리의 입구를 찾은 은후가 말했다. 황후는 동굴에서부터 쉼 없이 이곳까지 오느라 꽤 지쳐 있었다. 그러나 그녀는 힘든 기색조차 없이 묵묵히 은후의 뒤를 따라 걷고 또 걸었다.

그럼에도 불구하고 은후는 황후에게 보폭을 맞춰주고, 물도 건네주며 계속해서 그녀의 안색을 살폈다. 신경 쓰지 않으려 해도 사내인 자신과는 다른 여인인 것은 변함없기에 주의를 기울이지 않으면 언제 위험해질지 몰랐다. 그렇게 이곳으로 오는 내내 괜한 동정심으로 사서 고생을 했다는 생각이 여러 번 들었지만 결국 엎질러진 물이라 여기곤 두 눈을 질끈 감은 그였다.

"전 어서 제 사가로 가야 합니다."

황후는 강한 의지가 담긴 눈빛으로 은후를 바라보았다. 은후는 그런 그녀를 한동안 응시하더니 미간을 좁히며 차갑게 말했다.

"사가로 가면 그대가 도망치는 곳으로부터 무사하다는 겁니까. 혹 그렇다 쳐도, 지금 그대의 행색으로 사가에 들이닥친다면 안 사람들이 어떻게 생각하겠습니까."

은후가 어느덧 더러워진 황후의 비단옷과 피곤에 절은 그녀의 모습을 내려다보며 황후를 일깨우자, 그녀는 황급히 자신의

옷으로 시선을 옮겼다. 황후는 할 말을 잃은 듯 입술을 깨물었다,

"저자에 들러 갈아입을 옷부터 구하고 배를 채운 뒤, 사가로 돌아갈 길에 대해 생각하는 게 어떻겠습니까."

그리고 이미 그녀의 성격을 짧은 시간 내에 파악하고 있었던 은후는 옅은 한숨과 함께 저자를 향해 손가락을 뻗었다. 황후는 그의 말이 틀린 말은 아니었기에 말없이 고개를 끄덕이곤 그와 함께 저잣거리 안으로 들어섰다.

＊　　　＊　　　＊

"흐음. 옷감을 구한다 해도 당장 새로 지어 입을 수는 없는 노릇이니……."

저잣거리를 걸으며 주위를 둘러보던 은후가 중얼거렸다. 황후 또한 주위를 둘러보며 자신이 입을 만한 옷이 없을까 살펴보던 도중, 시전에서 떡을 팔고 있던 젊은 여인 앞에 멈춰 섰다.

그녀를 따라 자연스럽게 발걸음을 멈춘 은후가 의아한 표정으로 황후를 바라보았다. 황후는 잠시 머뭇거리는 듯싶더니 이내 진지한 표정으로 젊은 여인에게 말을 건넸다.

"제가 입고 있는 이 비단옷을 줄 테니, 그쪽이 입고 있는 옷과 바꾸어 입으면 안 되겠습니까."

황후는 자신이 황후라는 사실을 숨기고자 일부러 존대를 하

며 백설기를 팔고 있던 여인에게 물었다. 여인은 황후의 행색을 위아래로 훑어보더니 잠시 동안 고민에 빠진 듯 쉽게 대답하지 않았다. 그러나 황후의 옷은 조금 더러워졌을 뿐, 누가 보아도 엄청난 공을 들여 짜낸 고귀한 비단옷처럼 보였다.

"좋아요."

여인은 곧 고개를 끄덕이며 황후의 제안을 받아들였다. 그런 황후의 모습을 지켜본 은후가 피식 웃었다. 범상치 않은 여인인 것은 어렴풋이 눈치를 채고 있었으나, 점점 더 지켜볼수록 그에게 흥미로운 충격을 안겨주고 있는 여인이었다.

"그럼 잠시 이 여인과 옷을 바꾸어 입고 올 테니 시전을 봐 주시겠습니까."

"……?"

은후가 이해가 가지 않는다는 표정을 짓자 황후는 답답하다는 듯 그를 쳐다보며 말했다.

"시전이 비면 장사를 하지 못할 것이 아닙니까. 아주 잠시 동안만 보고 계시지요."

아무렇지도 않게 자신에게 시전을 보라 말하는 황후의 말에 은후는 커다란 돌덩이에 머리를 얻어맞은 듯 머리가 지끈거려 왔다. 천나라에 온 목적은 어느덧 어디로 가고 도망치던 여인을 도와주고 있는 것도 모자라 시전까지 봐주는 신세가 되다니. 그 역시 그녀에게 신분을 밝히지 않았기에 딱히 뭐라고 대꾸할 수도 없는 노릇이었다.

결국 은후는 알았다는 듯 갖가지 종류의 떡들이 놓인 시전 앞에 우두커니 서 있었다. 황후는 여인과 함께 옷을 바꾸어 입기 위해 어딘가로 사라졌고, 은후는 한숨을 푹푹 내쉬며 시전을 보게 되었다.

　"요 백설기 한 덩이에 얼마나 하는지요?"

　조금 뒤, 시녀인 것처럼 보이는 한 아이가 여주인과 함께 시전 앞에 서선 백설기를 가리키며 물었다. 그리고 아이는 은후가 이곳 시전의 주인이라는 것이 이상하다는 표정을 지으며 그의 대답을 기다렸다.

　그러자 은후는 정작 자신이 이 떡에 얼마나 값을 쳐서 팔아야 할지를 모르고 있다는 사실을 깨달았다. 그는 무언가를 골똘히 생각하는 듯하더니 손가락 다섯 개를 쫘악 펼쳐 보였다.

　아직 천나라의 화폐 단위에는 익숙하지 않아 딱히 어떻게 값을 매겨야하는지는 감이 오지 않았기에 별수 없었다. 그러나 그의 직감이 맞아들었는지, 시녀 아이는 별 대꾸 없이 수긍하는 표정이었다.

　시녀 아이가 어떻게 할까요, 라는 표정으로 곁에 서 있던 여인을 물끄러미 바라보자 여인은 가마솥 안에 있어 김이 모락모락 나는 백설기에서 눈을 떼지 않으며 해맑게 말했다.

　"한 세 덩이 사야겠다. 세 덩이 주게."

　그리고 그녀가 세 덩이를 달라고 말하는 순간, 은후와 눈이 마주쳤다. 은후는 그녀와 눈을 마주치자 문득 누군가와 닮았다는 생각이 들어 떡을 건네주어야 한다는 사실을 잊어버렸다.

"이보시오. 백설기 세 덩이."

그러자 그런 그를 부르는 시녀 아이의 목소리에 은후는 그제야 가마솥 안에서 백설기 세 덩이를 꺼내어 건네주었다.

따뜻한 백설기를 손에 든 여인은 함박미소를 지으며 같이 온 시녀 아이와 함께 다른 곳으로 향했다. 그리고 은후는 방금 다녀간 여인의 얼굴을 떠올리며 어딘가 굉장히 낯익은 얼굴임을 새삼 느끼고 있는 중이었다.

"저기."

잠시 뒤, 떡 시전의 여주인과 옷을 바꾸어 입은 황후가 은후의 앞에 서서 그를 불렀다. 은후는 여느 평범한 여인처럼 옷을 입고 있는 그녀의 모습에 천천히 고개를 끄덕였다. 확실히 전보다는 눈에 덜 띄는 것 같았다.

황후의 옷을 입은 이곳 시전의 여주인은 생각보다 옷이 마음에 들었는지 부드러운 비단결을 따라 계속 옷소매를 만지작거리고 있었다.

이윽고 다시 한 번 주위를 둘러보며 혹 자신이나 황후를 뒤쫓고 있는 자들은 없는지 확인한 은후는 별다른 낌새가 없자, 자신의 배 위에 손을 얹으며 말했다.

"그럼 이제 배를 채우러 갑시다."

그러자 황후는 시전에 놓인 떡에 시선을 가져가며 그에게 눈짓했다.

"무엇을 먹으러 가자는 겁니까. 저는 저자에서 먹어본 것이 별로 없으니 그냥 이곳 떡이라도 먹는 것이⋯⋯."

"이럴 때 먹어보지 못한 것을 먹어보는 겁니다."

은후는 단호하게 고개를 저으며 황후의 손목을 붙잡았다. 이번에는 세게 쥐지 않은 그의 배려에, 황후는 또다시 어디론가 끌려가기 싫어 마음을 단단히 먹으려던 생각을 점차 바꾸었다.

그리고 그녀의 성격대로라면 자신의 손을 차갑게 뿌리칠 줄 알았던 예상이 빗나가자, 은후는 그의 심장이 잠시 멈칫한 것을 느꼈다. 그리고 저 아래 깊숙한 곳에서 울리기 시작하는 조그만 박동이 온몸에 조금씩 퍼져가는 것 같았다.

'뭔가⋯⋯ 아주 조금일지는 몰라도 그새 신뢰라는 것이 쌓였던 걸까. 이 얼음장 같은 여인에게 나라는 존재에 대한 신뢰.'

처음으로 느껴보는 묘한 기분에 은후는 스스로 의아한 표정을 지었다. 그리고 이내 피식 웃으며 그녀의 손목을 살짝 잡아당겨 조금씩 앞으로 걸어 나가기 시작하는 그였다.

황후는 망설일 겨를도 없이 어느새 그를 따라가고 있는 자신을 발견했다. 황제에게서 도망친 순간부터, 그리고 자신이 도와 달라 손을 내민 그 순간부터, 그녀가 믿고 따라야 할 사람은 이제 서은후란 이 사내밖에는 없었다.

그건 단순히 목적을 이루기 위한 것일 뿐 다른 것은 없었고 그래야만 했다. 그러려면 어느 정도는 이 사내가 원하는 것에 맞춰 주어야 한다는 생각이 들었기 때문이기도 했다. 황후는 궁 밖에서 벗어나 새롭게 마주하게 될 모든 것들이 조금은 궁금하기도 했다.

허나 도무지 생각을 알 수 없는 사람들 중 하나인 서은후란 이 사내가 어떤 것을 먹자고 할지 그녀의 머릿속이 걱정으로 가득 찼다.

그리고 역시나.

황후는 불편해진 얼굴로 은후를 물끄러미 응시했다. 저잣거리를 누비며 적당한 먹거리를 파는 곳을 찾아 은후가 도착한 곳은 한 주막 안이었다.

은후는 황후와 함께 자리에 앉으며 해맑은 표정으로 주막집 여주인에게 외쳤다. 설마. 황후가 불안해진 눈빛으로 그를 바라보았다.

'대체……이 사내는 어디에서 온 것일까.'

"여기 국밥 두 개 주시오!"

*　　*　　*

"이것이 국밥이란 것입니까."

황후가 자신의 앞에 놓인 국밥 한 그릇을 내려다보며 한쪽 눈썹을 살짝 찡그렸다. 먹어본 적이 없을뿐더러 보기도 처음 본 것이었기에 황후에게는 낯선 음식이었다.

"음, 국밥을 시켰으니 국밥이 나온 것이겠지요."

은후가 숟가락을 들어 국밥 위에 얹어져 있는 콩나물을 살짝 들어 올리곤 그것을 유심히 바라보며 말했다. 그 역시 처음 먹어 보는 음식이었다. 자신이 있던 제나라에서는 먹어볼 기회가 별로 없었기에 이곳 천나라에 와서는 꼭 먹어 보고자 했다. 혼자가 아닌 둘이서 먹게 될 줄은 몰랐지만.

"그럼 먹어 볼까."

은후가 마음을 굳게 먹고는 숟가락으로 국밥을 한 숟갈 입에 떠 넣었다. 생각보다 맛이 괜찮다는 것을 느낀 은후는 무척 배가 고팠던지라 빠른 속도로 국밥을 비우기 시작했다. 황후는 그런 은후를 보며 재미있다는 듯 픽, 웃었다.

"왜 웃으시오?"

황후의 웃음에 입을 우물거리며 그녀를 물끄러미 바라보는 은후였다. 황후는 입가에 띠었던 미소를 거두고는 그런 적 없다는 듯 다시 자신의 국밥을 응시했다. 황후 역시 꽤 오랜 시간 동안 속이 비어 있었기에 막상 앞에 놓인 음식을 보자, 배가 고픈 것을 느꼈다.

"쫓기는 자는 언제나 뱃속이 든든해야 한다고."

그렇게 황후가 망설이는 사이, 쉽사리 숟가락을 들지 못하는 그녀에게 은후가 답답하다는 말투로 말했다.

'쫓기는 자라…….'

황후는 은후의 말을 곱씹어 보며 천천히 숟가락을 쥐었다. 이제부터, 마음먹은 대로 무언가를 알아내고 밝혀내기 위해서는 가릴 것이 없어야 했다.

부유한 집안의 여식으로서, 천나라의 황후로서 살아왔던 자신의 모습은 버려야 했다. 그렇지 않으면 자신은 여전히 새장 안에 갇힌 새와 다를 바가 없었다. 그러려면 사가 밖에서, 궁 밖에서 맞닥뜨리는 모든 것들을 받아들이려 노력해야 한다는 생각이 들었다.

황후는 국밥에 숟가락을 넣고 국물을 떠서 조심스럽게 자신의 입가로 가져갔다. 그리고 맛을 음미했다. 국밥이란 음식 특유의 구수한 맛이 입가에 퍼지자, 조금 낯선 느낌은 있었지만 그런대로 먹을 만했다.

한 입, 두 입 더 먹어 보니 생각보다 그녀의 입에 잘 맞았고 비어 있던 속이 든든해지는 느낌이 들자, 그녀도 곧 국밥 그릇을 비워가기 시작했다.

"끝까지 안 먹을 줄 알았는데."

은후가 피식 웃으며 묵묵히 국밥을 먹고 있는 황후를 바라보았다. 황후가 고민하는 동안 이미 국밥 한 그릇을 해치운 은후는 한쪽 팔로 턱을 괸 채 그녀가 먹고 있는 모습에서 시선을 떼지 않고 있었다.

그녀를 처음 봤을 때, 그녀의 행색으로 보아 고귀한 출신의 여인임을 알아챈 그였다. 저잣거리의 음식은 지체 높은 여인에게 생소할 수밖에 없었고, 그것은 그녀에게도 역시 마찬가지일 것이었다.

허나, 먹든 먹지 않든 그것은 본인의 자유라 여겨 은후는 무작정 주막으로 들어섰다. 그의 경험상 배고픈 것 앞에 신분 따위는 소용이 없었다.

본국에 두고 온 다은이라면 상상도 못 할 일이었다. 언제 한번 저자에 나가 국밥이란 것을 먹어보자 말한 자신에게, 그런 지저분한 음식을 어떻게 먹느냐며 단호히 고개를 저었던 것이 생각났다.

겨우 그녀를 떼어놓고 오느라 힘이 들긴 했지만 지금 생각해 보면 무척 잘한 일 같았다. 분명 이것저것 따지고 들며 피곤하게 했을 테니까.

그러나 자신의 앞에 있는 이 여인은, 보면 볼수록 흥미로웠다. 겉으로는 누구도 쉬이 다가가지 못할 만큼 냉랭한 기운과 무성한 가시를 품고 있지만, 생각보다는 여린 여인. 미소 따윈 절대 짓지 못할 거라 여겨졌지만…… 언뜻 보았음에도 미소가 정말 아름다운 여인. 이런 여인에게 웃음을 앗아간 사연이 그는 점점 더 궁금해지기 시작했다.

"그만 쳐다보시지요."

숟가락으로 마지막 한 입을 떠 넣은 황후가 입가를 닦아낼 만한 것을 찾아 두리번거리며 톡 쏘았다. 이곳에 입가를 닦을 만한 천이 있을 리 만무하다는 사실을 다시금 깨달은 그녀는 어쩔 수 없이 자신의 소매를 입가에 가져갔다.

"누가 그대 얼굴이 어여뻐서 본 줄 아나."

은후는 한동안 자신도 모르게 넋 놓고 그녀를 바라보고 있었다는 것을 알아채자, 능청스럽게 시선을 돌리곤 퉁명스럽게 중얼거렸다.

"그렇게 생각한 적 없습니다."

황후는 냉랭한 말투로 짧게 답하곤 자리에서 일어나려고 몸을 움직였다. 그러면서 그녀의 머리카락이 바람에 흩날렸고, 몇 가닥이 그녀의 볼 위에 붙었다.

"얼굴에."

그러나 여전히 그녀의 뺨 위에서 떨어지지 않은 머리카락 몇 올이 은후의 눈에 띄었다. 은후는 손가락으로 자신의 뺨을 톡톡 치며 그녀에게 그 사실을 알려주었다.

황후는 눈살을 살짝 찌푸리며 그녀의 흰 손가락으로 자신이 뺨에 붙은 머리카락을 떼어내려고 애썼다. 그러나 생각보다 가늘고 긴 머리카락을 면경 없이 느낌만으로 떼어내기란 쉽지 않았다.

"나 참. 가만있어 보시오."

"……?"

그것을 답답하다는 듯 지켜보고 있던 은후가 그녀의 앞에 다가와 섰다. 그리고 자신의 손가락을 천천히 그녀의 뺨으로 가져가 조심스럽게 머리카락을 떼어내 넘겨주는 그였다.

갑작스러운 은후의 행동에 황후는 두 눈을 천천히 깜빡였다. 이번만 해도 세 번째였다. 그와 이렇게 가깝게 밀착한 순간은.

또한 낯선 사내의 손이 자신의 뺨에 닿았다는 사실이 당황스러웠다.

"떨어지십시오."

자신도 모르게 느껴버린 낯선 감정에 황후는 두 손으로 그를 밀어냈다. 그리고 옆에 두었던 천 우의 옷을 집어 들어 자신의 팔에 걸친 뒤 그를 뒤로 한 채 발길을 떼었다.

처음엔 사소한 행동에도 과하게 반응하는 그녀가 답답하고 꽉 막힌 것같이 생각됐으나 조금씩 넘어가 보려 애쓰다 보니 이젠 그녀의 모습이 은후는 이상하게도 점점 귀엽게 느껴졌다. 그러니 조금 더 놀리고 싶고, 건드려보고 싶은 마음이 생기는 건 당연했다. 또한 이 차가운 여인이 언제쯤 마음을 열까 기다려보는 것도 나쁘지 않을 것 같았다.

은후는 잠깐이지만 낯설고 지겨울 것 같았던 천나라에서의 여정이 그리 헛되지만은 않을 것 같은 예감이 들었다. 어쨌든 이 여인은 천나라에 대해 잘 알고 있을 터이니 이것저것 물어볼 수도 있었고 자신이 이곳에 온 목적을 수행하는 데에 있어서 도움이 될 것 같았기 때문이었다.

"참."

뒤돌아서서 천천히 앞으로 걸어가는 황후의 뒷모습을 응시하며 은후는 자신의 가슴팍 안쪽의 주머니를 꺼냈다. 그리고 어느새 다가와 기다리고 있던 주모에게 국밥 값을 치르고 황후의 뒤를 따라가는 그였다.

　　　　　*　　　*　　　*

"배도 채웠으니 이젠 말을 구해야 할 텐데⋯⋯ 참, 그 주막이 마방(馬房)인지 물어볼 것을."

주막에서 나와 저자를 걷던 은후가 깜박했다는 듯 이맛살을 찌푸렸다. 종일 걸어만 다닐 수는 없었다. 또한 자신이 들러야 할 객주까지 찾아가려면 말이 꼭 필요했다.

"근처에 마방이 있으려나."

은후는 다시금 주변을 두리번거리며 마방을 찾았다. 그리고 마침 말 한 마리를 끌고 한 주막집으로 들어가는 사내를 발견하자, 그는 황후를 이끌고 그자를 따라가기 시작했다.

"이보시오!"

그가 빠른 걸음으로 주막 안 마구간으로 들어가려는 중년의 사내를 불러 세웠다. 그는 이 주막의 마구간지기로, 누군가에게 빌려주었던 말을 돌려받아 다시 마구간에 매어 놓으려는 듯했다.

"무슨 일이십니까."

사내는 게슴츠레 눈을 뜨고는 은후와 황후를 번갈아가며 쳐다보았다. 은후는 사내에게 성큼 다가가 말했다.

"말 좀 빌릴 수 있겠소."

황후는 은후의 뒤에 말없이 선 채로 그의 행동을 지켜볼 뿐이었다. 은후가 말을 빌리고자 이런저런 이야기를 하는 사이 무심결에 주위를 둘러보던 황후는 심장이 덜컥 내려앉았다. 그녀의 눈에 낯익은 얼굴들이 비쳐졌기 때문이었다.

"지금, 빨리 몸을 숨겨야 합니다."

그리고 은후의 옷자락을 붙잡아 당기며 그를 돌려세우는 그녀였다. 고개를 돌려 황후를 물끄러미 바라보던 은후는 그녀의 시선이 닿은 곳으로 그의 눈길을 옮겼다. 이윽고 그가 누군가를 발견하고는 다시 황후를 바라보았다.

몸을 숨겨야 하는 연유가 저들 때문이냐는 듯 그가 눈으로 물었고 이내 황후가 고개를 끄덕이자, 은후는 일단 황후를 숨겨야 겠다는 생각에 마구간지기 사내에게 재빨리 물었다.

"근처에 몸을 숨길 만 한 곳으로 빨리 이 여인을 데려다 주시오."

"예?"

"어서!"

은후가 낮게 소리치자 사내는 영문을 모른 채 그녀에게 따라오라는 듯 손짓을 했다. 황후는 급한 마음에 발에 엉기는 치맛자락을 움켜잡아 들고 사내를 따라갔다. 사내는 마구간 뒤에 자리한 자신의 거처로 그녀를 데려갔다.

"이곳에 들어가 계시지요."

마구간지기는 황후를 자신의 거처인 조그만 쪽방에 그녀를 숨기고 난 뒤, 다시 마구간으로 돌아와 은후의 앞에 섰다. 그리고 어느새 다가온 두 명의 낯선 사내들이 마구간에서 말을 고르고 있었다.

　은후는 그들을 유심히 바라보며 황후와 어떤 관련이 있는 것일지 생각하고 있었다. 잠시 뒤, 깊은 생각에 빠진 은후에게 마구간지기가 말을 걸어왔다.

　"저……."

　"아. 어서 괜찮은 말로 한 필 내주시오."

　그가 두 명의 사내들에게서 눈을 떼지 않은 채 조용히 말했다. 마구간지기는 말을 골라 은후에게 내주었다. 은후는 말 값을 치르기 위해 그의 주머니를 꺼냈다.

　"이보시오."

　"예."

　그리고 그런 은후의 귓가에 낮은 사내의 음성이 닿았다. 은후는 본능적으로 두 눈을 크게 떴고 천천히 뒤를 돌아 목소리의 주인을 확인했다.

　"말 한 필, 내주시오."

　목소리의 주인은 엄청난 기품과 위엄이 넘쳐흐르는 사내였다. 짙은 눈썹과 넓게 벌어진 어깨가 그가 쉬이 대적하기 어려운 강인한 자라고 느끼도록 했고, 말 한마디에서 풍기는 그의 고고한 분위기는 그가 감히 올려다보지 못할 정도로 높은 위치에 있는 자임을 단번에 알 수 있도록 했다.

　은후는 자신의 앞에 서 있는 이 사내가, 범상치 않은 자임을 직감적으로 깨달았다. 이자는 마치, 자신이 황궁에 있을 때의 모습을 하고 있었다.

그리고 이자의 뒤에 서 있는 호위처럼 보이는 사내 역시, 행색은 초라해 보였지만 범상치 않은 무공 실력을 지닌 것 같았다. 허리춤에 칼자루가 없다는 것이 이상했지만 오랜 시간 동안 무공을 익혀온 은후는 그 사람의 곁에 감도는 기(氣)를 느낄 수가 있었다.

'이자들…… 대체 누구인 거지.'

은후는 매서운 눈동자로 그들이 눈치 채지 못하도록 유연한 시선 처리를 해 가며 이자들이 어떤 사람들일지 추측하며 하나하나 그들을 뜯어보았다.

"예, 잠시만 기다리십시오."

마구간지기는 은후에게 말 값을 받아 들고는 말을 내주기 위해 몸을 움직였다. 은후는 말 값을 치르고 떠나야 했지만 황후를 데리고 가야 했기에 일부러 말의 상태를 살피는 듯 그 자리에서 움직이지 않고 있었다.

황후는 마구간지기가 숨겨 주었던 그의 쪽방에서 나와 마구간 뒤에 몸을 숨기고는 멀리 그녀의 앞에 떨어져 서 있는 사내의 모습을 흔들리는 눈빛으로 바라보았다.

황후의 눈에 그녀의 가슴에 박혀 있던 한 사람이 들어왔다.

"폐하……."

황후가 그의 얼굴을 바라보며 나지막이 황제를 불러보았다. 이미 되돌리기엔 너무도 늦어 버렸다. 아무렇지 않게 그에게 돌아갈 수는 없었다. 또한 이미 다른 여인을 바라보고 있었던 그에게 돌아갈 연유도 없었다. 찢어지는 가슴을 안고, 이제는 혼자 나설 수밖에 없었다. 황후는 마음을 독하게 먹었다.

그러나 그사이 많이 수척해진 얼굴. 늘 늠름하고 흐트러짐 없는 모습으로 황궁에 존재했고, 수많은 신하들과 백성들 위에 군림하는 천나라의 황제인 그는, 멀리서 몸을 숨긴 채 그를 바라보는 그녀의 앞에서 한없이 어두운 얼굴을 하고 있었다.

그의 곁에 서 있는 려운 또한 평소의 수려한 모습은 온데간데 없었고, 부상을 입은 건지 초라한 몰골을 한 채였다.

문득 황후는 이상하다는 듯 둘을 번갈아 바라보며 마른 입술을 달싹였다. 그러고 보니 분명 자신과 함께 있을 때 황제 폐하의 호위무사는 려운이 아닌 다른 사람이었는데.

"……?"

그리고 문득 어디선가 느껴지는 시선에 황제가 고개를 돌렸다. 황후는 화들짝 놀라 재빨리 몸을 돌려 마구간 뒤 벽에 기대어 섰다. 그녀는 긴장해 빠르게 뛰는 심장에 손을 가져다 대며 가슴을 진정시키기 위해 노력했다.

황제는 분명 누군가가 자신을 바라보고 있었음을 느꼈다. 그는 시선을 느낀 곳을 뚫어져라 바라보며 미간을 좁혔다.

"하아."

황후는 안도의 한숨을 내쉬었다. 하마터면 그와 눈을 마주칠 뻔했다. 그녀는 이마에 배어난 식은땀을 닦아내며 숨을 고르고 천천히 자리에 주저앉았다.

그도 산에서 내려온 것일까. 곧바로 궁으로 향했을 거라 생각했는데 왜 이곳에 말을 가지러 왔는지 황후는 의문이 들었다.

황제는 문득 느낀 시선이 우연이 아닐 거라는 생각이 자꾸만 들자, 그곳을 향해 발걸음을 옮기려 몸을 틀었다.

"여기 있습니다."

그러나 그런 찰나, 주막의 마구간지기가 황제와 려운의 앞에 말을 끌고 와 서며 말했다. 황제는 그 자리에서 멈칫했고 고개를 저으며 옅은 한숨을 쉬었다. 그것을 이상하게 여긴 려운이 황제에게 물었다.

"왜 그러십니까, 폐……."

려운은 순간 자신도 모르게 황제의 호칭을 부를 뻔했으나 이내 말끝을 흐리고는 황제의 표정을 살폈다.

매사에 철두철미한 려운조차도 실수를 하는 것을 보니 황제는 이 상황이 너무도 씁쓸하게만 느껴졌다. 모두 자신의 탓인 것만 같았다. 황후가 사라진 것도, 려운이 이런 모습을 하고 있다는 것도.

산을 가로질러 황궁으로 돌아갈 수 있었지만 사내 두 명을 태운 말은 속도가 나질 않았다. 그래서 하는 수 없이 저자로 내려와 말을 한 필 더 구하기로 한 것이었다.

또한 혹시나 황후를 이곳에서 마주치진 않을까. 우연이라도 좋으니, 전에 비단 점포 앞에서 마주친 것처럼 그의 눈앞에 나타나 주진 않을까 하는 생각에 이곳에 오기까지 수없이 곳곳을 둘러보았다.

그러나 그녀는 어디에도 없었다.

"아무것도 아니다. 어서 가자."

황제는 끌고 온 자신의 말 위에 올라타며 짧게 말했다. 려운도 마구간지기에게서 넘겨받은 말 위에 올라타 황제의 뒤로 다가갔다. 그리고 그는 혹시 모를 때를 대비해 가지고 다니던 주머니를 꺼내 마구간지기에게 건네주고는 황제와 함께 자리를 떠났다.

황제가 떠난 것을 확인한 황후는 주춤거리며 은후의 곁으로 다가왔다. 은후는 그런 황후를 한동안 말없이 응시했다. 방금 그자들에게 쫓겨 도망 다니고 있는 이 여인에 대한 그의 궁금증이 한없이 커져만 가고 있었다.

"그럼, 우리도 슬슬 가 보아야 하지 않겠소."

그러나 그는 이것저것 묻기를 그만두었다. 여전히 긴장이 가시지 않은 듯 한없이 흔들리고 있는 그녀의 눈빛을 보니 지금은 아무것도 묻지 않는 것이 나을 것 같았다.

결의(決意)

"재상님!"

빠른 속도로 말을 달려 환궁한 국영이 궁 안에 들어서자마자 홍 재상을 찾았다. 홍 재상은 조회를 하기 위해 조당에서 황제를 기다리다 지쳐 다른 대신들과 함께 대전을 나서던 참이었다.

국영을 알아본 홍 재상은 두 눈을 동그랗게 뜨고는 물었다.

"아니, 황제 폐하는 어디에 계시고 너 혼자 있는 것이냐. 거기다 내게 사사롭게 말을 건네지 말라했거늘!"

"그것이…… 급히 전해드려야 할 말이 있어 어쩔 수 없었습니다."

홍 재상의 다그침에 국영은 아차 싶었다는 듯 그를 아랫입술을 물었고, 홍 재상은 그런 국영을 한심하다는 듯 바라보더니 이내 그를 따라오라 손짓했다.

"따라 오거라."

끼익—

홍 재상은 국영과 함께 궁 안 외진 곳에 자리한 전각으로 들어섰다. 그리고 국영을 응시하며 말해 보라는 듯 한쪽 눈썹을 치켜올렸다. 국영은 침을 꿀꺽 삼킨 뒤 주위에 아무도 없다는 것을 확인했다. 이윽고 그는 무거운 입술을 떼며 조심스럽게 말을 꺼냈다.

"간밤에 황후마마께서 사라지셨습니다."

"뭐라고?"

황후가 사라졌다는 말에 홍 재상의 눈이 번쩍 뜨였다. 그는 이해할 수 없다는 듯 늘어져 처진 눈을 빠르게 깜빡였다. 그리고 다시 되묻는 그였다.

"황후가 사라졌다니. 궁 안에 틀어박혀 있는 듯 없는 듯 사는 분이 대체 언제, 어디서 사라지셨단 말이냐."

국영은 이것저것 설명하기가 길고 복잡할 것 같아 일단은 그가 전하고자 했던 본론을 말하기로 마음먹었다.

"그건 제가 나중에 따로 설명해드리겠습니다. 중요한 것은, 황제 폐하께서 그 사실을 알고 제게 금군들을 풀라 명하셨습니다."

"그건 아니 된다! 황후가 사라졌다는 것을 온 백성들에게 알릴 셈이냐."

"제 뜻도 그러하옵니다. 분명 곳곳에 방을 붙이고 황후마마를 찾는 금군들이 천나라 전체에 깔리면, 민심이 흔들릴 것이고 조정의 입장이 난처해질 것입니다. 더구나 이를 조용히 무마하기 위해서 꼭 필요한 것이⋯⋯."

국영이 홍 재상의 눈을 바라보며 뜸을 들였다. 가만히 국영이 하는 말을 듣고 있던 홍 재상은 머리를 굴리는 듯 눈썹에 힘을 주더니 곧 그의 입가에 미소를 띠며 답했다.

"백성들이 눈치 채지 못하도록 새로운 황후를 들이자 말하면 되겠군."

자신이 기다렸던 답이 홍 재상의 입가에서 흘러나오자 국영은 고개를 천천히 끄덕였다. 허나 속히 병력을 동원해 황후를 찾으라던 황명을 무시할 수는 없었다. 그리고 그의 걱정을 간파한 홍 재상이 자신의 수염을 쓰다듬으며 조용히 덧붙였다.

"넌 재연에게 가서 현재의 상황과 우리의 계획을 일러 주어라. 황명에 대해선 황제 폐하께서 돌아오시면 내가 잘 둘러댈 테니."

*　　　*　　　*

"폐하! 돌아오셨사옵니까."

"비키거라."

황제는 려운과 함께 쉼 없이 말을 달려 환궁하자마자, 우르르 달려 나온 환관들과 궁녀들을 지나쳐 연주전으로 향했다. 그리고 연주전 문을 벌컥 열고는 그 안으로 들어서는 그였다. 이윽고 황후를 부르는 그의 떨리는 목소리가 연주전 안에 울려 퍼졌다.

"황후!"

"……."

혼자라도 궁에 돌아와 있지는 않을까, 실낱같은 희망을 가지고 황후를 불러보았지만 그에겐 아무런 대답도 들려오지 않았다.

황제는 가슴을 후벼 오는 허탈함에 천천히 두 눈을 감았다. 그가 우두커니 서 있는 이곳, 언제나 황후가 머물고 있었던 연주전 안에는 그저 찬 기운만이 감돌고 있을 뿐이었다.

"월……."

그의 거칠어진 입술 사이로 황후의 이름이 나지막이 흘러나왔다. 제대로 이름조차 불러준 적이 없었다. 아직 해 주지 못한 것들이 너무도 많았다.

한 해 만에 이곳 연주전으로 황후를 찾아왔을 때만 해도 전혀 그녀에 대한 의문을 느끼지 못했다. 그저 그녀 본연의 모습이 차가운 것이라 생각했을 뿐, 그녀가 차가워진 연유에 대해서는 물어보지 못했음을 지금에서야 그는 뼈저리게 느꼈다.

주인 없는 빈 침전에서 황제는 한동안 자리를 뜨지 못했다. 그리고 그런 그의 뒤에 다가온 려운이 조심스럽게 그를 불렀다.

"폐하."

"……."

"폐하?"

황제의 침묵에 려운은 그를 다시 한 번 불렀다. 이윽고 황제는 려운 쪽으로 고개조차 돌리지 않은 채 미동 없이 낮게 대답했다.

"듣고 있다."

겉으로는 냉정한 것처럼 보여도 미세하게 떨리고 있는 그의 어깨가 려운의 눈에 들어왔다. 황제의 뒷모습은 마치 건드리면 금방이라도 터져 버릴 것같이 위태해 보였다.

궁에 당도하자마자 다급히 황후마마의 침전을 찾은 황제 폐하가 려운은 어딘지 모르게 이상했다. 궁으로 돌아오는 내내 불안한 기색을 감추지 못하고 말 위에서도 계속 주변을 돌아보는 것 또한 이상하게 여기던 참이었다.

"폐하, 황후마마께서 연주전에 계시지 않는 것을 보니 어디 다른 곳에 계시나 봅니다."

이내 상황을 모르는 려운이 연주전 안을 돌아보며 황제에게 말했다. 려운의 물음에, 황제는 반쯤 넋이 나가 있던 그의 눈빛을 되돌렸다. 그리고 황궁으로 돌아오는 내내 려운에게 황후가 사라졌다는 사실을 말하지 않았다는 것을 깨달았다.

"려운. 내가 경황이 없어서 가장 먼저 알려야 할 사람인 너에게…… 미리 알리지 못했다."

황제는 그제야 뒤를 돌아 려운에게 가까이 다가왔다. 그리고 꺼내기 어려운 말을 하려는 듯 마른침을 넘기곤 한동안 입술을 떼지 못했다. 려운은 미간을 좁히곤 황제 폐하께서 무슨 이야길 하시려는 것인지 추측하려 노력했다.

그러나 며칠 동안 홍 재상에 의해 산중에 감금되었던 그로서는 감을 잡을 수가 없었다. 허나 이상한 것이 하나 있다면……지금의 황제 폐하는 평소의 냉철하고 차분한 모습이 아니었다. 늘 무서우리만치 이성을 유지하고, 냉혹했으며 한 치의 흐트러짐이 없는 분이셨다. 그러나 지금의 그의 모습은 너무도 불안해 보였다.

"려운."

"예, 폐하. 제게 하문하실 것이 있사옵니까."

"……황후가 사라졌다."

황제는 자신의 대답을 기다리는 려운에게 조용히 말했다. 어떠한 설명보다도 그녀가 사라졌다는 사실이, 그리고 그녀를 찾아야 한다는 사실이 그에겐 가장 중요했다. 황제는 차가운 눈빛으로 황후가 늘 앉아 있던 창가 옆 탁자 의자를 응시했다. 천천히 녹아가고 있던 그의 얼음장 같던 심장이, 다시금 얼어붙기 시작했다.

"폐하……?"

"국영에게 궁 안 모든 병력을 동원해 황후를 찾으라 명했지만 그자는 믿을 수 없다. 지금쯤 홍 재상의 귀에는 이미 황후가 사라졌다는 사실이 귀에 들어갔겠지. 황명을 거스를 수는 없을 테니 지금쯤 홍 재상과 함께 빠져나갈 구멍을 찾고 있을 것이다."

황후가 사라졌다는 그의 말에 려운이 믿을 수 없다는 표정을 지었다. 연주전이 비어 있던 것은 우연이 아니었다는 말인가. 이제야 상황을 깨달은 려운이 자신의 가슴에 손을 얹으며 눈썹에 힘을 주고 강인한 의지를 내보이며 말했다.

"폐하. 황후마마께서 사라지셨다는 말씀을 왜 이제야 하시는 겁니까. 이 홍려운, 천호영의 호위대장으로서 황제 폐하의 호위뿐 아니라 황후마마를 보필할 의무가 있습니다. 그러니 제가 당장 마마를 찾으러 나가 보겠습니다."

"아무리 뛰어난 너라도 네 몸 상태로는 무리다."

그러나 단호한 말투로 당장이라도 황후를 찾기 위해 뛰쳐 나가려던 려운을 멈춰 세우는 황제였다. 황제는 자신을 위해 소중한 이들을 더 다치게 할 수 없었다.

"허나, 목숨을 바쳐 폐하를 보필하지 못하고 홍 재상에게 당한 것도 모자라 황후마마까지 찾지 못한다면 저는 이 자리에 서 있을 자격이 없사옵니다."

황후마마가 사라진 것이 자신의 탓이라는 생각이 든 려운이 죄책감에 고개를 떨궜다. 자신이 조금만 더 주의를 기울였더라면. 홍 재상에게 당하는 일도 없었을 것이고 황제 폐하의 곁에서 황후마마의 안위를 살필 수도 있었을 것이다.

어두워진 려운의 표정을 애써 무시한 채 황제는 려운을 돌려보내기 위해 끝까지 단호한 말투로 명했다.

"너는 그저 내가 다시 불러들일 때까지 몸을 추스르고 있거라."

"하오나, 폐하……!"

"황명이다."

"명…… 받들겠습니다."

황명이란 이름하에 려운은 고개를 숙일 수밖에 없었다. 그리고 천천히 연주전에서 물러나는 그였다.

려운이 나가고 난 뒤, 온전히 연주전 안에 혼자 남게 된 황제는 그녀의 침상으로 다가갔다. 그리고 말없이 침상을 내려다보며 황후를 떠올렸다. 그녀의 눈빛, 표정, 손짓 하나하나가 그의 머릿속에서 스쳐 지나갔다. 황후의 빈자리를 느끼며 점점 더 딱딱하게 굳어가는 심장이 서서히 그의 숨통을 조이기 시작했다.

그는 또다시, 누군가를 잃은 차가운 황제가 되어 가고 있었다. 또다시……. 사랑하는 이를 잃은, 냉궁의 주인이.

＊　　　＊　　　＊

"재연아. 이거 어떤 분이 전해 달라 하던데."

신관에서 다른 신녀들과 함께 방금 혜월전에서 지내고 온 의식에 쓰이는 물건들을 하나하나 닦고 있던 재연에게, 뒤늦게 돌아온 신녀 아이 한 명이 다가와 무언가를 건넸다.

"어떤 분?"

재연은 들고 있던 그릇을 내려놓고 신녀 아이가 전해준 것을 받아들었다. 작은 종잇조각이었다. 곱게 접혀 있던 종잇조각을 펼치자, 글자 세 자가 그녀의 눈에 들어왔다.

'애련정.'

"애련정……?"

애련정이라면 황제 폐하가 아끼시는 정자라고 들은 적이 있었다. 황제 폐하만의 공간이라 쉽게 갈 수 없는 곳이라고 했는데…….

'혹 황제 폐하께서 나를 따로 부르시는 건가.'

재연은 슬며시 미소를 지었다. 그리고 적당한 핑곗거리를 찾아 신관 밖을 빠져나갈 궁리를 하기 시작했다. 황제 폐하의 부름이 있어 다녀오겠다고 당당히 고할 수도 있었지만, 굳이 이리 은밀히 부르신다는 것은 조용히 만나고자 함인 것 같았다.

그렇게 머리를 굴리던 재연은 무심코 자신의 비어 있는 손가락을 바라보았다. 요 며칠간 어쩐지 계속 허전한 느낌이 든다 싶었더니 재연은 곧 자신의 손가락에 늘 끼고 다니던 쌍가락지가 없다는 것을 깨달았다.

그리고 옳거니, 좋은 생각이 떠오르자 재연은 곧바로 눈웃음을 짓고는 옆에서 열심히 촛대를 닦고 있던 해연에게 말했다.

"해연아. 나 아무래도 내 가락지를 혜월전에 떨어뜨리고 온 것 같아. 내게 소중한 것이라 빨리 찾으러 가봐야 해서. 혹 대신녀님께서 내 행방을 물으시면 대신 자초지종을 설명해 줄래?"

가락지는 혜월전에서 잃어버린 것이 아니었으나 어디서 빠뜨렸는지 찾을 길이 없었다. 아주 오래전부터 끼고 있던 것이라 그녀 자신에게 나름 소중했던 것이 아닐까 하는 생각이 들어 굳이 손가락에서 빼지 않고 있었다.

그렇다고 해서 딱히 아끼던 것은 아니었기에 그것을 잃어버린 것에 대한 미련이 남지는 않았다. 그런데 문득 재연은 왠지 모르게 그 쌍가락지를 찾아야 할 것만 같은 기분이 들었다.

그러나 현재 그 가락지보다 중요한 것은 황제 폐하를 만나는 일이었다. 재연은 곧 가락지에 대한 생각은 접어두고 해연의 대답을 기다렸다. 언제나 상냥한 재연의 부탁에 해연은 의심 없이 고개를 끄덕였다.

"가락지? 참, 아까 의식 때문에 빼 두었다가 떨어뜨렸구나. 그래, 어서 다녀와."

해연의 말에 재연이 아차 하는 표정을 지었다. 본래 신녀는 늘 단아함을 유지하고 고고한 품격을 지녀야 했기에 머리 장식 외에 다른 장신구들은 자제해야 했다. 그나마 가락지 정도는 눈감아 주는 편이었지만 의식을 행하는 동안에는 꼭 빼 두어야 했기에 그럴듯한 핑곗거리가 될 수 있던 것이었다.

"어? 그래, 맞아. 그럼 나 다녀올게."

재연은 어색한 미소와 함께 자리에서 일어났다. 그래도 신녀랍시고 열심히 치성을 드린 것이 효과가 있었던 건지 나름대로 일이 술술 풀리는 것 같았다. 그렇게 재연은 두근거리는 가슴을 안고 신관을 나서서 애련정으로 향하기 시작했다.

　　　　*　　　　*　　　　*

　연주전에서 천기전으로 돌아온 황제는 꽤 오랜 시간 동안 흐린 눈빛으로 조당(朝堂) 제좌에 앉아 있었다.

　핏기 없는 얼굴로 아무도 없는 조당에서 혼자 생각에 잠긴 그는 차분하게 마음을 정리하려 애썼다. 허나 정작 어디서부터, 어떻게 그녀를 찾아야 할지 막막했다. 그가 할 수 있는 가장 빠른 일은 병력을 동원하는 것뿐이었다. 그는 깊은 숨을 몰아쉬고는 천천히 두 눈을 감았다 떴다.

　'이곳 황궁 안에 려운 말고 내가 믿을 만한 자가 몇이나 있는 걸까.'

　전부터 수상하다 의심을 하긴 했지만 오늘로써 확실히 밝혀졌다. 국영은 역시 홍 재상의 사람임에 틀림없었다. 려운의 대신이라 그의 곁에 다가왔을 때부터 무심코 지나칠 일이 아니었다. 자신보다 한참 먼저 궁에 당도했을 터인데 궁으로 돌아오는 동안 이곳저곳 깔려 있어야 할 금군들이 하나도 보이질 않았다.

　그는 일단 조금 더 이성적으로 상황을 하나하나 따지기 시작했다. 황제를 속이고 황명까지 이행하지 않았으니 당장 국영을 잡아들여 문초를 해야 했지만 시간이 없었다. 아무리 황후 스스로 사라졌다고 해도 그녀는 연약한 여인이었다. 지난번처럼 도적이라도 만나 그녀에게 무슨 일이라도 생긴다면……. 그는 미쳐 버릴 것만 같았다.

일단 조정에 이 사실을 알리고 황후를 찾는 데 사력을 다하라고 명하는 것이 급선무임을 파악한 황제는 곧 밖의 사람을 불렀다.

"여봐라."

"예."

"지금 당장 재상을 비롯한 각 부의 상서들을 이곳 조당으로 불러오너라. 퇴궐한 자들에게도 반드시 기별을 넣어 한 시진 이내로 입궁하라 해야 할 것이다."

이윽고 황제는 자신이 용포로 갈아입지도 않은 채 제좌에 앉아 있었다는 사실을 깨달았다. 그는 결국 자리에서 천천히 일어났다. 어전회의를 위해 마지못해 입어야 했던 황룡포가 아닌, 황후가 손수 지은 청룡포를 입기 위해.

"멈추어라. 황제 폐하는 네가 그리 함부로 뵐 수 있는 분이 아니시다."

"황제 폐하를 꼭 뵈어야만 합니다. 제발 들어가게 해주십시오!"

"내가 따로 전해 드릴 터이니 내게 할 말을 남기고 돌아가거라."

"폐하!"

그리고 조당을 나서려던 순간, 문 밖에서 환관들의 목소리와 함께 낯익은 목소리가 들려왔다. 황제는 곧 목소리의 주인이 황후의 시녀인 리아라는 것을 알아차렸다.

"들여보내라."

목소리를 보아하니 황후가 아직까지 궁 안에 돌아오지 않았다는 것을 알고 불안해하는 것 같았다. 어차피 이 아이에게도 황후가 사라졌다는 사실을 알려야 했다.

"소녀 감히 황제 폐하를 뵙습니다."

이윽고 리아가 공손히 황제의 앞으로 다가와 머리를 조아렸다. 그녀는 눈물이 가득 고인 눈으로 황제를 바라보며 말을 이었다.

"제가 이리 급하게 온 것은 다름이 아니라 황후마마께서……."

"알고 있다. 황후는 곧 돌아올 것이니 너는 염려 말고 기다리거라."

황제는 옅은 한숨과 함께 리아가 말을 끝맺기도 전에 짧게 답했다. 이 아이에게조차 귀띔도 없이 궁을 떠난 것이라면 대체…… 황후에게는 무슨 말 못 할 사연이 있었던 걸까. 또다시 그를 죄어오는 괴로움과 죄책감에 입을 굳게 다문 그의 미간이 구겨졌다.

"예……? 곧 돌아오실 것이라니요. 황제 폐하와 함께 계신 것이 아니었습니까?"

리아는 황제가 환궁했다는 소식을 듣자마자 황후도 같이 돌아왔을 거라 생각해 연주전에 다시금 가 보았다. 그러나 여전히 그곳은 비어 있을 뿐이었다.

혹 아직 황후마마께서 황제 폐하와 함께 계실까 급히 천기전으로 달려왔지만, 이곳에도 황후마마는 계시지 않았다.

이윽고 뭔가를 느낀 리아의 눈동자가 거세게 흔들렸다. 서서히 엄습해 오는 불안감에 리아의 어깨가 조금씩 떨리기 시작했다.

황후의 곁을 지키며 그녀의 아픔과 상처에 대해 누구보다도 잘 알고 있던 리아는 지금의 상황을 깨닫는 데 그리 오랜 시간이 걸리지 않았다.

"혹……. 간밤에 황후마마께서 사라지셨……습니까?"

황제는 울먹이는 표정의 리아에게 힘겨운 입술을 뗐다. 설마 하는 마음으로 궁 안에 들어왔지만 그 역시 황후를 찾을 수 없었다.

"걱정하지 말거라. 내가 반드시, 찾을 것이다. 반드시."

*   *   *

"먼저 와 계시려나."

신관에서 나와 애련정에 도착한 재연이 애련정의 돌계단을 밟으며 중얼거렸다. 기대감을 가득 안고 애련정 위에 올랐지만 황제의 모습은 어디에도 보이질 않았다.

재연은 잠시 의아해했지만 아직 그가 오지 않은 것일 거라 여기며 애련정 아래 부드럽게 일렁이는 호숫가를 바라보았다. 어느덧 붉게 물들기 시작한 호수가 햇빛에 반짝여 아름답게 빛나고 있었다.

"크흠."

그녀가 아름다운 호수의 모습에 심취하여 있을 때 즈음 누군가가 뒤에서 헛기침 소리를 냈다. 그러자 재연은 한껏 미소를 담은 얼굴로 뒤를 돌아보았다.

"어……?"

그러나 뒤를 돌아본 재연이 마주한 사람은 황제가 아닌, 국영이었다.

실망한 기색이 역력한 재연의 표정이 국영의 가슴을 쿡쿡 찔러댔다. 자신이 불렀다는 것을 눈치 채지 못하고 있었던 걸까. 상념에 빠져 있던 그는 문득 그녀에게 따로 전할 말이 있다는 사실을 깨닫고 재연에게 한 발짝 더 가까이 다가갔다.

"네가 대체 왜 온 거야? 그것도 애련정으로 날 불러내? 이러다가 다른 이들 눈에 띄기라도 하면?"

매서운 눈빛의 재연이 국영에게 톡 쏘았다. 애련정에서 만나자고 할 사람은 황제밖에 없었다. 이곳의 주인은 오직 한 사람, 황제 폐하라고 했으니까. 그런데 감히 한낱 호위무사 따위가 애련정으로 자신을 불러낼 생각을 다 하다니. 재연은 기가 막혔다.

"이곳은 황제 폐하를 제외하고는 아무도 올 수 없는 곳이니 더 안전할 것이라고 생각했습니다. 더구나 황제 폐하께서는 지금…… 이런."

감정에 치우치지 않고 단호한 목소리로 말하던 국영은 누군가 이쪽으로 다가오고 있는 것을 느꼈다. 그리고 뒤를 돌아보자 저 아래서 이쪽으로 다가오고 있는 황제의 모습이 그의 눈에 들어왔다.

'어떻게 벌써 돌아오신 거지.'

환궁했다는 소식을 아직 전해 듣지 못했는데. 황후를 찾기 위해서라면 오늘 밤중에나 돌아오실 줄 알았다. 국영이 두 주먹을 꽉 쥐었다. 그리고 재연의 어깨를 붙잡는 그였다.

"이것 하나만 알려드리고 가겠습니다. 간밤에 황후마마께서 사라지셨다고 합니다. 그러니 어서 그에 따른 준비를 하셔야 합니다."

국영은 이 말 한마디만을 남기고 서둘러 애련정 아래로 내려갔다. 그리고 황제의 눈을 피해 조용히 몸을 움직여 애련정에서 벗어나 황제가 환궁했다는 소식을 전하기 위해 홍 재상에게로 향했다.

"뭐? 어디 가는 거야?"

혼자 남겨진 재연은 발을 동동 구르며 멀어져가는 국영을 바라보았다. 애련정에 왔는데 정작 만난 사람은 장국영이라니. 괜한 헛걸음을 한 것 같은 기분이 들었다.

"간도 크지. 애련정에서 보자고 하니 착각을 안 하고 배겨?"

후, 깊은 한숨을 내쉬고 손에 꼭 쥐고 있던 종잇조각을 꽉 구겨버리며 재연은 애련정에서 내려가는 돌계단을 밟았다.

"……!"

그리고 계단에서 다 내려왔을 때 그녀가 눈이 마주친 사람은, 다름 아닌 황제였다. 전보다 더 어두워진 눈빛. 그리고 훨씬 더 냉랭해진 기운이 그의 주위를 감돌고 있었다.

황제는 자신이 그의 탄신일 날 선물했던 청룡포를 입고 있었다. 정확히는 황후가 지은 옷이었지만. 소매 위 보일 듯 말 듯하게 수놓아진 연꽃 문양은 확실히 그날 보았던 것이었다. 고풍스러운 청색 비단이 깊고 푸른 바다를 연상시키며 그의 어깨 위에서 발끝까지 감싸고 있자, 그것을 입고 있는 황제의 모습은 위엄과 기품이 넘쳤다. 또 그에게 꼭 맞춘 듯 잘 어울리기까지 했다.

"네가 왜 이곳에 있는 것이냐."

황제는 날카로운 말투로 차갑게 재연을 바라보며 물었다. 그는 곧 시작 될 어전회의에 앞서 머리를 식히며 마음을 정리하고자 잠시 애련정을 찾았다. 그런데 이곳에서 뜻밖에도 재연을 마주친 것이었다.

"그것이……."

그의 물음에 재연은 당황한 얼굴로 머뭇거렸다. 동시에 그녀는 국영을 원망했다. 혼자서 사라져 버리다니. 일단 이 상황을 피해야 하니, 뭔가 좋은 수가 없을까 고민하던 그녀는 얼떨결에 자신의 손가락을 내려다보게 되었다. 그리고 그녀의 입가에 옅은 미소가 지어졌다.

"제가 이곳 근처에서 가락지를 잃어버렸사온데 그것을 찾다 보니 그만 이곳까지 오게 되었습니다. 송구하옵니다, 폐하."

"가락지······?"

다행히도 황제는 그 이상을 묻지 않았고, 재연은 속으로 안도의 한숨을 내쉬었다. 하마터면 일개 신녀가 황제의 공간인 애련정에 함부로 드나들었다 하여 그 죄를 면하지 못할 뻔했다.

아무리 그렇다 한들 이곳이 황제 그만의 공간임을 궁 안 모든 이들이 공공연하게 알고 있는 사실일 터인데, 그녀는 스스럼없이 이곳에 와 있었다. 황제가 그것을 이상하다고 여길 찰나, 그는 문득 전에 궁정 연못가에서 주웠던 쌍가락지를 떠올렸다.

"혹 그것이 분홍빛을 띠는 쌍가락지가 맞느냐."

"그것을 황제 폐하께서 어찌 아시는 겁니까."

재연은 속으로 화들짝 놀라며 그를 바라보았다. 긴 속눈썹이 두드러진 그녀의 큰 눈망울이 황제를 또렷이 바라보고 있었다.

불안해진 마음에 재연이 입술을 깨물며 황제의 대답을 기다리는 동안, 황제는 괜한 이야기를 꺼내었나 싶어 곧 미간을 좁혔다.

이 신녀와 더 이상은 엮여선 안 될 것 같은 느낌이 들었기 때문이었다. 이 여인과 엮일수록, 그는 점점 무언가를 하나둘씩 잃어버리기 시작했다. 그녀가 연화를 닮았다는 연유만으로 자꾸만 눈에 담고, 가슴에 담을수록 오히려 손에서 빠져나가는 모래와 같이 무언가를 자꾸 잃어갔다. 그것을 알면서도 놓지 못하고 또다시 주워 담으려다 결국 손에 남아 있던 것마저 잃어버린 기분. 그리고 그것이······ 황후가 아닌가. 그는 쓴웃음을 지었다.

"······!"

문득 황제가 고갤 돌려 주위를 돌아보았다. 언제나 이 신녀와 함께 있었을 때면 그 자리엔 황후가 있었다. 그는 혹시라도 어디선가 황후가 보고 있지는 않을까 슬픈 눈빛으로 주위를 돌아보았지만 황제 자신과 재연 외에는 기척 없이 고요할 뿐이었다.

"폐하, 왜 그러십니까."

재연의 말에 황제는 슬픈 표정을 거두고 다시 어두워진 얼굴을 한 채 그녀를 바라보았다. 그리고 차갑게 말했다.

"그 가락지는 전에 궁정 연못가에서 내가 주워 두었다. 신관으로 사람을 보낼 테니, 너는 속히 이곳에서 나가거라."

"폐하께서요······?"

재연은 황제가 자신의 가락지를 주워 주었다는 말에 놀라면서도 미소를 감추지 못했다. 그러나 그녀는 곧 다소곳한 모습으로 고개를 숙이곤 단아한 말투로 답했다.

"알겠습니다, 폐하."

재연은 머리를 조아리고 다시 신관을 향해 발길을 뗐다. 그리고 천천히 한 걸음, 한 걸음 걸으면서 곰곰이 생각해 보니 시간이 지날수록 황제의 마음이 점점 자신에게 기울어 가는 것 같았다. 그녀는 전날 황제가 자신에게 입맞춤했던 기억을 떠올렸다.

아련한 추억을 되새기듯, 재연은 잠시 발걸음을 멈추고 고개를 돌렸다. 그리고 애련정 위에 올라서서 일렁이는 호수를 말없이 응시하고 있는 황제의 모습을 바라보았다.

어딘가 매우 어두워 보이는 얼굴. 그리고 그의 어깨가 한없이 무거워 보였다. 재연이 의아해하던 사이, 그녀는 방금 전 국영이 자신에게 남기고 간 말이 생각났다.

'간밤에 황후마마께서 사라지셨다고 합니다.'

재연은 두 눈을 가늘게 뜨며 입술을 삐죽였다. 혹 황후가 사라졌다 하여 저리 근심이 가득한 얼굴인 걸까. 황제의 심중은 도무지 갈피를 잡을 수가 없었다. 자신에게 마음이 있는 것 같다가도, 황후를 생각하는 것 같은 저 눈빛.

그를 알 수 없다는 듯 한쪽 눈썹에 힘을 주어 표정을 일그러뜨린 그녀는 이내 그에게서 시선을 돌리곤 입매를 비틀었다.

'어찌 되었든 가락지가 꽤 고마운 역할을 해 주었어. 궁정 연못가에서 기도할 때 습관적으로 빼놓았던 것을 잊고 있었네. 그걸 황제 폐하께서 주워 주셨을 줄이야. 나중에 내가 직접 찾으러 간다고 할 걸 그랬나?'

아쉽다는 표정을 지으며 재연은 황후가 사라졌다는 사실에 보일 듯 말 듯한 미소를 지었다. 그리고 나지막이 중얼거렸다.

"내가 황제 폐하와 입맞춤을 하고 있던 모습을 보았으니 상심이 크셨겠지. 눈도 안 보이는 주제에 황궁에서 사라졌다, 라……."

그리고 그녀가 그 자리에서 멈칫했다. 자신이 한 말을 곱씹어 보니, 앞뒤가 맞지 않았다.

"눈이 안 보이는데…… 그날 나를 봤다고?"

설마 하는 생각에 아닐 거라고 고개를 저었으나, 분명 황후는 그날 똑똑히 자신과 두 눈을 마주쳤었다. 재연은 재미있다는 듯 붉은 입술을 달싹였다.

"눈이 보이는데 보이지 않는 척이라도 했다는 거야, 뭐야."

그러나 곧 재연은 더 이상 의심하려고 하지 않았다. 우연일 수도 있었고, 자신이 착각한 것일 수도 있었다. 결정적으로, 황후가 눈이 보였다면 그것을 굳이 숨길 연유가 없었다. 만약 눈이 보인다면, 황제의 탄신일 날, 재연 자신이 직접 지었다 거짓말을 하며 황제에게 내민 그녀의 옷을 똑똑히 보았을 텐데도 황후는 아무런 대꾸도 하지 않았다. 그런 눈에 빤히 보이는 술수와 온갖 무시를 받는데도 눈먼 황후인 척하면서, 궁 안 허수아비로 살아갈 바보는 없을 테니까.

그래도 재연은 완전히 의심을 거두지는 않았다. 황후가 사라졌으니 당장 알아볼 길은 없었으나 언젠가라도 돌아온다면, 확실히 밝혀 주리라 마음먹는 그녀였다.

"멍청한 분인 줄 알았더니 눈치는 있는 건가. 알아서 사라져 주다니."

아무리 눈먼 황후라도 황후의 자리에 앉아 있으면서 왜 사라진 것인지 연유는 알 수 없지만, 국영의 말대로 좋은 기회를 얻었으니 그에 따른 준비를 해야 했다. 이제 비어 있게 된 황후의 자리. 그녀는 자신이 해야 할 일을 너무도 잘 알고 있었다.

"헌데…… 왜 굳이 궁녀가 아닌 신녀로 나를 입궁시킨 거야."

재연은 문득 한 가지 의문이 들었다. 후궁의 첩지를 내려받지 않고 바로 황후로 간택되는 것이 가능한 것인지 의아했기 때문이었다. 기생으로서 호영각에 있을 적, 그곳을 찾은 관리들에게서 어렴풋이 들은 이야기로는 궁녀가 승은을 입으면 후궁이 될 수 있다 하였다.

허나 자신을 궁녀가 아닌, 신관에서 제사나 지내는 일이 대부분인 신녀로 만들다니. 재연은 홍 재상이 과연 무슨 꿍꿍이일지 고민하며 아랫입술을 물었다. 하지만 그는 재상이라는 자리에 올라 있었고, 그러니 그가 자신보다 황궁의 사정에 더 밝을 터였다. 또한 손을 잡은 이상, 그를 믿어야 하는 건 어쩔 수 없는 일이었다.

*   *   *

―가야 할 곳이 있습니다. 저잣거리를 벗어나 마을가로 들어서면 제일 안쪽 중심에 자리한 대갓집, 그곳으로 가야 합니다.

"이곳이 맞습니까."

황제를 본 이후로 줄곧 초조한 눈빛이었던 황후는 말 위에 타는 건 여전히 익숙지 않았기에 뒤에서 은후의 옷자락을 가만히 움켜쥐고 있었다. 그와 함께 말을 타고 주막을 나서자마자, 한동안 아무 말도 하지 않았던 황후가 첫마디 입술을 뗀 것이었다.

동서로 넓게 퍼져 거대한 풍채를 자랑하는 대갓집 앞에 은후가 말을 멈춰 세웠다. 황후는 말에서 내려 천천히 대문이 있는 쪽으로 다가갔다. 굳게 닫혀 있는 대문. 그 앞에 서 있는 이곳 주인의 눈먼 딸이, 황궁을 벗어나 자신이 원래 있던 곳으로 돌아왔다.

한 해 만에 발걸음 한 자신의 집 앞에서 황후는 차오르는 눈물을 억지로 참아내려 애썼다. 한 맺힌 그간의 서러움들이 한꺼번에 몰려들어 목구멍에서 흘러나오기 위해 아우성을 쳤지만 황후는 꾹꾹 눌러 담았다.

이제 더 이상 멍하니 서 있을 수만은 없었다. 무작정 황제의 곁을 떠난 것이 아니라 그러한 목적과 연유가 분명하다고 말할 수 있을 만큼, 정신을 똑바로 차려야 했다.

은후는 말을 타고 천천히 황후의 곁으로 다가왔다. 땅바닥에 뿌리를 박은 사람처럼 한동안 대문 앞에 가만히 서 있는 그녀의 눈빛에는 분노와 원망이 가득 차 있었다. 그 어느 때보다도 차가운 냉기가 어린 창백한 얼굴 위로 그녀가 긴장했음을 보여주듯, 굵은 땀방울이 흘러내렸다.

"들어가 보아야겠습니다."

이윽고 황후는 입술을 굳게 다물고 무언가에 홀린 사람처럼 대문 앞으로 더 가까이 걸어갔다. 한 걸음씩 내딛는 발걸음은 급한 마음과는 달리 돌덩이를 얹은 것처럼 무거웠다.

과연 이 집에 들어서게 되면, 자신은 어떤 진실을 마주하게 될까. 한 해 만에 찾아온 집. 궁에서 나와 가장 먼저 만나서 묻고 싶은 사람은, 아버지인 백 재상이었다.

그녀는 부들부들 떨리는 두 주먹을 꽉 쥐었다. 흰 그녀의 손등이 붉게 물들어갔다.

'어째서, 아버님께서는 리아에게 저를 사가로 돌아오지 못하게 하라, 그리 말씀하셨나요. 제게 무엇을 숨기고자 하셨던 것입니까. 어째서 저를 그리 감시하셨던 것입니까.'

정말 묻고 싶은 것이 많았다. 궁 안에 발이 묶여 있을 때는 그저 신세에 대해 한탄만 했다. 그것도 아니라면 원망만 하면서 자포자기했는지도 몰랐다. 매번 당신에게 꼭 물을 것이라 다짐하면서도 결국 그녀가 서 있는 자리는, 나약한 눈먼 황후의 자리일 뿐이었다.

황후는 발걸음을 멈추었다. 그리고 문고리를 잡아당기기 위해 천천히 손을 뻗었다. 이 집의 여식, 백 월이 돌아왔다고 고할 틈도 없었다. 긴장감이 고조돼 터질 듯 빠르게 뛰는 심장박동 소리만이, 문고리에 시선을 고정한 그녀의 귓가에 울리고 있었다.

"……!"

말 위에서 유심히 황후의 행동을 지켜보던 은후가 말에서 내리곤 빠른 걸음으로 그녀에게 다가갔다. 그리고 문고리를 당기려던 그녀의 손목을 낚아챘다. 은후는 그녀를 끌고 이 집을 둘러싸고 있는 돌담길을 따라 대문과 최대한 멀어진 뒤, 구석진 곳

처마 아래에서 그제야 그녀의 손을 놓아주었다. 황후는 무슨 짓이냐는 듯 자신의 앞에 서 있는 은후를 매섭게 노려보았다.

"왜 저를 막는 것입니까. 저를 도와주신다고 하지 않으셨습니까."

"이 집에 들어가면 그 다음엔, 어찌할 계획입니까."

그저 아버지를 만나는 것이 첫 번째 일이라 생각했다. 그가 필요할 때 이외에는 자신을 만나러 오지 않으니, 직접 가야겠다는 생각뿐이었다. 황후로서 연주전으로 불러도 이것저것 핑계를 대며 오지 않으실 테니까.

"계획이라뇨."

황후는 문득 정곡을 찔린 기분이 들자, 눈살을 찌푸리곤 물었다.

"좋은 의도를 가지고 이 집에 들어가려는 것 같지가 않아서 하는 말이오."

은후는 황후와 두 눈을 마주치며 한 번 더 그녀의 정곡을 찔렀다. 그러자 황후는 당황한 눈빛으로 두 눈을 깜박였다. 서은후. 정체가 뭘까. 막상 도와 달라고는 했지만 그가 정말 손을 잡아줄 줄은 몰랐다. 황후는 그와 함께 할수록 그가 평범한 사람이 아닌 것 같은 느낌이 들었다.

알다가도 모를 것 같은 이 사내는, 천진난만한 방랑객 같으면서도 상황만으로도 분위기를 간파하고 단호하게 말하고 있었다. 전에 황제를 만났을 때도 그는 아무것도 묻지 않은 채 그녀가 원하는 대로 해 주었다. 그랬던 그가, 지금은 그녀를 막고 있었다.

"그건…… 제가 어떤 의도를 가지고 들어가든, 그쪽이 상관할 바가 아닙니다."

"그렇다면 이곳에 온 연유가 무엇입니까."

이윽고 그제야 그가 묻기 시작했다. 그녀가 이곳에 온 연유에 대해서. 황후는 대답을 해 주어야 하나 잠시 고민했지만 아직은 모든 경계심을 풀 수 없었다. 결국 그녀는 조용히 돌려 말했다.

"만나야 할 사람이 있습니다."

"그 사람이 누굽니까."

"……."

"그럼 만나는 연유는?"

"……."

"내게 도움을 바란다면 연유 정도는 말해 줘야 하는 것 아닙니까."

그러나 은후는 거기에서 그치지 않고 계속 물었다. 처음에는 아무것도 묻지 않았으면서, 점점 그녀에 대해 묻기 시작하는 그가 황후는 혼란스러웠다. 애초에 처음 보는 이 사내에게 도움을 바란 건 욕심이었는지도 몰랐다. 하지만 그의 말을 듣고 보니 혼자서 궁 밖을 다니기엔 무리일 것 같다는 생각이 들어서였다.

그렇다고 자신이 황궁에서 도망친 이곳 천나라의 황후라는 사실을 선뜻 밝힐 수는 없었다. 하치만 그가 그녀를 도우려면 그녀에 대해 알아야 한다는 그의 말도 일리가 있었다.

"……묻고 싶은 게 있어섭니다."

한참을 고민하던 황후는 힘겹게 무거운 입술을 뗐다.

"그것이 그대가 도망치던 사유와 연관이 있소."

"제가 도망치던 연유는…….'"

끼익—

그때, 굳게 닫혀 있던 대문이 열리고 관복을 차려입은 늙은 노인이 수족들을 거느리며 걸어 나왔다. 은후는 황후의 팔을 잡아당겨 그의 품안에 넣고는 한 손으로는 그녀의 입을 막았다. 뒤에서 그녀를 끌어안은 채, 돌담 벽에 밀착해 기대어 서서 숨을 죽이던 은후는 고개를 살짝 돌려 밖으로 나온 이가 누구인지 확인했다.

황후는 자신이 낯선 사내의 품에 안겨 있다는 생각이 들자, 불현듯 얼굴이 달아오르는 것을 느꼈다. 지금 중요한 것은 그녀의 집에서 누군가가 나왔다는 사실임에도, 그의 품 안에서 물씬 느껴지는 부드러운 향기에 아주 잠시 동안 정신이 아득해져 왔다.

황후는 입술 안쪽을 깨물곤 옆으로 시선을 돌렸다. 그리고 자신의 온전한 두 눈에 보이는 아버지, 백 재상의 모습에 그녀의 눈시울이 붉어졌다. 연유는 모른 채 원망만 가득 했던 아버지. 그리고 그 연유에 대해 물으러 직접 찾아왔는데 어째서 이렇게 발이 묶인 채 서 있어야만 하는 것일까.

'눈먼 허수아비였던 제가 황궁에서 뛰쳐나와 당신에게로 왔습

니다. 아버님…….'

황후는 자신의 입을 막은 은후의 손을 뿌리치려 했지만 그의 강한 힘을 이길 수가 없었다. 눈앞에서 아버지를 보고도 당장 달려갈 수 없다는 생각에 절규하듯, 힘껏 소리를 지르려 했지만 허사였다.

계획, 사유. 그것보다 그를 만나는 것이 우선이었다. 그래도 아버지니까. 자신을 낳아 준 아비이니 적어도 내치진 않을 것이 아닌가.

"저기 웬 주인도 없는 말이 덩그러니 있는 것이냐."

백 재상이 무심하게 주위를 둘러보더니 자신의 집 앞에 서 있는 말을 이상하게 바라보았다.

'이런. 말이 있다는 것을 깜박했군.'

은후는 멀리서 들려오는 백 재상의 말에 아차, 아랫입술을 물었다.

그러나 백 재상은 곧 바쁘다는 듯 준비된 가마를 타고 어딘가로 향했다. 관복을 입은 모습을 보니 급히 황궁으로 향하는 것 같았다.

'설마 벌써 내가 사라졌다는 사실을 알게 되신 건가.'

해가 기울어져 가는 이 시각에 관복을 입고 황궁에 가는 백 재상의 모습을 의아하게 여기던 황후의 두 눈이 곧 커졌다. 그렇다면 황제 폐하께서 환궁을 하셨다는 말도 되었다.

황후는 불안한 기색을 감추려 두 눈을 감았다.

백 재상의 가마가 멀어지고 그의 수족들도 그를 배웅한 뒤 모두 사라지자, 그의 집 앞에는 정적만이 흘렀다. 주위에 사람이 없는 것을 확인한 은후가 천천히 그녀의 입가에서 그의 손을 뗐다.

황후는 답답했던 숨을 몰아쉬고는 감았던 두 눈을 떴다. 그러곤 그를 바라보며 다시 따질 요량이었지만, 그녀는 곧 그러길 그만두었다. 그리고 한동안 생각에 잠긴 듯 말없이 허공을 응시하는 그녀였다.

은후는 그런 그녀를 조용히 기다려 주었다. 생각이 많을 터였다. 보아하니 방금 지나간 사람이 그녀가 만나고자 하는 사람인 것 같았다. 관복을 입은 것을 보건대 꽤 높은 자리에 있는 사람인 듯했다. 과연 그는 이 여인과 무슨 관련이 있는 것일까.

'계획.'

문득 황후는 은후가 했던 말이 떠올랐다. 당장 묻고 싶었던 것들은 많았지만 정리가 되지 않은 상태였고 그간 아버지인 백 재상이 자신을 속여 왔던 것을 생각하면 또 어떤 거짓말들을 듣게 될지 몰랐다. 눈이 멀었던 연유도 아버지와 관련이 있을 거고, 아닐 거라 부정하면서도 의심해 왔지만 이제는 확실히 그를 배제할 수가 없었다.

아버지부터 시작해 하나하나 알아가야 한다. 그녀는 방금 전처럼 무작정 찾아가는 것이 은후의 말대로 성급한 결정이었음을 깨달았다. 눈먼 황후로 앉아 있는 줄만 알았던 딸이, 갑자기 아비의 앞에 나타나 묻는다면 그가 과연 제대로 된 대답이나 해 줄까. 아버님은, 다시 눈이 보인다는 것을…… 기뻐해줄 것 같지가 않았다. 눈이 보이지 않았다면 영영 몰랐을 그의 눈빛. 자식의 멀어버린 두 눈을 흐뭇하게 바라보고 있던 그 눈빛을 아직도 잊을 수가 없었다.

황후는 아무것도 모르는 주제에 자신을 막아선 은후의 행동에 기가 찼었지만 지금은 오히려 그런 그의 행동이 고마웠다.

어쩌면 아버님은, 자신이 사라졌다는 것을 알게 된 이상 어떻게든 다시 황궁으로 밀어 넣으려 할지도 모를 일이었다. 가장 가까운 데 적이 있다는 것을 똑똑히 기억하고 있어야 했다.

이윽고 황후는 눈물을 삼키고 강인한 눈빛으로 은후를 바라보았다. 그리고 은후가 말을 세워 둔 곳으로 다가가며 말의 고삐를 쥐었다.

"제 생각이 짧았습니다. 제가 도망치는 연유에 대해 물으셨지요. 살기 위해서입니다. 방금 본 사람이, 저를 어떤 곳에 가둬 두고 그곳에서 말라가도록 만든 장본인이지요. 그리고 지금부터…… 저도 계획을 세워야겠습니다."

서리꽃 핀 궁

하원전으로 돌아온 천 영이 가쁜 숨을 고르고는 털썩, 침상 위에 앉았다. 하원전 안을 서성이며 영이 돌아오기를 기다렸던 천 우는 그를 보자마자 다가와 물었다.

"그래, 뭣 좀 알아왔느냐?"

천 우의 물음에 영은 방금 전 일을 회상하면서 중얼거리듯 대답했다.

"별거 없었어, 이상한 여인과 꼬인 것이 전부야. 헌데 그 여인이……."

영이 뜸을 들이자 천 우는 미간을 좁히며 그를 재촉하듯 영을 뚫어져라 처다보았다. 영은 입꼬리를 씰룩거리더니 혼이 빠진 사람처럼 멍하니 말을 이었다.

"황후의 여동생이었어."

"여동생이라고……? 황후마마께 동생이 있었다는 말이냐. 그렇다면 잘된 일이 아니냐. 피를 나눈 자매지간이니 사이가 돈독했을 테고 마마에 대해 아주 잘 알고 있을 테니 이것저것 물어볼 수도 있고. 어쩌면 휘에 관한 이야기를 했을 수도 있지 않겠느냐."

천 우가 재미있다는 듯 뒷짐을 지며 말했다. 일이 어떻게 또 그쪽으로 흘러가다니. 황후의 동생이라.

"그것이 그리 간단히 해결될 문제가 아니야. 황후에 대한 말을 꺼내자마자 눈물을 쏟을 것 같은 표정이었어."

"눈물이라니."

천 영이 심각한 얼굴로 낮게 말하자, 궁금증이 커진 천 우가 여전히 뒷짐을 진 채로 침상에 앉아 있는 영에게 더욱 가까이 다가왔다.

그러자 영은 자리에서 일어나 탁상이 있는 곳으로 향했고, 의자에 앉아 턱을 괴며 말했다.

"자세한 걸 물어보기도 전에 그 아이의 아버지란 자가 나타났어. 근데 재미있는 건, 그 아버지가 전에 휘 형님의 탄신일 연회 자리에서 보았던 백 재상이란 자더라고."

천 영의 말에 천 우는 휙, 영을 돌아보았다. 그리고 백 재상이 누군지에 대해 열심히 떠올려보는 그였다. 이윽고 그가 누군지 생각해낸 천 우는 이내 흥미로움이 가득한 표정을 지었다.

"백 재상? 백 재상이라…… 황후의 아버지가 재상. 그리 놀랄 일도 아니지. 헌데 그렇지 않아도 그자에 대해 알아보려던 참이었어. 홍 재상과 더불어 아주 묘한 인물이란 말이지…… 참. 천영, 네가 들으면 아주 놀랄 만한 소식을 내가 가지고 왔다."

그리고 그가 황후 이야기를 하면서 떠오른 생각을 영에게 말해 주기에 앞서, 옅은 미소를 지으며 입꼬리를 올렸다.

천 영이 궁금하다는 듯 그를 뚫어져라 응시하자 천 우는 뒷짐을 풀고 조용히 탁상으로 다가가 영의 맞은편에 앉았다. 그리고 주위를 의식한 뒤 낮은 목소리로 말했다.

"황후가 아직 궁에 돌아오지 않았다는구나."

"뭐? 어째서? 형님과 함께 있었다고 하지 않았어?"

동그랗게 커진 영의 두 눈을 마주친 우는 피식 웃으며 탁상 위에 놓인 찻잔을 집어 들었다. 그리고 식어버린 차를 따르며 말을 이었다.

"휘가 왔었어. 내가 황후와 함께 있던 자리에."

"휘 형님이 대체 거긴 왜……."

담담하게 말하는 우와는 달리 사색이 된 표정을 짓는 천 영이었다. 영은 머리가 아프다는 듯 이마를 잡고 우를 질책했다.

"도대체 우 형님은, 휘 형님을 어찌 감당하려고 그런 일을 벌인 거야. 제대로 일을 도모하기도 전에 눈 밖에 나면 아무리 형제지간이라도 천나라에서 쫓겨날 수 있다고. 형님이라는 자가 아우의 여인과 궁 밖을 돌아다닌 것을 두 눈으로 봤는데 그냥 넘어갈 것 같아?"

천 우는 영이 자신에게 잔소리를 하자 고개를 저으며 대답을
회피했다. 그리고 식은 차를 한 모금 음미하고는, 뭔가 이상하다
는 듯 한쪽 눈썹을 치켜 올리는 그였다.

"시끄럽다. 다 해결되었으니 내가 여기 있는 것 아니겠느냐.
어찌 되었든, 간밤에 휘 그 녀석이 황후와 함께 가 버렸는데 이
튿날 황후가 돌아오지 않았다는 게 이상하지 않느냐."

"……그렇긴 한데. 황후가 사라질 연유가 없잖아. 납치된 것
이 아닌 이상."

"그래서 이상하다는 말이다. 황후가 사라진 연유."

식은 차를 마셨지만 나름 괜찮다고 생각하던 천 우가 찻잔 안
에 남아 있는 차를 물끄러미 바라보며 중얼거렸다. 영은 그런 천
우의 말에 황후에 대한 이야기를 하자마자 흙빛이 된 얼굴을 하
던 백 향이란 여인을 떠올렸다.

사흘 뒤에 만나자고 말하기는 했지만 과연 그럴 수 있을까.
어머니께서는 지키지 못할 약속은 하지 말라, 그리 말씀하셨는
데.

"어쨌든 휘가 돌아왔나 가보아야겠구나."

그사이 찻잔을 내려놓고 천 우는 자리에서 일어나 또다시 뒷
짐을 지곤 발걸음을 떼기 시작했다. 천 영 역시 자신도 모르게
빠졌던 생각을 거두고는 뒤늦게 그를 따라 하원전을 나섰다. 일
단은 지켜보아야 할 것들이 한둘이 아니었다.

*　　　*　　　*

　"다 모인 건가."

　청룡포를 입은 채 조당 제좌에 앉아 자신의 앞에 두 줄로 서
있는 대신들을 바라보던 황제가 입을 열었다.

　"그럼 시작하지."

　황제의 말이 떨어지자 대신들은 몸을 움직여 자신들의 자리
에 가서 앉았다. 그리고 여전히 호부상서와 예부상서, 그리고 이
부상서의 자리는 비어 있었다. 황제는 그것을 알아채고는 그 연
유에 대해서 곰곰이 생각해 보다 이내 지난번 자신이 했던 말을
떠올렸다.

　　ㅡ호부상서, 예부상서, 그리고 이부상서가 황후 앞에 무
　릎 꿇고 사죄를 한다면 내 생각해 보지. 중요한 건, 황후가
　직접…… 내게 그들을 용서했다 말해야 할 거요.

　하지만 그들을 용서했느냐고 물어볼 당사자는 자리에 없었
다. 황제는 거칠어진 그의 입술을 핥았다. 메마른 입술 위에서
쓴 맛이 느껴졌다. 이내 그는 곁에 있던 환관에게 손짓했다. 그
리고 그에게만 들리게 조용히 말하는 그였다.

　"호부, 예부, 이부더러 즉시 입궐하라 전하거라. 그리고 그들
이 입궐하면 조용히 천기전으로 들라 해라."

말을 마친 황제는 다시 시선을 돌려 차가운 표정으로 영문을 모른 채 자신을 바라보고 있는 대신들을 내려다보았다.

"내가 그대들을 부른 연유는, 아주 슬픈 일이…… 생겼기 때문이오."

"그렇잖아도 오늘 조회에 폐하께서 나오시질 않으셔서 소신들이 걱정했사옵니다."

황제가 조당으로 자신을 부른 연유를 알고 있는 홍 재상이 고개를 숙이며 말했다. 백 재상 역시 입술을 삐죽이며 고개를 숙이고는 덧붙였다.

"그러하옵니다, 폐하. 듣자 하니 폐하께서 궁밖에 외출하셨다가 환궁하신 지 얼마 되지 않았다 하던데, 슬픈 일이라는 것이 그 일과 관련 있는 것이옵니까."

백 재상의 말에 황제는 쓴웃음을 지었다.

그러나 그는 곧 홍 재상을 바라보며 백 재상의 물음에 대해 뜸을 들였다. 홍 재상은 자신에게 고정된 그의 시선에 자신도 모르게 몸을 움찔했다.

황제의 입술이 움직이기 전까지는 아무도 입을 열지 않았다. 갑자기 어떻게 돌변할지 모르는 냉혹한 황제가 전보다 더 차가워진 느낌이 들자 대신들은 고개를 갸웃했다.

고요한 조당에는 알 수 없는 긴장감과 불안감만이 감돌기 시작했고 대신들은 그런 분위기를 알아채자 가시방석에 앉은 것처럼 엉덩이를 들썩였다.

황제는 가만히 달싹이던 그의 입술을 천천히 떼었다. 이윽고 그가 초점을 잃은 눈빛으로 나지막이 말했다.

"내가 잠깐 궁을 비우는 사이, 황후가 납치되었다."

그다지 크지 않은 목소리였음에도, 힘이 들어간 그의 목소리는 고요했던 조당 안에 울려 퍼졌다.

"예?"

"황후마마께서 납치당하셨단 말입니까!"

"폐하, 그것이 사실이옵니까!"

황제의 말에 하나같이 놀란 토끼 눈을 하며 웅성대는 대신들이었다. 그리고 곧 백 재상의 눈치를 보던 그들은 곧 입을 다물기 시작했다.

"폐하…… 어찌 그런 일이 있을 수 있다는 말입니까. 한 나라의 황후를 감히 어떤 자가 납치한다는 말입니까!"

돌덩이에 얻어맞은 사람처럼 멍하니 한곳에 시선을 고정하던 백 재상이 황제를 바라보며 소리쳤다. 그러자 황제는 피식 웃었다.

'그대의 딸이, 한 나라의 황후인 것은 아나 보오.'

"폐하, 지금이라도 당장 황후마마를 찾아야 하는 것이 급선무가 아니겠습니까."

조용히 상황을 지켜보던 홍 재상이 황제에게 고하자, 황제는 삐딱하게 고개를 기울여 홍 재상에게 시선을 고정하고는 그의 반응이 재미있다는 듯 실소를 지었다.

홍 재상은 모든 것을 다 알고 있으면서도 모른 척 시치미를 떼고 있었다. 그런 홍 재상의 말이 황제는 너무도 역겹게 느껴졌다. 그를 재상으로 받아들였을 때부터 반신반의했지만 역시나 그는 재상의 재목이 아니었다.

'이렇게 뒤에서 혼자 모든 것을 알고도 모른 척, 려운을 가둬 둔 것도 모자라 국영이란 사내를 내 옆에 붙여놓다니. 장국영, 그자는 어디에 숨겼을까.'

"려운 대신이라던 국영이란 자가 황후를 납치했다고 하는데. 홍 재상은 혹 그자가 누구인지 아시오?"

"예……?"

'장국영, 이 녀석…… 정체를 들킨 건가.'

홍 재상은 당황한 표정을 지으면서도 속으로는 매서운 눈빛으로 이를 부득부득 갈았다. 그리고 황제와 눈을 마주치며 눈빛으로 대화를 건네는 그였다.

'황제, 대체 무슨 짓을 꾸미려고 거짓말을 하는 것입니까. 황후 뜻대로 혼자 사라져 버린 것을 내가 모른다고 생각하시는 겁니까.'

"려운이 자신을 감금해 둔 자들 중 한 명이 그리 말했다고 하던데. 여봐라. 려운에게 안으로 들라 해라."

황제가 어두운 얼굴로 홍 재상을 바라보곤 차갑게 웃었다. 그리고 조당 문 밖을 향해 외쳤다.

"폐하, 려운이옵니다."

이내 문이 열리면서 려운이 조당 안으로 들어섰다. 갑작스러운 려운의 등장에 대신들의 시선이 그에게로 모아졌다.

'분명 산중에 있는 광 안에 가둬 두었던 아이가 어떻게 여기에 버젓이 서 있는 것인가!'

홍 재상은 자신의 앞으로 서서히 다가오고 있는 려운을 보자 소스라치게 놀라는 표정을 지었다. 그리고 창백해진 얼굴로 입술을 덜덜덜 떨었다.

혹 귀신이라도 본 것은 아닌지 려운의 행색을 유심히 살피자 곳곳에 다친 상처가 눈에 띄는 것을 보니 헛것은 아니었다.

중요한 것은 황제가 그 사실을 알았다는 것인데…… 홍 재상은 정신을 바짝 차리기 위해 덜덜 떨리던 자신의 입술을 애써 앙다물며 진정하려 노력했다. 그리고 억지로 온화한 미소를 지으며 대답했다.

"누가 감히 황제 폐하의 사람인 천호영의 대장을 감금하였다는 말입니까. 그것 참 말도 안 되는 일이옵니다. 언제부터 천호영이 그리 호락호락했답니까."

평정심을 되찾고 여유롭게 말하는 홍 재상을 마주한 황제는 하, 기가 차다는 웃음을 지었다. 만만치 않은 능구렁이라는 것을 익히 알고 있었지만 황후가 납치되었건, 려운이 감금당했었건, 그리고 그것이 자신과 관련된 일이었다 한들 홍 재상, 그는 여전히 여유로웠다.

그리고 이런 자들에게 더욱 냉혹하고 차가워야만, 불안했던 황궁을 지킬 수 있었던 탓에 황후를 돌볼 수가 없었다. 려운이 감금당했다는 사실도 눈치 채지 못했다.

려운은 전혀 괜찮지 않으면서도 괜찮은 척 시종일관 차갑고 냉철한 모습을 유지하고 있으나, 속은 분노로 솟구치다 못해 새카맣게 타들어 가는 황제의 모습을 애잔히 바라보고 있었다.

그러나 그는 황제의 뜻에 따라 더 이상 아무런 말도 하지 않은 채 말없이 황제의 옆에 섰다. 황제는 그런 려운을 물끄러미 바라보고는 그에게만 보이도록 고개를 끄덕였다.

─려운. 몸이 성치 못한 너를 쉬게 해야 하는데, 다시 불러들여 미안하구나.

─아닙니다, 폐하. 저 역시 앉아 있을 수만은 없다고 생각해 홍 재상의 사가에 가서 국영이란 자를 찾아보려 했습니다. 혹 하문할 것이 있사옵니까.

─내가 곧 조당에서 대신들을 불러 모을 것이니 너는 안에서 내가 부를 때까지 미리 기다리고 있거라. 홍 재상에게, 보여 줄 것이 있다.

─알겠사옵니다, 폐하.

환궁한 뒤, 몸이 많이 상한 려운을 쉬게 하기 위해 그의 사가로 보냈지만 홍 재상을 두려움에 떨도록 만들기 위해서는 그의 앞에 려운을 보여야 했다. 한참을 고민하던 황제는 결국 려운을 다시 불러들일 수밖에 없었고, 려운은 금세 정갈한 모습으로 그의 앞에 나타난 것이었다.

"누가 감금했는지는, 자세히 들어보면 알 수 있겠지. 하지만 그보다 황후가 납치당했다는 사실이 더 중요하니 하던 말을 마저 하겠소."

"폐하!"

그리고 문득 불안해진 홍 재상은 황제를 부르며 목소리를 높였다. 그러나 황제는 감히 황제의 말을 끊는 것이냐는 듯 그를 차갑게 노려보고는 낮은 목소리로 말했다.

"황후가 납치되었으니, 나는 그 범인을 찾아 진상을 헤아리고자 하오. 허나 홍 재상의 말대로 황후를 찾는 것이 급선무이니, 지금 당장 금군들을 풀어 도성을 뒤지고 도성 곳곳에 방을 붙일 것이오."

"아무리 생각해도 이해가 가질 않습니다, 폐하. 어떻게 삼엄한 이곳 황실 호위들을 뚫고 황후마마를 납치했단 말입니까. 이건 필시 황궁 내부의 소행임이 틀림없사옵니다."

황제의 말에 백 재상이 주먹으로 바닥을 치며 이를 악물고 말했다. 누군가 황후마마를 꼬여내어 궁 밖으로 나가게 한 것일지 몰랐다. 그 누군가는 호위들의 의심을 사지 않을 만한 누군가일 것이었다.

"폐하, 혹······."

"방을 붙이는 것은 아니 되옵니다. 황후마마께서 납치되었다는 사실을 백성들이 알게 된다면 무척 혼란스러워질 것입니다. 더구나 마마를 찾아 황궁에 모시고 포상금을 얻기 위해 기승을 부리는 자들이 하나둘 생겨나면, 되려 황후마마가 위험해질 수도 있사옵니다."

이리저리 머리를 굴리던 백 재상이 자신의 생각이 틀림없다고 여기며 황제에게 이를 고하려던 순간, 홍 재상이 어색한 미소를 지으며 그의 말을 가로챘다.

황제는 홍 재상의 말을 유심히 듣더니 미간을 좁혔다. 그리고 백 재상이 그런 홍 재상에게 따지려던 찰나, 황제의 짧은 대답이 들려왔다.

"그럴 수도 있겠군."

황후의 얼굴을 아는 이가 없어 오히려 지금은 황후가 혼자 돌아다니기에 덜 위험했다. 황후가 사라진 것을 백성들이 알게 되면 그들 중 정말로 황후를 납치해 인질극을 벌일 수도 있는 상황이었다. 그는 또다시 엉켜버린 생각에 한동안 입술만을 달싹였다.

"일단은 금군들을 도성에 풀고 방을 붙일지 결정하겠소. 황후가 납치되다니, 그대들은 상상이나 했을지 의문이군. 그리고 여태 그것을 몰랐으니 그대들이 얼마나 황후에게 관심이 없었는지 내 이제야 알겠소."

"폐하, 당치 않사옵니다!"

황제의 날이 선 말투에 홍 재상은 소리 높여 목청껏 외쳤다.

걱정이 가득한 그의 얼굴 뒤 불안함을 가득 안고 있던 홍 재상 역시 어떻게 된 일인지 몰라 어안이 벙벙했다. 국영의 말로는 황후가 혼자서 사라졌다고 했다. 그리고 려운은 언제, 어떻게 광에서 빠져나와 황제의 수중에 들어가 서 있는 것인지 다시 제대로 알아보아야 할 것투성이였다.

"당치 않사옵니다, 폐하!"

백 재상 역시 불안한 기색은 감출 수가 없었다. 황제의 한마디에 서린 날카로운 칼날이 그의 목에 턱 박혀 들어왔기 때문이었다. 황제는 그것을 놓치지 않은 채 냉기 가득한 눈빛으로 백 재상을 바라보며 말했다.

"아비인 그대조차도 관심이 없으니. 다른 대신들과 다를 바가 뭔가."

"폐하……."

백 재상은 입을 꾹 다물 수밖에 없었다. 대신들은 황제의 말에 동요하며 다시금 웅성거리기 시작했다.

"조용하시오!"

그리고 황제는 자리에서 일어서며 그 어느 때보다도 무겁고 차가운 목소리로 조당 전체를 휘어잡았다. 황제의 주위를 감도는 냉기가 그의 푸른 빛 청룡포와 어우러져 이루 형용할 수 없는 기운을 풍겼다.

"지금부터 금군들을 풀어 도성 전체를 뒤지거라. 황후가 전날 납치되었으니 멀리 가진 못했을 것이다. 그리고 황후를 찾기 전까지는…… 그대들은 조당에 발도 들이지 마시오. 내 생각엔 그대들 중에 그 범인이 있는 것 같거든."

"……!"

황제가 싸늘한 눈빛으로 홍 재상을 노려보자 홍 재상은 마른침을 꿀꺽 삼켰다. 그리고 그는 땀이 가득 밴 손을 꽉 쥐고는, 썩어 들어가는 어금니를 물었다.

'무언가를 알고 있으면서도 쉬이 밝히지 않는 것을 보니…… 황제, 무슨 생각이실지 궁금하군요.'

"폐하, 말도 안 되옵니다. 어째서 저희들을 의심하시는 겁니까!"

이해할 수 없다는 표정으로 대신들이 하나같이 입을 모아 외쳤다. 대체 그간 황후를 허수아비처럼 여겨 눈길도 안 주던 사람이 황제 폐하였거늘, 이제 와 그녀에게 반응하는 황제를 백 재상을 비롯한 대신들은 이해할 수가 없었다. 황후가 납치된 일은 중대한 사항인 것은 분명했지만, 어째서 자신들을 의심하는 것인가.

"그럼 나가들 보시오."

황제는 낮은 한마디만을 남긴 채 홀로 조당을 나섰다. 그리고 자신의 침전으로 향하는 그였다. 그런 그의 뒤를 려운이 소리 없이 따랐다.

"폐하. 괜찮으신 겁니까."

려운은 입술을 굳게 다문 채 앞으로만 걸어가고 있는 황제에게 조심스럽게 말을 꺼냈다. 황제는 한 손으로 자신의 얼굴을 감싸 쥐었다.

냉궁에서 홀로 버티는 일이 얼마나 처절했던가에 대해 한 번 더 깨달았기 때문이었다. 누구도 믿을 수 없는 이곳에서 외롭게 살아간다는 것. 숨쉬기조차 버거운 이곳을 떠난 황후가 점점 이해되는 자신이, 황제는 너무도 두려워졌다.

그가 침전으로 들어서기 전, 저 멀리 반대편에 보이는 연주전을 말없이 응시했다. 천기전에서도 연주전의 모습이 보인다는 것을 그는 처음 알았다. 황제는 천천히 두 눈을 감았다 떴다. 황후도 언젠가 이곳을 바라보았을까. 이곳에 서 있는 나를 본 적이 있었을까. 또다시 문득 그녀 생각을 해 버렸다.

"……!"

그리고 침전으로 들어서려던 그의 발걸음이 멈춰졌다.

환궁하기 전 말을 구하기 위해 들렀던 마방에서 누군가의 시선을 느꼈을 때, 그저 착각이라고 생각했었다. 헌데, 혹…… 그 시선이 황후의 것이 아니었을까.

황제는 곁에 서 있던 려운을 흔들리는 눈빛으로 바라보았다. 그리고 무언가 말하려는 듯 그의 거친 입술을 달싹이기 시작했다.

어느덧 갈라져 피가 고인 그의 입술 사이로 뜨거운 숨결이 토해졌다. 목이 메어 한마디 뱉어내기가 버거웠던 그는 미간을 한껏 좁혔다. 이내 마음이 급해진 그는 재빨리 발길을 돌렸다.

'다시, 그곳에 가봐야 한다.'

*   *   *

"폐하, 갑자기 어디로 가시려는 겁니까."

천기전을 나서서 어디론가 향하기 시작하는 황제를 쫓으며 려운이 물었다.

"가 보아야 한다. 아직 그 근방에 있을지 몰라."

황제의 급한 발걸음에, 발아래 청색 용포 자락이 둔탁하게 펄럭였다. 황후가 지어준 청룡포 위 금색 실로 놓아진 수가 그의 등과 어깨 위에서 영롱한 빛을 내며 빠르게 움직이는 그를 감쌌다.

"폐하!"

려운은 이성을 잃은 채 무작정 걸어 나가는 황제를 멈춰 세우려 했지만, 이미 자신만의 생각에 빠져 무언가에 홀린 사람처럼 한 곳만을 향해 가는 그를 막을 수는 없었다.

최대한 빠른 걸음으로 황제와 보폭을 맞추며 그를 따라가던 려운은 이대로는 안 되겠다는 생각에, 눈썹에 힘을 주곤 단호한 목소리로 황제의 귓전을 울렸다.

"폐하! 혹 궁 밖에 나갈 생각이시라면 잠행을 위한 채비를 하셔야 합니다!"

멈칫. 귓가를 울리는 려운의 목소리에 황제가 우뚝 멈춰 섰다. 그리고 그는 그제야 자신이 입고 있는 것이 청룡포라는 사실을 깨달았다. 한 팔을 천천히 들어 올려 그가 입고 있던 청룡포를 물끄러미 바라본 황제는 아려 오는 가슴에 두 눈을 감았다.

'황후가 그 근처에 있을지도 모르는데. 내가 잘못 느낀 것이 아니라면, 분명히 그곳에서 누군가 나를 보고 있었단 말이다…….'

눈을 감으면 조금이라도 진정될 줄 알았던 마음은 오히려 불안함과 두려움만을 강하게 불러일으켰고 가까스로 유지하던 그의 중심을 흔들리게 만들었다.

"채비를 할 시간이 없다. 지금 당장……."

현재 그는 자신이 황제라는 위치에 서 있다는 사실을 망각할 만큼, 그곳에 다시 가서 그녀의 행적을 찾아보며 누구라도 그녀를 본 이가 없었는지 어서 알아보아야겠다는 생각밖에는 없었다.

"폐하, 제발."

그리고 황제가 다시 한 걸음을 떼려던 순간, 려운이 두 눈을 감으며 조용히 말했다.

어떤 일이든 늘 신중에 신중을 기하고 섣불리 움직이지 않는 냉철한 이성의 소유자였던 황제 폐하는 연화를 잃었을 때보다 더 흐트러지고 있었다. 처음부터 끝까지 곁에서 그를 지켜보았던 려운은 그 어느 때보다도 가슴이 쓰라렸다.

죽어간 나무는 잊고 새로운 벚나무를 심는 것이 어떻겠냐고 말한 사람은 자신이었다. 황제 폐하께서 혼신을 다해 사랑하던 연화를 잃은 뒤의 모습이 오랜 벗으로서 너무도 가슴이 아팠다.

황후의 간택을 앞두고 금혼령이 내려졌을 무렵, 어느 날 갑자기 사라진 연화를 찾기 위해 황제는 백방으로 노력했지만 돌아온 것은 그녀의 꽃신뿐이었다. 시신조차 없이 절벽 아래서 발견된 연화의 꽃신 한 짝을 품에 안고 절규하던 황제의 모습을 려운은 잊을 수가 없었다. 누이를 잃은 자신보다 더 오열하던 그는, 한동안 살아갈 연유를 잃은 사람처럼 흐린 눈빛을 한 채 한없이 차가워져만 갔다.

'두려운 것뿐이다. 또다시 잃게 될까 봐.'

그리고 그 이후로 그는 늘 입버릇처럼 말했다. 홍 재상이 새로운 황후를 들이자 말하고 나서도 황제는 아무런 감정이 없는 사람처럼 여인이란 존재를 가슴에 담으려 하지 않았다.

지금의 황후를 최종적으로 간택하게 된 건, 커져 가는 홍 재상의 권력을 막기 위함도 있었지만 결정적으로…… 연화의 아버지이기도 한 려운의 아버지가 아사하여 죽기 전, 눈이 멀었었기 때문이었는지도 몰랐다.

그래서 황제 폐하가 지금의 황후마마를 그분의 비로 들이는 것에 대해 반대하지 않았다는 것을 려운은 전부터 짐작하고 있었다. 누군가를 잃은 슬픔에, 그리고 또다시 잃게 될까 두려움 마음에 간택된 황후마마께 다가가지 못하던 분. 눈이 멀었다 하여 황후마마를 멀리하던 것이 아니었음을 지금의 황후마마께선 모르실 테니……. 여인으로서 그것을 견디지 못하고 궁을 떠나신 걸까.

려운은 파르르 떨리는 입술을 물고 말없이 고개를 떨궜다. 또다시, 자신이 황제의 두려움을 현실로 만들어 버린 것만 같아 그는 한없이 미안한 마음이 들었다. 그러나 그는 곧 마음을 굳게 먹었다. 언제까지나 슬픔의 늪에 빠져 계신 황제 폐하를 끌어올려 행복하게 만드는 것이 벗이자 신하로서의 도리임을 그는 알고 있었기 때문이었다.

그는 고개를 들고 황제의 옆에 한 걸음 더 가까이 다가가 섰다. 그리고 강인한 눈빛으로 그에게 말했다.

"이런 때일수록 폐하께서 더욱 굳건해지셔야 합니다. 황제 폐하께서 움직이시면 황궁이 흔들린다는 것을 누구보다도 가장 잘 알고 계시질 않습니까. 폐하께서 가시려던 길, 차라리 제가 가 보겠습니다. 그러니 그곳에 가면 제가 해야 할 일을 명하여 주시옵소서."

려운의 단호한 말에 황제는 무거운 황제라는 짐이 어깨를 짓눌러 오는 것을 느꼈다. 려운의 말처럼, 그는 어디까지나 이곳 천나라의 황제였다. 감정에 따라 자유자재로 몸을 움직일 수 있는 자리가 아니었다. 그래서 늘 그의 일을 대신 수행하던 려운에게 여느 때처럼 명을 할 수도 있었지만 려운은 현재 몸 상태를 회복해야 했다.

"려운, 아직 넌 무리라고 하지 않았느냐. 너를 조당으로 불러들인 것도 어쩔 수 없는 선택이었다."

황제는 선뜻 윤허하길 망설였다. 그러나 려운은 또다시 단호히 고개를 저었다.

"무릇 황제에게는 어쩔 수 없는 선택이란 존재하지 않사옵니다. 저는 이제 괜찮사오니 황제 폐하께서는 그저 명만 내리시면 됩니다. 다만 홍 재상의 수중에 제 천호검이 있으니 당분간은 다른 검을 써야 할 것 같습니다."

"허나……."

"폐하, 이부, 예부, 호부상서가 입궐하였다고 합니다. 지금 천기전에서 기다리고 있사옵니다."

황제가 대답하려던 사이 그에게 다가온 환관 한 명이 조용히 속삭이며 말했다. 그러자 황제는 옅은 한숨을 쉬곤 려운과 두 눈을 마주했다.

"려운."

"하명하시옵소서."

"천호검 대신 내 천영검을 사용하거라. 그리고 지금 당장 저자로 나가 오늘 낮에 우리가 들렀던 마방에 가서 황후의 흔적을 찾아 보거라. 나를 보고 있던 누군가의 시선을 느꼈다."

황제의 말에 려운의 눈동자가 커졌다. 그 또한 그 시선을 느꼈기 때문이었다. 설마 그 시선의 주인이…… 황후마마일 것이라고는 예상하지 못했다. 그때만 해도 황후마마께서 사라졌다는 사실을 몰랐으니까.

"저 역시 그때 누군가의 시선을 느꼈습니다. 헌데 제가 그쪽으로 시선을 돌리려던 찰나, 어떤 사내가 제게 말을 걸어와 얼굴은 보지 못했습니다."

"어떤 사내라 하였느냐."

려운의 말을 듣고 있던 황제가 날카로운 눈빛으로 물었다. 단순한 우연인 걸까. 아니면 황후가 그자와 함께 다니기라도 한다는 말인 건가. 그러나 황후는 그럴 여인이 아니었다. 어떤 연유에서 떠났는지는 모르겠지만 누군가와 함께, 그것도 사내와 동행할 그럴 성격이 못 되었다. 하지만, 한치 앞도 모르는 상황에서 황제는 최대한 이성적으로 행동하기 위해 노력했다.

"예, 폐하. 그때 같이 마방에서 말을 구하던 사내였습니다."

그 시각, 황제보다 먼저 그를 향한 누군가의 시선을 느낀 려운이 주위를 둘러보던 중, 문득 어떤 사내가 그에게 말을 걸어온 것이었다.

―급히 어딜 가려 하는 것 같은데, 저 말이 빨라 보이니 괜찮을 것 같군요.

―아, 그렇소.

그리고 려운이 잠시 그 사내를 바라보고 대답을 한 사이 그가 방금 느꼈던 시선이 사라져 버렸다. 그는 뭔가 이상한 기분이 들었지만 딱히 황제 폐하를 향한 살기를 느낄 수 없었고, 처음부터 자신들을 미행했던 게 아닌 것 같아 의심을 거두었다. 허나 정말로 그 시선의 주인이 황후마마였을까.

려운이 낮의 기억을 되짚어보고 있을 때, 황제가 입을 열었다.

"저자에서 나를 알아보는 사람은 드물 것이다. 또한 나를 해하려던 목적이 있었다면 려운 네가 모를 리가 없었겠지. 살기 또한 느껴졌을 테니. 그래서 난 혹시 그 사람이……."

그리고 그가 말을 하던 도중, 옆에 있던 환관을 의식하고는 려운에게 조금 더 가까이 다가갔다. 그리고 스치듯 지나가며 려운의 귓가에 속삭였다.

"꼭 황후의 행적을 찾아내야 한다."

"알겠습니다, 폐하. 제가 지금 당장 그곳으로 가 보겠사옵니다."

그러자 려운은 알아들었다는 듯 고개를 끄덕이곤 급히 발걸음을 옮겼다.

"그럼 이만 상서들에게 가 보아야겠군."

황제는 곁에 있던 환관에게 낮게 말하곤 천천히 앞으로 걸어갔다. 환관은 고개를 숙인 채로 황제의 뒤를 따랐다. 말없이 천기전으로 향하던 황제가 문득 잠시 멈춰 서서 뒤를 돌아보았다. 멀어져가는 려운의 뒷모습을 바라보며 그는 씁쓸한 미소를 지었다.

'내 곁의 사람은 이제 려운뿐인 건가.'

"려운, 부디 황후를 찾아와야 한다……."

들릴 듯 말 듯한 조용한 목소리로 황제가 입술을 달싹였다. 그의 눈 아래로 검은 그림자가 드리워졌다.

'천나라의 황제이면 무엇 하지. 제 여인의 마음 하나 돌보아 주지 못하면서, 백성들의 마음을 헤아리겠다하였으니 내가 얼마나 어리석은 자였을까. 아무것도 말하지 않고 눈물만 보이는 황후가 답답하다 여길 것이 아니라, 차라리 그 연유를 물어볼 것을. 그 여인이 우는 연유를⋯⋯.'

그의 목구멍 아래서 그 자신을 원망하는 목소리가 아우성쳤다. 그러나 그는 너무도 잘 알고 있었다. 떠난 사람은 이미 그의 곁에 없다는 것을.

*　　*　　*

"계획이라. 계획을 세울 만한 좋은 곳을 알고 있는데. 그곳으로 가시지 않겠습니까."

황후를 말 위에 탈 수 있도록 도와준 뒤 혼자 능숙하게 말 위에 올라탄 은후가 말했다. 그는 고삐를 쥐면서 황후를 돌아보았다.

"좋은 곳이라니요."

황후는 멍하니 자신의 집을 바라보던 시선을 거두고 은후와 눈을 마주쳤다.

"제가 이곳 천나라에 있는 객주를 잠시 맡았기 때문이지요. 그것이 천나라에 온 연유이기도 하고."

은후가 황후와 마주친 눈에서 시선을 떼지 않으며 옅은 미소를 지었다. 언제부터인가 그녀와 눈을 마주치면 늘 알 수 없는 묘한 기분이 그를 감싸왔다. 그리고 그 묘한 기분은 놓치고 싶지 않을 만큼 매혹적이었다.

"객주라 하셨습니까. 그럼 그 객주의 주인이신 건가요."

황후는 자신을 뚫어져라 쳐다보는 은후의 시선에, 그의 눈을 피하곤 다시 그녀의 집을 바라보며 조용히 물었다.

"그렇…… 아니, 주인까진 아니고 그냥 아주 잠시 맡아주는 사람일 뿐입니다."

황후의 물음에 은후는 하마터면 그렇다고 대답할 뻔했으나 다행히 말을 얼버무리고 멋쩍게 웃었다.

자신이 본래 당도했어야 할 객주까지 데려갈 줄은 몰랐지만 그녀를 돕기로 한 이상, 그가 머무를 본거지에 가서 뭐라도 준비를 하는 것이 나을 것 같았다. 또한 천나라에 오자마자 갔어야 했는데 시간이 너무도 지체되었다.

"어찌 되었든 머무를 곳이 없는 저에겐, 듣던 중 반가운 소리입니다."

이리저리 깊은 생각을 해 보고 온갖 경계심과 근심을 드러낼 줄 알았던 예상과는 달리 담담한 황후의 말에 은후는 의아한 표정을 지었다.

"늘 제가 하던 말에 반대만 하시더니, 의외로군요."

내가 그랬었나, 문득 황후는 자신이 했던 말들을 머릿속으로 되새겨 보았다. 생각해 보니 그런 적이 있긴 있었던 것 같지만 매번 그런 것은 아니었다. 아니, 아니었을 거다. 그녀는 눈살을 찌푸라곤 일단 부정하고 보았다.

"제가 언제 그랬습니까."

"처음 봤을 때부터."

그러나 은후는 그녀에게 한 치의 틈도 주지 않았다. 말문이 막히자, 한숨을 쉬는 황후를 바라보던 은후가 또다시 피식 웃었다.

"그댄 꽉 막힌 답답한 여인이라는 거, 굳이 말 안 해도 인정하시겠지요."

누구에게도 휘둘려 본 적 없는 것 같은데. 이 사내의 앞에서는 자꾸만 흐트러지는 것이, 황후는 점점 불안했다.

황후는 애써 화제를 돌렸다.

"방금 말해서서 아주 잘 알겠습니다. 이젠 물불 가릴 처지가 아니니, 자존심 내세울 일 같은 건 없을 겁니다. 그러니 이만 출발하시지요. 눈앞에 집을 두고도 떠나는 건 아직 괴로우니까."

"집? 그럼 저곳이 그대의 집이란 말입니까. 그럼 아까 그자가……."

꽤나 큰 대갓집이었다. 역시 예상대로 그녀는 예사 집안의 여인이 아니었다. 남부러울 것 없이 여느 집 규수처럼 살던 여인이 이리 강한 독기를 품게 된 연유는 무엇일까. 아까의 그 늙은 사내는 누구이길래 그리 원망 가득한 눈빛을 했던 걸까. 은후는 자신만큼이나 의문투성이인 그녀가 점점 더 궁금해졌다.

또한 그는 그녀와 함께 있으면 있을수록 점점 그녀에게 빠져들어 가는 자신을 발견했다. 그래서였을까. 도와달라고 내민 손을 뿌리칠 수 없었던 것은.

"그건 나중에 천천히 설명해드리겠습니다. 날이 깊어가니 이제 그만 가는 것이 좋을 듯합니다."

황후가 피곤하다는 듯 지친 얼굴로 작게 말했다. 그러자 은후는 더 이상 묻지 않은 채 고개를 끄덕이곤 말을 움직이기 시작했다.

*   *   *

"헌데 천나라에 온 연유라 하시면, 역시 천나라 분이 아니었군요."

한참 동안 말을 타고 은후의 객주로 향하던 중 황후가 먼저 말을 걸었다. 그리고 위아래로 그를 훑어보더니 자신의 생각이 맞았다는 듯 그를 유심히 바라보는 그녀였다.

그녀의 말에 은후가 여유롭게 웃으며 대답했다.

"흐음. 천나라 사람 아닌 거 딱 보면 모르겠습니까. 천나라에 나처럼 잘생긴 사내는 드문 것 같던데."

"……?"

"왜 아무런 말이 없지."

"풉……."

천연덕스러운 은후의 대답에 황후는 한동안 당황한 표정을 짓더니 자신도 모르게 웃음을 터뜨렸다. 얼마 만에 지어보는 미소인 걸까. 그녀는 조금 놀란 표정으로 자신의 올라간 입가를 매만졌다.

"지금 웃었소?"

앞에서 말을 움직이느라 뒤에 앉아 있는 황후의 표정을 보지 못한 은후는 의심 가득한 말투로 입가에 미소를 띤 채 물었다.

'지금 웃은 것이오?'

황후는 언젠가 이런 상황이 있었다는 것을 어렴풋이 떠올렸다. 잊을 만하면 자꾸 떠오르는 그의 흔적. 이제 와 그리워한다면, 그건 너무도 이기적인 마음이었다. 비록 그에게서 실망한 마음을 주체할 수 없었지만, 결국 그를 떠난 건 자신이었다. 이내 미소를 거둔 황후는 은후가 자신을 보지 못했다는 사실에 조금은 안도하며 돌려 말했다.

"그렇게 자기 자신에게 당당한 사람도 드뭅니다."

"자기 자신에게 당당한 사람?"

"가슴에 담아만 두는 바보도 있으니까요."

황후는 다시금 한숨을 쉬었다. 차가운 척하면서 속은 물러터진, 울보가 그녀 자신이었으니까. 어쩌면 지금 이 순간은, 자신이 눈먼 허수아비 황후가 되어야 했던 연유를 찾기 위해서가 아니라…… 그간의 서러움을 꾹꾹 눌러 가슴에 담아만 두다가 못

견디고 도망쳐버린 것에 대한 핑계일지도 모른다.

"저는…… 언젠가 다시 돌아갈 때쯤이면, 제 자신에게 당당한 사람이 될 수 있도록 더욱 강해질 것입니다."

"갈수록 알 수 없는 여인이군요. 그대는."

잠자코 그녀의 말을 듣고 있던 은후가 의미심장한 미소를 지으며 중얼거렸다.

"그쪽도 알 수 없는 사람인 건 마찬가지입니다. 천나라 사람이 아니라면 어디에서 온 것입니까."

"그런데 말이오. 여태껏 그대 이름을 모르고 있던 것 같은데."

이번엔 은후가 말을 돌렸다. 아직 자신의 출신을 말할 수는 없었다.

황후는 동문서답을 하는 은후의 대답에 미간을 좁혔지만 그러고 보니 그에게 자신의 이름을 알려 준 적이 없었다.

진짜 이름을 알려 주어도 되는 걸까, 잠시 망설였지만 이내 그녀는 짧게 말했다.

"백 월이라 합니다."

어차피 그녀의 이름을 아는 이는 몇 없었다. 또한 출신도, 배경도 모르는 낯선 여인을 선뜻 도와준 사람이니 잠시 닿았다 끊어질 인연에게 이름 정도는 알려 주어도 나쁘지 않을 것 같았다.

"월? 성씨까지 풀이하면 흰 달이라는 뜻. 아버님께서 그대가 황후가 되길 바라며 지어주신 건가."

"……!"

황후는 순간 뜨끔했다. 자신의 정체가 황궁에서 사라진 황후라는 것을 알면, 이 사내는 어떤 표정을 지을까. 그리고 자신의 아버님이 아까 자신의 집에서 본 늙은 노인이자 이 나라의 재상이라는 사실을 알게 되면 그는 두려움에 휩싸일 수도 있었다.

'내가 황후라는 사실을 알고도 그는 그런 나를 도와줄까.'

결국 황후는 입술을 떼지 않았다. 조금 시간이 지나다 보면, 그에게도 진실을 알려줄 날이 오겠지. 도움을 바란다면 그의 말대로 하나둘씩 알려 주어야 할 테니까. 헌데······.

'월(月).'

문득 황후는 은후가 자신의 이름의 뜻을 풀이한 것에 대해 소름이 끼쳐왔다. 마치 자신이 황후가 될 수밖에 없는 운명인 것처럼 느껴졌다. 그녀는 허탈한 표정을 지었다.

─월아. 네 이름의 본래 뜻은 달이다.

황후가 되기 전, 어느 날 방 안에서 수를 놓다 달빛이 좋아 밖으로 나와 달을 올려다보고 있던 때였다. 소리 없이 아버님이 다가와 나누었던 대화가 그녀의 머릿속에 거짓말처럼 스쳐지나갔다.

─그것에 혹 깊은 뜻이라도 있는 것입니까.
─글쎄다. 달빛이 유난히 밝은 밤에 태어나 네게 월이란

이름을 지어 주었는데, 이제 보니 참 다행이다 싶구나.

─무슨 말씀이신지…….

─황후를 달이라 칭한다고 하더구나. 연꽃에 비유하기
도 하고.

─황후요? 아버님, 무슨 생각을 하시는 겁니까.

─오늘 저자를 지나다 점쟁이와 우연찮게 이야기를 나
누었는데, 내가 황제 폐하의 장인이 될 거라고 하더구나.

─점쟁이의 말일 뿐입니다. 아버님, 그런 자들의 말에 혹
하지 마세요.

─껄껄. 나도 믿지는 않지만 말뿐이라도 기분 좋지 않으
냐. 한낱 상인에게 황제의 장인이 될 거라니. 헌데 그럴 수
만 있다면 무슨 짓이라도 하고 싶을 만큼 흥미로운 말이었
다. 헌데 네 이름 또한 월이 아니냐. 그러니 혹할 수밖에.

그땐 그저 아버님이 여담으로 들려주신 이야기인 줄로만 알
았다. 허나 지금 생각해 보니 아버님이 자신을 황후로 만들겠다
는 생각을 하게 된 것이 그때부터인 것이 아닐까. 황후의 입술이
파르르 떨렸다. 그녀는 넋이 나간 얼굴로 말했다.

"점쟁이……."

"점쟁이? 어, 다 왔네."

한참 동안이나 자신의 말에 대답을 않더니, 나온 한마디가 점
쟁이라니. 은후는 입술을 쌜룩인 뒤 그녀에게 되물었다. 그리고

그 시점, 어느덧 목적지에 도착하자 그가 객주 입구에 말을 멈춰 세우곤 말했다.

"제운객주에 온 것을 환영합니다."

황후는 여전히 입가에 맴도는 점쟁이라는 한마디를 떠올리느라 은후의 말을 듣지 못했다. 이윽고 그의 목소리가 들리자마자 안에서 사람이 나왔다. 그리고 예를 갖추듯 고개를 숙이며 그를 맞이했다.

"오셨습니까. 전날 당도하신다기에 기다리고 있었는데 많이 지체되셔서 무슨 일이 생긴 줄 알았습니다. 마마를 모시고 와야 할 녀석들이, 마마께서 산속에서 사라지셨다고……."

"쉿!"

'마마'라는 말에 은후가 검지 손가락을 자신의 입가에 가져다 대고는 입을 다물라는 눈치를 주었다. 그러자 은후에게 고개를 숙였던 사내가 얼굴을 살짝 들고는 은후의 뒤에 있는 여인을 응시했다.

힐끔 그녀를 바라보던 사내는 고개를 끄덕이며 말을 이었다.

"어찌 되었든 어서 여독을 푸시지요."

"그래. 이곳이 제가 당분간 맡을 제운객주입니다. 말에서 내리시고 들어가시지요."

은후는 말에서 내리며 두 팔을 벌렸다. 그러자 황후는 어두웠던 표정을 거두고 그제야 은후를 바라보았다. 주위를 둘러보니 날은 어두워졌고, 객주의 입구를 밝히는 여러 개의 등만이 은은하게 빛나고 있었다. 어두워서 잘 보이지는 않았지만 제운객주라 불리는 이곳의 규모는 어마어마했다. 이렇게 큰 객주의 주인이라고? 황후는 의아한 표정으로 두 눈을 가늘게 떴다.

아무리 임시라지만, 천나라 사람도 아닐뿐더러 매사 단순한 생각만 하는 것 같은 은후가 객주의 주인이라는 것이 그녀는 놀랍게 느껴졌다. 오히려 객주에 물건을 제공하는 타국의 상인쯤이 더 어울렸다.

황후는 자신이 아버지인 백 재상이 상인이던 시절, 거상인 그가 객주도 몇 군데 소유하고 있었기에 객주라는 곳이 어떤 곳인지는 알고 있었다. 생각해 보니 아버지가 넘겨받기 위해 눈독을 들이고 있던 객주 중 하나가 제운객주라는 것이 떠올랐다. 그런 제운객주의⋯⋯주인이라.

"무슨 문제라도 있는 겁니까."

두 팔을 벌린 채 황후가 내려오는 것을 도와주려 했건만 그녀가 내려올 생각을 하지 않자 은후는 고개를 갸웃하며 물었다. 황후는 뭉게뭉게 피어오르는 의문점들을 비집고 들어온 그의 목소리에 두 눈을 깜빡이곤 그를 내려다보았다. 그리고 다시 제운객주의 전경에 시선을 두고는 대답했다.

"아닙니다."

"그럼, 어서 들어가지요."

이윽고 그녀는 은후에게 의지해 말에서 내렸다. 그리고 뒤를 돌아보고는 이곳이 어디쯤인지 가늠하며 은후와 함께 입구로 들어섰다.

*   *   *

쾅—!

"납치라니!"

궁에서 사가로 돌아온 뒤로 줄곧 생각에 잠겨 있던 백 재상이 문득 탁상을 거세게 내리쳤다. 그리고 벌떡 일어나 방 안을 서성이는 그였다.

"어떻게 황후마마께서 납치 되셨단 말이지. 여태껏 궁 안에 홀로 있는 듯 없는 듯 잘 지내시던 분이!"

그는 불안한 기색을 감추지 못하고 중얼거리며 턱수염을 만지작거리더니, 앓는 소리와 함께 털썩 바닥에 주저앉았다.

일전에 마마께서 찾으신다는 말씀을 전해 듣고 곧장 가볼까도 생각해 보았지만 그러기엔 아직 마음의 준비가 되지 않았었다. 황후마마의 부름이라면 당장이라도 입궐해야 함이 마땅하였으나 늘 그래 왔듯 핑계거리를 만들고 입궐하는 것을 미룰 작정이었다.

"후…… . 안되겠다. 나라도 따로 찾아보는 수밖에. 여봐라!"

백 재상은 목에 핏대가 설 만큼 큰 목소리로 밖의 사람들을 불렀다. 백 재상의 목소리가 들리자마자 밖에서 중년 사내의 목소리가 들려왔다.

"예, 부르셨습니까."

"지금 당장 사병들을 풀어 황후마마를 찾아라. 마마께서 납치되셨다고 하니 도성 전체를 이 잡듯 뒤져야 한다. 꼭 찾아야 해."

"황후마마께서 황궁에서 사라지셨단 말입니까?"

중년의 사내가 떨리는 목소리로 묻자, 백 재상은 잠시 고민했다. 이 사실이 향의 귀에 들어가면 곤란해질 게 분명했다. 그렇잖아도 분노를 억누르며 그 자신을 원망하는 아이였다. 그는 불안한 기색을 감추기 위해 침을 꿀걱 삼키고는 호통을 쳤다.

"시키는 대로 속히 움직여라! 허나 내 명이 향의 귀에 들어가지 못하게 해야 할 것이야."

"아, 알겠습니다."

백 재상의 분부에 사내는 빠른 걸음으로 백 재상이 보유한 사병을 움직이기 위해 움직였다. 상인으로 살아오면서 모아온 큰돈으로 백 재상은 그가 재상이 되자마자 사병을 들였다. 그동안 그가 모아온 돈과 사병은 백 재상의 권력의 원천이 되었고 홍 재상마저 그것을 두려워할 정도였다.

"안 되지. 안 돼……. 우리 황후마마께서 사라지시면 난 어떡하라고."

백 재상은 월을 찾기 위해 두 눈에 불을 켰다. 그는 재상이 되기 전까지 높은 지위만 없었을 뿐 도성 내에서 다섯 손가락 안에 드는 재력가였다. 황제의 장인이란 자리는 그런 그에게 날개를 달아 준 셈이었다. 그것은 홍 재상의 실수이자, 세력 균형을 유지하고자 했던 황제의 지혜이기도 했다. 그러나 그런 백 재상 또한 시커먼 암흑으로 가득 찬 머리의 소유자였다. 그리고 그것이 황제와 황후의 운명을 더욱 가혹하게 만들고 있었다.

*　　*　　*

"이게 어떻게 된 것이냐! 려운이 버젓이 조당에 나타나다니."

자신의 사가로 돌아온 홍 재상이 국영을 불러 세워놓고 날카로운 눈빛으로 물었다. 영문을 모르는 국영은 두 눈을 크게 뜨고 당황한 표정을 지었다.

"그놈이 그곳에서 빠져나왔다는 겁니까."

"그래! 보통 놈이 아니니, 그리 잘 지키고 있으라 말했건만. 괜히 려운이 황제의 호위대장이 아니란 말이다. 이제 네 정체도 들킨 것이나 다름없으니 넌 당분간 이곳에 숨어 있어야 한다. 눈치 빠른 황제가 분명 려운을 시켜 너부터 찾으려 들 것이다."

"알겠사옵니다……."

국영은 죄를 지은 사람처럼 말끝을 흐리곤 고개를 숙였다. 홍 재상은 한심하다는 듯 국영을 바라보더니 이내 탁상을 손가락으로 톡톡 건드리며 중얼거렸다. 언제쯤 황후를 내처버릴까 고민하던 차였는데 알아서 사라져주었으니 이젠 재연을 슬슬 차기 황후로 밀어붙이기만 하면 되었다.

"어찌 되었든 남은 건 재연뿐이니 이제 그 아이를 황후로 만들

계획을 세워야 하는데……."

"헌데 신녀를 어찌 황후로 만들 생각이십니까."

문득 국영은 천나라 황실에서 과연 신녀를 황후로 간택하려 들지 의문이 들었다.

"신녀이니 가능한 것이다."

방금 전까지만 해도 악에 받쳐 얼굴이 빨개졌던 홍 재상은, 아무도 모르는 비밀을 혼자만 알고 있는 사람처럼 씨익 웃었다. 여유로운 홍 재상의 대답에 국영은 조심스럽게 자신의 생각을 내비쳤다.

"궁녀라면 승은을 입고 첩지를 내려 받는 것이 수순이라 들었습니다. 그런데 신녀라면……."

"재연은 궁녀가 아닌 신녀이지만 천나라에서 신녀는 신성한 존재로, 후궁 첩지를 내려 받지 않고도 황후로 간택될 수 있는 기회가 주어지지."

음흉한 미소를 띤 홍 재상은 누런 이빨을 드러내며 재연이 황후 자리에 앉아 있는 모습을 상상했다. 재연만 황후가 된다면 자신이 황제의 장인이 되는 것이니 백 재상을 내쳐버리고 2성의 수장이 될 수 있었다. 그렇게 되면 다시 천나라에는 단 한 명의 재상이 존재하게 된다. 그리고 바로 지금, 그 단 한 명의 재상이 바로 자신이 될 수 있는 절호의 기회였다. 그런데 괜히 백 재상을 끌어들여 귀찮은 일만 만들게 되었으니 그는 골백번 자신이 백 재상을 끌어들인 것을 후회했다.

"그것이 가능한 방도인 것입니까. 어찌 후궁을 거치지 않고 바로 황후로 간택될 수 있다는 것입니까."

"그것이 가능한 방도이니 내가 미리 손을 써 놓은 것이 아니냐. 넌 몰래 궁에 잠입해 재연과 연통이 닿을 수 있도록 준비나 해 두거라."

하늘의 아들, 즉 천자와 하늘의 부름을 받는 신녀의 결합은 본래 천나라 황실에서 환영받는 일이었다. 그러나 신녀는 지조와 절개를 유지하는 것을 사명으로 삼는 여인들이므로 황실에서도 그것을 존중하였고 따라서 신녀가 황제와 혼인을 하는 경우는 드물었다.

간혹 신녀가 승은을 입었을 경우에는 자진하여 신녀이길 포기하고 궁을 떠나는 것이 대부분이었으나 재연은 그럴 마음이 없으니 금상첨화였다. 애초에 깨끗함 따위는 없는 아이라, 신녀로서의 지조와 절개 따윈 안중에도 없을뿐더러 그 아인 그저 자신의 말만 따르면 되었다. 또한 그러기로 하고 입궁하기 전, 은밀한 약조를 한 것이었으니까.

'조당에 발도 들이지 말라 하셨습니까, 황제 폐하. 허나 그럴 수는 없지요. 황제 폐하께서 혼자 정사를 논하실 수는 없는 것 아닙니까.'

홍 재상은 여유로운 미소를 지으며 아직 벗지 않은 관복의 옷자락을 매만졌다. 그리고 깜박했다는 듯 국영을 바라보았다.

"참, 재연에게 황후가 사라졌다는 말은 전했느냐."

"예. 전했습니다."

"그래. 황제 말로는 황후가 납치되었다고 하나, 허튼 소리일 테지. 분명 네가 직접 사라지는 것을 보았다고 하지 않았느냐."

"그러합니다. 헌데……."

황후가 사라지던 모습을 회상하던 국영의 눈빛이 번뜩였다. 생각해 보니 황후는 혼자서 사라졌다. 그 누구의 도움도 없이.

"혼자서 사라졌다는 것이 사실이냐? 분명 황후는 눈이……."

홍 재상 또한 미심쩍은 부분이 있다는 것을 느끼자 두 눈을 번쩍 떴다. 눈이 보이지 않는 분이 어떻게 혼자 사라졌다는 말인가. 이건 말도 안 되는 일이었다. 황후는 눈이 보이지 않을 수밖에 없었다. 그 점쟁이가 한 말이 사실이라면, 그럴 리가 없었다.

"그것이……."

국영은 분명 황후가 혼자서 사라지는 것을 보긴 했지만 워낙 어두운 밤중이었고 꽤 멀리서 본 것이었기에 확신할 수가 없었다. 그가 머뭇거리는 사이, 마음이 조급해진 홍 재상은 이를 악물고 소리쳤다.

"이놈! 황후가 잠시 자리를 옮기려던 사이 누군가 정말로 납치한 것은 아닌 것이냐?"

"그럴 리가 없습니다. 분명 황후마마께서 혼자 사라지셨습니다. 그분의 눈이 먼 것이 사실입니까?"

"그건 내가 장담하는 일이다. 백 재상이 내가 시키는 대로만 잘했으면 문제없는 것이 확실해. 허면, 정말 납치라도 되었다는 건가."

홍 재상은 눈을 가늘게 뜬 채 골똘히 생각에 잠겼다. 수상한 부분이 있기는 했지만 황후가 눈이 보인다면 즉각 알아챘을 것이었다. 영원토록 못 볼 줄만 알았던 황후 자신이 어느 날 갑자기 눈이 보인다면 가만히 있지는 않았을 테니. 게다가 백 재상이 그토록 목메는 재상 자리에서 목이 잘리고 싶지 않다면 알아서 잘 감시하고 있을 터였다.

"내가 먼저 황후를 찾아야겠다."

그가 잠겨 있던 생각을 거두고 물끄러미 앞을 바라보자 그의 앞에 불안한 눈빛을 하고 있는 국영이 서 있었다. 홍 재상은 국영에게 무언의 눈빛을 보냈고 국영은 곧 알아들었다는 듯 고개를 숙이곤 뒤를 돌아 나갔다.

'어쨌든 중요한 건 황제가 나를 의심하고 있다는 것인데…….'

그는 국영이 사라지자 턱수염을 어루만지며 이맛살을 찌푸렸다. 납치한 것은 본인이 아니었지만 그 또한 대체 누가 황후를 납치한 것인지 알아낼 필요가 있었다.

"황제가 찾기 전에, 내가 먼저 찾는다면 일이 더욱 수월해질 수도 있겠지. 백 재상도 황후를 찾느라 혈안이 되어 있을 터. 그놈 또한 쉽게 휘어잡을 수 있겠군……."

*   *   *

"내가 그대들을 다시 부른 것은 그대들이 다시 상서직으로 복귀할 수 있는 방법을 알려 주기 위해서요."

황제가 자신의 앞에 무릎을 꿇고 앉아 벌벌 떨고 있는 세 명의 상서들을 향해 낮은 목소리로 말했다.

"그것이 무엇이옵니까, 폐하!"

이부상서가 두 눈을 동그랗게 뜨고 황제를 바라보았다. 이내 황제와 눈을 마주치자, 그의 싸늘한 눈빛에 얼어붙은 이부상서는 곧바로 고개를 숙였다. 그리고 황제는 여전히 차가운 눈빛으로 그들을 내려다보고 있었다.

그의 입에서 어떤 말이 떨어질까 전전긍긍하는 상서들을 가소롭다는 듯 바라보던 황제는 곧 천천히 입술을 달싹이기 시작했다.

"그대들이 잘못한 것에 대해 황후에게 용서를 비려면, 황후를 찾아야 하지 않겠소. 황후가 사라졌으니…… 그대들이 그 누구보다 먼저, 황후를 찾아와야 할 것이오. 그렇지 않으면, 황후를 납치한 자들은 바로 당신들이 될 테니까."

"납치라뇨! 황후마마께서 사라지셨단 말입니까! 그것은 저희 소행이 아니옵니다. 통촉하여 주시옵소서."

호부상서가 놀란 토끼 눈을 하며 외쳤다. 황제는 그의 우렁찬 목소리에 머리가 지끈거린다는 듯 한 손으로 이마를 감쌌다.

"그대들의 잘못이 될 수 있다 한 것이지, 아직 단정 짓지는 않았소. 하루빨리 황궁으로 돌아오고 싶다면 황후를 찾아내야 할 것이오."

이들을 부른 연유는 한 가지였다. 황제는 이들이 홍 재상의 사람이라는 것을 어렴풋이 짐작하고 있었다. 분명 이들은 자신의 명이 떨어지자마자 홍 재상에게로 달려갈 터.

어떻게든 상서직에서 물러나지 않기 위해 홍 재상을 구워삶을 테고 홍 재상은 황후를 찾을지 말지를 결정하게 될 것이었다. 그렇게 되면 홍 재상은 자신의 세력인 이들을 다시 궁 안에 불러들이기 위해 황후를 찾을 수밖에 없을 터였다. 적어도 그러기 위한 노력은 하겠지.

황후가 사라진 연유가 명확하지 않을 뿐만 아니라, 대신들에게 긴장감을 주기 위해 그녀가 납치되었다고 말하긴 했지만 아주 작은 가능성이나마 홍 재상이 정말로 황후를 납치했을 수도 있었다.

'설령 황후 혼자 도망친 것이 아니라, 홍 재상이 납치했다면, 정말 그런 것이라면……. 좋을 텐데.'

그랬다면 홍 재상은 자신의 야망을 위해서라도 얼른 황후를 다시 황궁으로 데려오지 않을까. 혹 황후를 숨겨두고 궁으로 돌려보내지 않으려 해도 권력에 눈이 먼 이 세 명의 상서들을 무시할 수는 없을 터였다. 그들 역시 그리 호락호락하지만은 않은 능구렁이들이니. 황제는 애써 타들어 가는 가슴을 묻어 두곤 곧 어리석은 생각을 했다는 듯 쓴웃음을 지었다.

홍 재상이 황후를 납치할 만한 연유가 없었다. 그것은 황권에 대한 도전과도 같은 일. 그는 목숨을 걸 만큼 위험한 행동은 하지 않을 자였다.

헌데……. 처음에는 지금의 황후의 간택 추진과 더불어 백 재상에게 살갑게 대했던 그가, 요즘 들어선 부쩍 사이가 나빠졌다. 그리고 거짓말처럼 그의 앞에 나타난 연화와 닮은 재연이란 신녀.

그 연유는 무엇일까. 놓치고 있던 단서들에 대해 가만히 생각해 보던 황제가 뭔가 이상하다는 듯 기억의 조각들을 맞춰가던 도중, 예부상서가 그의 침묵을 깼다.

"저희들이 무슨 수로 황후마마를 찾는답니까. 애초에 황후마마께서 납치될 정도로 궁이 허술할 리가 없사옵니다."

오랫동안 황궁에 머물며 녹을 먹던 예부상서답게 그는 예사롭지 않은 질문을 던졌다. 그러나 황제는 그의 말을 가볍게 받아쳤다.

"그러니 황궁 내부, 의심을 사지 않을 만한 자의 소행일 수 있다는 것이오. 해서, 황궁 내부의 다른 대신들을 은밀히 살펴보는 것 또한 그대들의 역할이오."

"알겠사옵니다, 폐하."

예부상서는 콧수염을 꿈틀거리며 보이지 않게 어금니를 꽉 물었다. 예부상서를 비롯해 나머지 상서들은 코웃음을 쳤다. 황후가 사라졌다니. 허나 그들 역시 황후가 납치되었다는 이야길 듣자마자 생각나는 사람이 하나 있었다. 조용히 때를 기다리라

더니, 설마 그가 정면으로 나설 줄은 몰랐다.

어리석은 황제 같으니라고. 이부상서는 입꼬리를 살짝 올리며 웃었다. 홍 재상에게 간다면 아주 쉽게 해결될 문제 같았다. 세 명의 상서들은 서로 눈빛을 교환하더니 고개를 끄덕였다. 그리고 일제히 자신감 넘치는 목소리로 황제에게 고했다.

"분부대로 하겠사옵니다."

"속히 황후를 데려와야 할 것이다."

"허나 꼭 약조하여 주십시오. 황후마마를 찾는다면 저희들을 다시 궁으로 불러들이신다고."

예부상서는 마지막까지 배짱 좋게 황제의 다짐을 받아내었다. 황제는 여유롭게 답했다.

"……약조하지."

황제의 약조를 받아낸 그들은 머리를 조아린 뒤, 뒤로 물러나면서 천기전을 나섰다.

'려운은 황후의 흔적을 찾았을까. 무사하겠지. 무사해야 할 텐데…….'

혼자 남겨진 황제는 말없이 고개를 떨궜다. 그의 머리카락이 이마 아래로 축 처졌다. 그들 앞에서 위엄을 잃지 않으려 시종일관 차가운 눈빛과 여유로운 미소를 지었지만 아직 가시지 않은 혼란스러움은 여전히 그의 이성을 흔들고 있었다.

황제는 세 명의 상서들을 이용해서라도 황후를 찾고 싶었다. 믿어선 안 되는 자들인데도, 황궁에 다신 들이고 싶지 않은 자들인데도……. 황후를 찾을 수만 있다면 그들을 이용해야 했다.

"폐하, 천 우님과 천 영님이 오셨사옵니다."

그리고 그때, 천기전 문 밖에서 지밀 궁녀의 목소리가 들려왔다. 황제는 천천히 고개를 들곤 힘없이 말했다.

"들라 해라."

이윽고 황제의 앞으로 천 우와 천 영이 다가왔다. 황제의 안색을 살피던 천 우가 늘 띠던 입가의 미소를 거두곤 조용히 물었다. 심상치 않은 분위기를 감지한 탓이었다.

"휘, 돌아온 것이냐."

"형님."

"……?"

"그때 차라리, 황후를 데려가지 말 걸 그랬습니다. 차라리 모른 척……. 못 본 척 지나가 버릴 것을 그랬습니다."

황제는 천 우를 바라보며 목이 멘 듯한 목소리로 말했다. 뿌옇게 흐려진 그의 눈동자가 천우의 눈에 들어왔다. 황제의 눈가에 고인 눈물에, 천 우와 천 영의 동공이 거세게 흔들렸다.

"휘."

천 우는 한 걸음 더, 천 휘의 곁으로 다가갔다. 그리고 자신의 앞에 아기 새처럼 떠는 휘를 물끄러미 바라보는 그였다. 천 영은 그 자리에서 얼어붙어 가만히 둘을 지켜보고 있을 뿐이었다.

"무슨 말이냐."

황후의 부재가, 사실이었다니. 천 우는 상황이 꽤 재미있게 흘러가는 것 같은 기분이 들었다. 어느 정도 짐작은 하고 있었지만 휘와 함께 있는 상황에서 어떻게 사라지셨을까. 그리고 그는 전에 황후와 함께 있던 시간을 통해 거의 확신했던 자신의 생각이 맞았다는 것을 깨달았다.

'역시 눈이 보였군.'

"간밤에 환궁하던 도중, 황후가 사라졌다고…….."

황제는 초점 없이 흐린 눈빛으로 조용히 말했다. 그의 눈동자 위로 황후가 나무 아래 기대어 잠든 모습이 비쳐졌다.

차라리, 깊게 담아만 두었던 마음을 꺼내 보이는 것이 더 이상 사랑이란 감정의 곁에서 겉돌지 않는 방법이라 여겼다. 그래서 그녀가 들었든 듣지 못했든……. 서서히 감정을 내비치는 연습을 하며 말로써 표현하기 위한 첫걸음이었다. 연화에 대한 이야기를 꺼낸 것도, 그동안 쉽게 손 내밀지 못했던 연유를 입 밖에 꺼낸 것도.

"황후가 사라지다니. 분명 휘, 네가 황후마마를 모셔가지 않았느냐."

천 우는 그를 걱정하는 척, 심각한 말투로 말했다. 천 영은 그런 천 우를 보곤 소름이 돋을 만큼 철저한 그의 이중성에 속으로 혀를 내둘렀다. 이미 이곳에 오기 전에 짐작했던 사실인데, 마치 처음 알게 된 것처럼 놀라는 얼굴이라니.

"그렇게 황후를 데려가지 않았다면. 무작정 화만 낼 것이 아니라, 한마디라도 물어보았다면……."

"걱정하지 말거라. 나와 영도 황후마마를 찾아보겠다. 어딘가에서 길을 헤매고 있어 궁으로 돌아오지 못하는 것일 수 있다."

천 우가 휘를 위로하듯 말했다. 그리곤 천 영에게 나가자는 눈빛을 보냈다.

"그럼, 밤이 깊었으니 이만 물러가야 할 것 같구나. 일단 나도 방도를 찾아 볼 테니, 휘 넌 정신을 바짝 차리거라."

'그래야 쉽게 무너지지 않을 테니.'

그는 발길을 돌리며 의미심장한 미소를 지었다. 천 우는 휘가 황후를 바라보던 눈빛을 똑똑히 기억하고 있었다. 아닌 척 서로를 밀어내면서도 결국 그들의 눈은 같은 곳을 향하고 있었다.

그래서 황후를 흔들어 놓고자 했던 것이었다. 그리고 더욱 거세게 그녀를 흔들어서, 사랑하는 여인 때문에 상처 입는 것이 어떤 것인지 천 휘에게 보여줄 계획이었다. 더 나아가, 자신이 가진 모든 것을 잃는 기분이 어떤 것인지도 느끼게 해 주고 싶었다.

처음엔 반신반의했지만 휘가 이렇게 괴로워하는 모습은, 천 우의 의욕을 더욱 불태우고 있었고 천 우는 슬슬 자신이 천나라에 온 목적을 실행해야 할 때가 왔음을 느꼈다.

천 영은 황후가 사라졌다는 말에 문득 자신이 만났던 향이란 여인을 다시금 떠올렸다. 황궁에 있는 줄만 아는 언니가 사라졌다는 것을 알면 많이 놀라겠지. 그리고 그 원인이 자신의 형제에게 있음을 알게 된다면……. 아마 자신까지 원망하게 될까.

당차고 씩씩했던 향의 모습을 떠올리던 영은 웃음기가 사라진 그녀의 얼굴을 볼 생각을 하니 가슴 한구석이 쓰라려 왔다.

　'사흘 뒤 만나기로 했는데. 이 사실을 말해 주어야 하나.'

　자신도 아픔 때문에 형제를 무너뜨리려는 계획을 세웠는데, 누군가에게 자신이 겪은 아픔을 또 주어야 한다니. 영이 갈등에 빠진 사이 천 우가 그에게 다가와 팔꿈치로 그를 툭 쳤다. 천 우는 시름에 빠진 휘를 힐끔 돌아보고는 영에게 입 모양으로 나가자, 말했다.

　그러자 천 영은 뒤를 돌아 그 어느 때보다 차갑게 얼어버린 휘를 물끄러미 바라보았다. 그리고 천기전을 나서는 우의 뒤를 쫓아 무거운 발걸음을 떼기 시작하는 그였다.

*　　*　　*

　"피곤하지 않습니까."

　은후가 객주에 자리한 방 안에서 침상 위에 앉은 채 멍하니 생각에 잠긴 황후에게 다가왔다. 옷을 말끔히 갈아입은 그는 객주의 주인다운 분위기를 풍기며 황후의 앞에 나타났다.

　황후는 자신의 아버지에게 바람을 불어넣은 점쟁이란 자를 어떻게 하면 찾을 수 있을지 골똘히 생각하는 중이었다. 그자를 찾는다면 아버님에게 어떤 이야기를 했는지, 더 자세한 이야기를 들을 수 있을지도 몰랐다.

"월······?"

은후가 나지막이 황후의 이름을 불렀다. 황후는 오랜만에 듣는 자신의 이름에 고개를 돌려 그를 바라보았다.

"오랜만에 듣는군요. 제 이름."

황후가 희미하게 웃었다. 황후의 미소에 문득 은후의 심장이 빠르게 뛰기 시작했다. 늘 어두운 얼굴을 한 채 잘 웃지 않는 이 여인이 웃을 때마다, 은후는 예상치 못한 상황에 맞닥뜨린 사람처럼 얼굴이 붉어지고 심장이 빠르게 뛰는 것을 느꼈다.

"이름을 오랜만에 듣는다면, 따로 불리는 명칭이 있다는 건가."

은후는 불현듯 뛰기 시작한 가슴을 진정시키려 한 손으로 자신의 앞머리를 쓸어 넘기곤 그녀의 곁에 다가가 나란히 앉았다.

"당장 내려가지 못하겠습니까. 여인과 나란히 앉다니요. 그것도 침상에."

황후는 화들짝 놀라 자리에서 일어섰다. 과한 반응이긴 했지만 이편이 더 나을 것 같았다. 그가 중얼거리듯 물은 것은 꽤 민감한 사항이었으니까.

"알겠으니, 어서 앉으시죠."

은후는 알겠다는 듯 옅은 한숨과 함께 다시 그녀의 앞에 섰다. 황후는 깊은 숨을 몰아쉬곤 다시 침상 위에 걸터앉았다. 이윽고 은후가 진지한 눈빛으로 그녀를 바라보며 말했다.

"이제부터는 이곳에 머무르면서, 강해지십시오."

"……?"

"계획을 세운다고 하지 않았습니까. 하나하나 계획을 세우고 실행에 옮기면서 필요한 것들을 익히다 보면, 어느새 강해진 자신을 발견할 수 있을 것입니다."

"필요한 것들이라 하면, 무엇을 말씀하시는 것인지요."

알 듯 말 듯한 은후의 말에 황후는 의아한 얼굴로 되물었다. 그러나 은후는 제대로 설명해 주지 않은 채 뒤를 돌아 방문을 향해 저벅저벅 걸어 나가며 덧붙였다.

"그건 내일이 되어 보면 알겠지요. 어서 잠자리에 드는 것이 좋겠습니다. 내일부터는 꽤 혹독할 테니. 그럼 쉬시지요."

"잠깐만……."

그가 찡긋, 눈웃음을 짓고는 온전히 방을 나서려 하자, 무언가를 말하기 위해 한참을 머뭇거리던 황후가 그를 불러 세웠다. 황후의 목소리에 은후는 몸을 돌려 그녀를 바라보았다.

"……?"

자신을 물끄러미 바라보는 은후의 시선에 황후는 체념한 듯 두 눈을 감고 들릴 듯 말 듯한 목소리로 말했다.

"고맙습니다."

"……."

황후는 은후에게서 아무런 대답이 들려오지 않자 못 들었나 싶어 입술을 잘근 깨물었다. 두 번 말하긴 어려운 한마디였다. 하지만 그녀는 한 번 더 용기를 내어 말을 이었다.

"저를 도와주신 것 말입니다."

그는 황후의 목소리를 듣지 못할 리가 없었다. 그가 서 있는 이곳이 고요한 탓도 있었지만 자신의 귓가에 울리는 그녀의 목소리는 너무도 또렷이 들려왔다. 은후는 빠르게 두 눈을 깜빡이더니 늘 그랬듯, 천연덕스러운 말투로 웃어넘겼다.

"난 빚을 지고는 못 살뿐더러…… 한번 한 약속은 꼭 지키는 사내라는 것만 알아주었으면 좋겠소."

그리고 그는 빠른 걸음으로 그녀의 방에서 멀어졌다.

무언가에 이끌렸는지는 그 자신도 알 수가 없었다. 달빛 아래 혼자 걷던 그녀의 손목을 잡았던 것은 그저 우연이었을까. 자신이 무작정 그녀를 끌고 달린 것은 사실이었으나 그 순간을 떠올려 본 지금 피식 웃음이 나는 건, 어떤 의미인 걸까. 시간이 지날수록 그녀에 대한 감정이 달라지고 점점 깊어지는 것을 서서히 인정할 수밖에 없는 건가.

그러나 이내 은후의 얼굴에 검은 그림자가 드리워졌다. 월을 도와주기로 했지만, 언젠가 도와줄 수 없는 상황이 왔을 때 어떤 선택의 기로에 놓일지 불안한 마음이 들었기 때문이었다.

그 역시 이곳에서 해야 할 일이 있었다. 객주를 맡아 운영하면서 천나라의 황제를 만나야 했다. 그리고 그 전에 천나라의 핵심 인물들을 수중에 넣어 일을 수월하게 만드는 것이 우선이었다.

그러는 과정에서 천나라에 온 목적을 들키고 만일을 대비해 그녀를 처리해야 할 일이 생겨 버린다면……. 그는 절대로 마주하고 싶지 않은 상황을 떠올리자 괴롭다는 듯 두 눈을 감았다.

은후는 황후가 있는 방에서 멀어지던 발길을 돌렸다. 그리고 어느새 잠들어 있는 그녀의 곁에 조용히 다가가 말없이 그녀를 내려다보는 그였다.

"그대가 어디에서 왔든, 어떤 배경을 가지고 있는 여인이 든……. 난 그저 백월이란 이름 하나만 기억할 것이오."

한참 동안 그녀를 응시하던 그가 나지막이 말했다. 황후의 두 눈을 덮고 있는 긴 속눈썹 아래로 눈물방울이 져 있었다. 저 큰 두 눈에서 흘렀던 눈물의 연유가 무엇일지 그는 수백 번을 묻고 싶었다.

하지만 매번 대답을 회피하는 것을 보면 그녀도 그 자신만큼 이나 비밀이 많은 여인이라는 것을 알 수 있었다. 언젠가는 알게 될 거라 여기고 마음을 가다듬으려 했지만, 점점 더 그녀에 대해 알고 싶어지는 건 어쩔 수가 없었다.

허나, 결국은 헤어지게 될 인연. 때가 되면 보내 주어야 할 여 인이었기에 그는 그녀의 이름 정도만 가슴에 담아 두기로 했다.

문득 악몽을 꾸기라도 하는 듯 황후의 고르지 못한 숨소리가 들려왔다. 은후는 그녀에게 가까이 몸을 숙여 그녀의 눈가에 고 인 눈물을 닦아 주었다. 딱 이 정도까지만. 자신의 손가락에 묻 어 있는 눈물을 바라본 그는 체념하듯 옅은 미소를 지었다. 하루 사이에 이만큼이나 정이 들었나.

은후는 지친 황후의 얼굴을 어루만지려던 손을 거두고는 이

불을 끌어올려 더욱 따뜻해지도록 덮어 주었다. 그리고 다시 그 녀의 방을 나서는 그였다.

*　　*　　*

"낮에 내가 이곳에 다녀갔을 때 같은 시각, 이곳을 찾은 여인이 있었느냐."

황제의 명에 따라 말을 타고 은밀히 궁을 나선 려운이 저자의 마방에 도착하자마자 마구간지기를 불러내어 물었다.

"당신은……."

마구간지기는 낮에 본 려운의 행색과 지금의 행색이 확연히도 다르자, 고개를 갸웃거렸다. 이윽고 황실 호위대장으로서 천호영을 상징하는 무늬가 박힌 머리띠를 응시한 그는 왠지 려운이 지체 높은 사람인 것 같다는 생각이 들자, 우물쭈물 자신의 손가락을 만지작거리며 대답하기를 망설였다.

"어서 본대로 고하거라."

"그것이……. 보지 못했습니다."

"정말이냐."

여인을 보지 못했다는 마구간지기의 말에 려운은 다시 한 번 되물었다. 자신이 느꼈던 시선은 황후마마가 아니라 다른 이였던 건가.

려운과 눈을 마주치지 못하고 시선을 회피하던 마구간지기는 침을 꿀꺽 삼키고는 대답했다.

"예, 보지 못했습니다."

"그렇군."

려운이 이상하다는 표정을 지으며 돌아가려던 찰나, 마구간 뒤에 뭔가 있는 것을 발견하고는 매의 눈빛으로 그곳을 뚫어져라 바라보았다.

"이 뒤에는 뭐가 있느냐."

"예? 이 마구간 뒤는 제가 먹고 자는 곳입니다."

"잠시 가 보아야겠다."

려운은 덜덜 떨고 있는 마구간지기를 지나쳐 마구간의 뒤쪽으로 향했다. 그러자 그곳엔 마구간지기의 말대로 조그만 거처가 자리하고 있었다. 거처를 둘러보던 그는 마구간지기의 것이라고 보기엔 어려운 고풍스러운 비단옷이 바닥에 떨어져 있던 것이 눈에 띄자, 성큼성큼 그 비단옷이 있는 곳으로 다가갔다. 이곳은 황제 폐하와 함께 자신이 누군가의 시선을 느꼈던 그 자리였다.

"이 비단옷의 주인이 누구냐."

려운은 비단옷을 주워들고 마구간지기에게 다가가 물었다. 비단옷을 훑어보니 이 옷은 필히 사내가 입는 겉옷이었다.

"그, 그것이……. 이곳에 들른 객 한 분이 놓고 간 것이옵니다."

마구간지기는 말을 더듬으면서 간신히 대답했다. 절대로 누구에게든 자신들에 대한 이야기를 하지 말라고 돈까지 챙겨 주며 떠난 사내 때문에 그는 바른 대로 말할 수가 없었다. 누가 과연 묻기나 할까 코웃음을 치며 받았던 돈주머니였지만 정말로 그들에 대해 묻는 자가 나타났으니, 그는 놀랄 수밖에 없었다.

"그 객의 생김새는 어떠했느냐."

"워낙 바쁜 틈에 떨어뜨린 것 같아 저도 얼굴은 보지 못했습니다."

려운의 물음에 일일이 둘러대느라 마구간지기는 진땀을 뺐다. 려운은 그런 마구간지기가 매우 수상하다는 느낌이 들었지만 자신이 발견한 옷이 사내의 옷이라는 점에서 그때 시선의 주인이 황후마마가 아닌 것은 확신할 수 있었다.

그는 비단옷을 들고 일단 황제에게 이 사실을 알리기 위해 궁으로 향했다.

*　　*　　*

"폐하. 마구간지기에게 황후마마의 행적을 물어보았으나 그는 그 시각, 어떤 여인도 본 적이 없다고 합니다. 황후마마의 흔적 또한 없었습니다. 헌데, 그곳에서 이 옷을 발견했습니다."

궁에 돌아오자마자 황제의 침전에 든 려운이 그의 앞에 비단옷을 내밀었다. 뜬 눈으로 밤을 지새우며 려운이 돌아오길 기다렸던 황제는 황후의 흔적을 찾지 못했다는 말에 실망한 기색이 역력했다. 그러나 황제는 려운이 가져온 비단옷을 유심히 바라보며 조금이라도 이 옷과 황후의 연관성을 찾아보기 위해 자세히 살폈다. 그런데 이상하리만큼 어딘가 낯익은 구석이 있는 옷이었다.

"이 옷이 황후를 찾는 것과 무슨 관련이 있는 것이냐."

황제는 려운이 자신에게 이 옷을 가져온 의도를 유추해 보려 애썼다. 이윽고 려운은 황제에게 자신이 본 상황을 전했다.

"누군가의 시선을 느꼈던 지점에 떨어져 있던 옷입니다."

"그곳에 떨어져 있었다……."

그제야 황제는 푸른빛이 감도는 비단옷을 집어 들고는 더욱 자세히 들여다보았다.

'황후의 시선일 거라 생각했던 내 예감이 틀렸던 것인가.'

자신이 잘못 본 것이 아닐 거라 수천 번을 되뇌면서 한 줄기 희망을 가지고 안절부절못한 채 려운이 돌아오기만을 기다렸던 그였다. 그러나 그의 손에 쥐어진 것은 그 자리에 떨어져 있었다던 사내의 겉옷 한 벌일 뿐이었다. 그는 어깨를 짓누르는 좌절감에 자신의 앞에 놓인 비단옷을 꽉 쥐었다.

"헌데 이 옷은 사내의 겉옷이긴 하나, 쉽게 구하기 어려운 매우 귀한 비단으로 지어진 옷입니다."

그리고 이내 려운이 의심스럽다는 표정으로 덧붙였다. 려운은 이 비단옷이 왜 하필 그곳에 떨어져 있었을까, 궁으로 돌아오며 끊임없이 생각했지만 그 연유를 알아낼 수가 없었다. 그것도 매우 귀한 비단이라면 분명 높은 신분을 가진 자였을 것이었다. 어쩌면 황제 폐하를 아는 자일 수도 있었다. 그러나 단순한 시선을 보내왔을 뿐 이 비단옷의 주인은 그 어떤 의심 가는 행동도 하지 않고 사라져 버렸다.

'사내의 겉옷, 그리고 매우 귀한 비단⋯⋯.'

"려운."

그때 황제가 믿을 수 없다는 듯 고개를 천천히 도리질하며 허탈한 웃음을 지었다. 어디선가 많이 본 옷인 것 같다 했더니⋯⋯. 이 옷은, 그가 아주 잘 아는 사람의 것이었다.

이윽고 황제의 입가에서 쓰디쓴 한마디가 흘러나왔다.

"천 우 형님."

그는 이 비단옷이 황후가 줄곧 천 우와 함께 있을 때부터 그녀의 팔 위에 걸치고 있었던 그 옷이라는 것을 알아차렸다.

황제의 입가에서 흘러나온 한마디에 려운의 눈이 커졌다. 설마 천 우 마마께서⋯⋯.

"천 우 님일 리가 없습니다."

려운이 거세게 고개를 저으며 천 우가 아님을 강조했다. 황제는 천천히 자신의 기억을 되짚어 보았다. 가장 중요한 부분인, 황후가 천 우 형님에게 이 옷을 돌려주었는지가 기억이 나질 않았다.

이성의 끈을 놓은 채 무작정 황후를 끌고 갔던 탓에 주위의 것들을 돌아볼 여유가 없었다. 그래서 황후와 함께 있는 내내 그녀가 그 옷을 들고 있었는지 기억이 흐릿했다.

만약 황후가 이 옷을 돌려주었다면 천 우 형님은 무슨 생각으로 그 자리에 있었던 걸까. 허나 설사 그 자리에 있었던 자가 천 우 형님이라고 하더라도 매사에 철저한 그가 겉옷을 떨어뜨리고 갈 리가 없었다.

"천 우 형님……. 대체 무슨 생각으로 황후를 저자에 데리고 나갔던 거지."

황제는 천 우와 황후 사이에서 뒤엉켜 버린 생각을 풀기 위해 애를 썼다. 황후는 그의 청 때문이라고 했다. 황후 스스로 그를 따라나섰다면 그리 의심할 만한 연유는 없지만 그는 황후가 했던 말이 걸렸다.

'황제 폐하께서 윤허하신 일이라 들었습니다.'

형제라곤 하나 미심쩍은 구석이 있어 그를 늘 경계하고 있었지만, 황제는 혹 자신이 방심이라도 하고 있는 것은 아닐까 미간을 좁혔다. 애초에 천 우가 자신의 허락도 없이 한 나라의 황후를 데리고 궁 밖을 나섰다는 것부터, 그의 행동을 어떻게 받아들여야 하는 것인지 혼란스러울 뿐이었다.

천 우의 성격상 누구에게 허락을 구할 만한 사람은 아니었지만 그래도 이건 경우가 달랐다. 아우의 비이기 전에 그녀는 한 나라의 황후였기에 마음대로 데리고 나설 수 있는 여인이 아니었다.

저자에서 황후와 함께 있는 그를 마주쳤던 순간에도 황제는 알 수 없는 긴장감과 함께 어딘지 모르게 불안해지기 시작하는 느낌이 들었었다.

'황후를 통해 나에 대해 뭔가 알아내려 했던 걸까. 하지만 어째서?'

"혹 내가 황후를 데리고 떠나던 순간부터 나를 미행이라도 했다면……."

황제는 자신이 황후의 손목을 잡고 천 우에게서 멀어지던 기억을 더듬으며 그 후 그의 행적에 대해 의심하기 시작했다.

"그분이 황제 폐하를 미행하다니요. 그럴 연유가 없지 않습니까. 황후마마가 사라지신 그 날, 무슨 일이 있으셨는지는 소인은 모르겠지만 그랬다면 그분은 황후마마께서 사라지는 것을 보고만 계시진 않았을 것입니다."

황제가 모든 가능성을 열어놓고 말하자, 려운은 그날 밤 황후를 사이에 두고 황제와 천 우에게 어떤 일이 있었는지는 알 수 없었지만 일단 단호히 부정했다.

그는 천 우를 믿었기 때문이었다. 황태자 책봉식 이후로 아무리 좋지 않은 감정을 가지고 있다고 해도 황제 폐하와 그는 피를 나눈 형제였다. 서로를 미행하는 일 따윈 있어서도 안 되고 있을 리도 없는 일이었다.

"그날 천 우 형님이 황후와 함께 저자에 있었다."

그러나 이내 황제의 한마디에 려운은 말문이 막힐 수밖에 없었다. 천 우 폐하께서 황후마마와 함께 저자에 계셨다니. 어찌하여 그분이 황후마마와 함께 사사로운 동행을 했다는 말인가. 그는 이해할 수 없다는 듯 천천히 고개를 저었다.

"바람을 쐬러 나갔던 저자에서 나는 우연히 두 사람을 마주쳤다. 그리고 그 자리에서 황후를 데리고 저자를 벗어나, 환궁하기 위해 지나야 하는 숲에서 잠시 쉬던 도중 잠이 들어 버린 탓에…… 어리석게도, 난 황후가 떠난 것을 몰랐다."

그 순간이 좋아서. 별이 무수한 밤하늘 아래서 황후와 나란히 앉아, 조용히 서로의 숨소리에 귀 기울일 수 있었던 그 순간이 좋아서였다. 가시와 냉기 없이 그저, 말없이 기댈 수 있었던 편안함에 긴장이 풀어져 스르르 감겨 버린 두 눈이 그는 너무도 원망스러울 뿐이었다.

"……!"

전후 사정을 알게 된 려운은 칼자루를 꽉 쥐었다. 그는 자신이 홍 재상에게 감금되었던 탓에, 황제가 가장 힘든 순간 그의 곁을 지키지 못했다는 죄책감이 들었다. 누구도 믿을 수 없는 황궁에서 유일하게 그가 속마음을 털어 놓을 수 있는 사람은 자신뿐이었기 때문이었다.

"제가 천 우 폐하를 주시하겠습니다."

려운이 조용히 말했다. 천 우에 대한 믿음을 저버린 것은 아니었지만 황제와 그 사이의 싸늘한 기류는 그 역시 전부터 느껴오던 것이었다.

서로의 영토를 나누어 가지고 다스리면서도 언제나 그 중심엔 천나라의 황제, 천 휘가 있다는 사실을 그들도 암묵적으로 알고 있었다. 그런데 그런 천 우가 본격적으로 천나라에 머물며 누가 보아도 의아하게 여길 수 있는 행동을 시작했다는 것은 눈여겨볼 만한 연유가 되었다.

'만약 천 우 형님이 아니라면 정녕…… 황후가 그 자리에 떨어뜨리고 간 것이란 말인가.'

황제는 천 우의 옷을 멍하니 바라보곤 이내 무언가 생각이 났다는 듯 탁상 위에 놓여 있던 조그만 함으로 손을 가져갔다. 그리고 그녀가 자신의 손에 쥐여 주고 간 나비 모양의 머리꽂이를 꺼내 들었다.

환궁하여 천기전으로 돌아온 뒤 그녀의 머리꽂이부터 보관해 둔 그였다. 자신에게 남길 것은 청룡포 한 벌뿐이라 하더니. 새로이 다시 지어 달라 내밀었던 청색 비단도 주인을 찾지 못한 채 덩그러니 남아있을 뿐이었다. 그는 머리꽂이를 한참 동안 바라보았다.

황후가 스스로 떠날 리 없다고 끊임없이 부정해 왔음에도 그녀가 남기고 간 이 머리꽂이를 보면 아니라고 더 이상 말할 수가 없었다. 그러나 그는 끝까지 믿고 싶었다. 적어도 황후가 돌아와 그녀 스스로 자신을 떠난 연유에 대해 말해줄 때까지는 부정해야만 할 것 같았다.

하지만 지금 이 순간부터는 황후가 스스로 떠났다는 것을 인정해야 하는 것이 맞는 걸까. 그녀가 천 우에게 이 옷을 돌려주지 않은 거라면, 분명 자신이 누군가의 시선을 느꼈던 그 자리엔 황후가 있었다는 뜻도 되었다.

황제는 점점 자신의 숨통을 조여 오는 의구심에 힘겹게 마른 침을 넘겼다.

'황후……. 어째서, 나를 보고 있었으면서도 모른 척 숨어 버린 것이오.'

이내 그는 먼저 천 우를 만나 그날 일에 대해 자세히 들어야겠다는 생각이 들어, 머리꽂이를 내려놓고 려운을 바라보며 말했다.

"일단 천 우 형님을 만나보는 것이 순서 아니겠느냐. 지금 당장 천 우 형님께 천기전으로 들라 전하거라. 그러고 보니 리아에게 황후의 사가에 기별을 넣어두란 말을 했던 것 같은데. 듣지 못하였는지 나를 만나러 오지 않아, 낮에 입궐했을 때 따로 그를 부른다는 것을 잊어버렸군."

려운은 황제의 명에 평소대로라면 말없이 고개를 숙였겠지만, 당장이라도 쓰러질 듯 근심과 피로가 쌓여 위태로워 보이는 그의 모습에 쉬이 그러겠다고 답할 수가 없었다.

"폐하, 밤이 깊었습니다. 어서 침수에 드셔서 그간의 피로를 푸셔야 합니다. 천 우 마마께서도 이미 침수에 드셨을 것입니다. 제가 내일 하원전에 가서 천 우, 천 영 두 분 마마께서 천기전에 드실 수 있도록 전하겠사옵니다. 그리고 백 재상은……."

"려운. 너는 내 호위일 뿐, 그것은 태감에게 시켜도 되는 일이다. 너도 고단할 터인데 이만 물러가거라."

려운에 말에 황제는 눈살을 찌푸리곤 두 눈을 감았다. 려운을 쉬게 해야 한다고 생각하면서도 자꾸 그를 곁에 두려는 것은 과욕이었다.

"폐하께서 항상 밖에 계시는 태감 어른보다는 저를 더 찾으시니 그런 것 아니겠습니까. 폐하의 뜻을 이해하지 못하는 것은 아니나, 저는 그저 호위일 뿐이니 태감 어른을 좀 더 가까이하셔야 함이 마땅합니다."

밖에 있는 태감을 의식해 문 쪽으로 시선을 돌린 려운이 밖에선 들리지 않을 만한 목소리로 황제에게 일침을 가했다.

"태감이 못 미더워서 하는 말이다. 그래도 이번엔 세 상서들을 잘 데리고 왔더군."

황제가 볼멘소리로 말했다. 현 태감은 선황제의 재위 시절부터 궁 안 대소사를 책임지던 자였기 때문에 황제 자신이 새로 즉위했을 때도 그가 그 자리를 계속 이어갈 수 있도록 했다.

그러나 그는 오랜 궁 생활에 비해 행동이 그리 민첩하지 못했다. 또한 그에 대한 신임도 그다지 깊지 못했기 때문에 황제는 좀처럼 그를 믿고 은밀히 처리해야 할 일들을 맡기기를 꺼려했던 것이었다.

하지만 려운의 말대로 이곳 황궁에는 각자의 역할이 있었고, 황명을 전하는 것과 같은 사소한 일까지 려운에게 명하는 것은 이제 자제해야 할 일이었다.

그렇잖아도 려운을 너무나 가까이 한 나머지 대신들 사이에서도 궁중 질서가 어지럽다는 둥 말이 많았기 때문이었다. 결국 황제는 알았다는 듯 말없이 고개를 끄덕였다.

"그럼 소인은 이만 가 보겠사옵니다. 혹여나 밤을 지새우지 마시고 폐하께서도 어서 침수에 드십시오. 기력이 쇠해지시면 중요한 것도 놓칠 수 있는 법입니다."

이윽고 천기전을 나서기 위해 뒤로 한 걸음 물러서 고개를 숙인 뒤, 몸을 돌려 나가려던 그가 잠시 멈칫하며 황제를 나지막이 불렀다.

"헌데, 폐하."

"……?"

"제가 감히 생각해 보건대 황후마마가 스스로 사라지셨다면, 그건 필시 연유가 있어서일 겁니다."

"연유라."

'조용히 혼자 생각할 시간이 필요한 것이니…… 잠시만이라도 혼자 있게 해 주시면 안 되겠습니까.'

려운은 전에 황후와 함께 애련정에 갔던 날, 그녀가 했던 말이 떠올랐다. 황후마마를 혼자 두고 가서는 안 될 것만 같은 느낌이 들면서도 황제 폐하께 가 보아야 했기에 떨어지지 않는 발길을 돌릴 수밖에 없었다.

그 순간 느꼈던 불안감이, 지금의 이 상황을 예고했던 것일까.

혼자서 생각할 시간이 필요한 것이라면, 분명 황후마마께서는 무언가 끊임없이 고민하고 계셨던 것이 있었을 터였다. 그리고 그 고민 속에, 황제 폐하를 떠날 수밖에 없었던 연유도 있지 않았을까, 황후마마께서 사라졌다는 말을 들었을 때부터 그의 머릿속에 맴돌았던 생각이었다.

"위로인 것이냐."

황제는 희미하게 웃었다. 려운의 말이 진심인 것을 알면서도 위로처럼 느껴지는 것이, 어딘가 공허한 느낌이 들었다.

'연유⋯⋯.'

금위군을 풀어 황후를 찾고는 있지만 아직까지 아무런 소식이 들려오지 않았다. 대체 어디로 숨어 버린 걸까. 먼발치서 바라보고 있었다면, 사라진 연유라도 말해줄 수 있지 않았을까.

한 나라의 황제인 자신에게 기대지 못하고, 황후라는 자리에 있음에도 굳이 도망쳐야만 했던 연유가 있었던 것인지 그는 이해할 수가 없었다.

"폐하. 그런 것이 아니오라⋯⋯."

　─외로우신 분입니다.
　─그런 황제 폐하를 눈먼 제가 어떻게 알겠습니까.

무기력한 황제의 반응에 려운은 착잡한 표정으로 황후와 했던 대화들을 다시금 떠올렸다. 그리고 순간 그의 눈이 번뜩였다. 생각해 보니 앞뒤가 맞지 않는 것이, 이상했다.

"전에 황후마마와 잠시 대화를 나눈 적이 있사옵니다. 마마께서는 눈이 멀었기에 항상 아무것도 하지 못함을 원망하고 계신 듯했습니다. 그리고 앞이 보이지 않기에 사람을 차갑게 대하며 경계하시지만…… 속은 늘 무언가에 대한 두려움에 가득 찬 분이라는 것을 느꼈습니다. 그런데……. 얼마 전 알게 된 사실이오나 황후마마께서는 이미 눈이 보이지 않았습니까."

"……!"

"아무래도 폐하와 제가 황후마마에 대해 모르고 있는 것이 있는 듯합니다."

황제는 잠시 당황하는 듯싶더니 곧 심각한 얼굴로 그녀의 모습을 떠올렸다. 러운의 말대로 황후의 눈이 언제부터 보이기 시작했는지 그 시기의 경계가 애매했다.

그는 그의 탄신일 며칠 전 저자에서 잠행을 하다, 그녀와 눈을 마주치고 나서 줄곧 멀어 있는 줄만 알았던 황후의 눈이 보인다는 것을 알게 되었다.

하지만 언제부터 눈이 보이기 시작한 것인지는 제대로 묻지 못했다. 황후와 감정싸움만 하다가 정작 중요한 것은 놓쳐 버린 것이었다. 다른 여인에게 눈길을 주었던 자신에게 화가 나 충동적으로 사라지고는 그를 놀라게 할 심산이라고 생각해 본 적도 있었다. 재연과 입맞춤하던 순간을, 그녀는 보았던 것 같으니까……. 하지만 그보다 중요한 것을 놓치고 있었다니.

"일단 내일 백 재상이 입궐하면 그에게 황후마마의 눈에 대해 하문하십시오. 명색이 아비이니 마마에 대해 잘 알고 계실 것 아 닙니까."

'백 재상.'

낮에 조당에서 황후가 사라졌다는 말에 사색이 된 백 재상의 얼굴이 황제의 머릿속에 그려졌다. 그의 반응을 살펴보니 황후 가 사가에 간 것은 아닐 터였다.

'아비인데……. 왜 그에게조차 알리지 않았던 거지.'

사라진 황후에 대해 금시초문이라는 백 재상의 표정을 보아 황후는 자신이 궁을 떠난 사실을 아비에게조차 알리지도 않고, 찾아가지도 않았다. 하지만 황후를 숨겨주기 위해 백 재상이 연 기를 하는 것 같지는 않았다.

오히려 황후가 사라져 끝내 찾지 못한다면 그의 재상 자리가 위태로워질 수 있었다. 순박해 보였던 처음과는 달리 이제는 홍 재상과 견줄 만큼 권력욕이 강해진 그는, 망설임 없이 황후를 숨 겨줄 만한 부정이 있어 보이지도 않았다. 그러고 보니 아비임에 도 황후를 사사롭게 자주 만나는 일도 거의 없었다.

'리아에게 기별을 넣으라 했으니 나를 따로 만나러 왔을 터인 데. 내가 궁을 비우는 사이 다녀갔던 건가. 그랬다면 오늘 입궐 했을 때 따로 남아 있어야 하거늘……. 아무런 언질 없이 물러난 것을 보면 잠시 잊고 있던 거라 믿어야 하나.'

황제는 서서히 백 재상에 대한 의심을 품기 시작했다. 그리고 더욱 골똘히 그만의 생각에 잠기려던 찰나, 그는 자신의 앞에 서 있는 려운을 자각했다.

"려운, 이제 그만 나가 보거라."

"폐하, 제가 더 알아보아야 할 것이 있지 않겠사옵니까."

겨우 황후마마에 대한 의문점을 찾아냈지만, 의외로 담담한 황제의 반응에 려운은 의아한 표정을 지었다. 황제는 잠시 고민하는 듯싶더니 이내 단호하게 답했다.

"일단은 황후를 찾는 것이 급선무이니 금위군의 소식을 마냥 기다릴 수만은 없다. 그러니 천호영의 병력까지 동원하고, 너는 내가 부를 때까지 혼자 움직이지 말거라."

"허나…… 알겠사옵니다, 폐하."

그의 명에 려운은 불안한 눈빛으로 다시 한 번 고개를 숙이고는 천기전을 나섰다. 황제는 그녀가 황후 자리에 오르기까지의 시간으로 거슬러 올라가 그때의 기억을 되짚어보며 그가 또 놓치고 있던 것이 무엇인지 생각해 내려 애썼다. 그리고 그는 잠시 잊고 있었다는 듯 문밖에 서 있는 환관을 불러들였다.

"공 태감, 거기 있느냐."

"예, 폐하."

그러자 문이 열리고 공 태감이 천기전으로 들어 머리를 조아렸다.

"퇴궐한 세 상서들이 홍 재상의 사가로 가는지 알아보았느냐."

"황제 폐하께서 처음으로 저를 믿고 궁 내 일 외에 하명하신

일이오라 더욱 은밀히 알아보았사옵니다. 황제 폐하의 말씀대로 그들은 모두 홍 재상의 사가로 향했다 하옵니다."

'역시.'

황제는 예상했던 대로 그들이 움직여 주자 만족스러운 미소를 지었다. 그리고 그는 려운에게 명하려 했던 것들을 공 태감에게 전했다.

"내일 아침, 하원전에 가서 천 우 형님께 천기전으로 들라 전하거라. 그리고 대신들에게 조당에 발도 들이지 말라고 했으니, 아마 내일 조회에 오는 이는 없겠지. 허나 백 재상을 만나 따로 이야기할 것이 있으니 직접 그의 사가로 찾아가 내 앞으로 데려와야 할 것이다."

"알겠사옵니다. 폐하."

공 태감은 황제가 자신에게 직접 나서라 하명한 것에 대해 감읍한 표정으로 그를 바라보더니 다시 머리를 조아리고는 천기전에서 물러났다.

아무도 없는 공간, 고요한 정적 속에서 황제는 침상으로 향하지 않고 한참을 홀로 앉아 있었다. 시간이 지날수록 하나둘씩 알게 되는 의문의 조각들을 어서 맞춰 나가야 했다. 그리고 그 조각을 모두 맞춰야만, 황후를 찾을 수 있을 것만 같은 느낌이 들었다.

그는 자신의 앞에 놓인 천 우의 옷을 보며 차라리 그 자리에 황후가 있었기를 바랐다. 그렇다면 적어도, 다치지 않고 이곳 천나라 어딘가에 있다는 뜻일 테니까.

제5장

서서히 걷히는 그림자

"음……."

제운객주에 온 다음 날 아침, 창을 통해 쏟아지는 눈부신 햇살에 황후는 천천히 눈을 떴다. 눈을 뜨자마자 보이는 낯선 풍경에 잠시 멍하니 이곳이 어디인지에 대해 생각해 보는 그녀였다.

그리고 이내 그녀는 이곳이 전날 은후가 자신을 데려온 제운객주라는 사실을 깨달았다. 황후는 몸을 일으켜 자리에서 일어나 침상 아래로 내려왔다. 그리고 햇살이 들어오는 창가로 다가갔다. 그녀는 맑은 하늘을 올려다보며 정말 자신이 있는 곳이 황궁이 아님을 새삼 실감했다. 이제 정말 시작인 건가.

"밤새 불편한 것은 없었습니까."

은후가 황후의 방 입구로 들어서며 싱긋 웃었다. 황후는 은후의 기척에 고개를 돌려 그를 바라보았다. 그리고 말없이 고개를 끄덕였다. 밤새 다음날을 위한 계획을 세워 보느라 뒤척이긴 했지만 잠자리가 불편하진 않았다. 그런데 한 가지, 누군가 다녀간 느낌이 들긴 했다. 그러나 너무 피곤했던 탓에 꿈인지 현실인지 구별할 새도 없이 그대로 잠에 빠져 버려 기억이 잘 나질 않았다.

"그럼 나가실까요."

.그녀가 잠시 눈살을 찌푸리며 가물가물한 기억을 되살리던 사이, 은후가 그녀의 앞으로 다가와 바깥쪽 을 향해 시선을 고정했다. 그러자 황후는 의아해했던 생각을 거두고 옷매무새를 단정히 한 뒤 그를 따라나섰다.

*　　*　　*

"계획을 세우신다 하더니 방향은 잡힌 것입니까."

은후가 황후에게 솔잎차를 따르며 물었다. 그러자 황후는 목소리를 낮추고 그녀가 전날 잠이 들기 전, 생각해 놓았던 계획의 첫 단계를 말했다.

"찾아야 할 사람이 있습니다."

처음에 그녀는 아침에 눈을 뜨자마자 아버님이 만났다던 점쟁이를 찾기 위해 은밀히 저자로 나가 볼 생각이었다. 그자가 왜 아버님에게 그런 바람을 불어넣었는지, 알아내야 할 필요가 있었다.

그러나 황궁에서 사라진 황후가 버젓이 저잣거리를 오랫동안 활보할 수는 없는 노릇이었다. 그래서 황후는 어떻게 해야 자신의 모습을 드러내지 않으면서 이자를 찾을 수 있을지, 전날 밤잠에 들기 전부터 끊임없이 생각하고 또 생각해 보았다.

"찾아야 할 사람이라. 그 사람이 누구인지 물어봐도 되겠습니까."

은후가 감이 잡히질 않는다는 듯 미간을 살짝 좁히며 또다시 물었다. 황후는 찻잔을 내려놓으며 그녀의 아버지가 했던 말을 상기했다. 그리고 두 눈을 가늘게 뜬 채 차갑게 말했다.

"점쟁이라 들었습니다. 어쩌면 그자가 제 삶을 이리 비틀어 놓았는지도 모르지요."

"점쟁이를 찾는다……. 그자가 저자에 매일 앉아 있는 것도 아니고 이 도성에 점쟁이가 한둘이 아닐 텐데 어떻게 찾으실 작정이십니까. 더군다나 그대는 도망자의 신분이니 이곳저곳 돌아다니다 발각될 수도 있을 텐데."

은후가 팔짱을 끼며 자신의 생각을 말했다. 황후도 그 사실을 알고 있었기에 전부터 고민을 해 왔던 것이었다. 그러나 점쟁이를 찾아야겠다는 결심을 한 동시에 은후가 이곳 제운객주의 주인이라는 사실을 알게 되었을 때, 막연히 그녀에게 떠오른 묘안이 하나 있었다. 나아가 이 방도라면 아버지에게 정체를 들키지 않으면서 그를 만나볼 수도 있었다.

"해서……."

황후는 잠시 뜸을 들이다 그녀가 잠에 들기 직전까지 고민했던 묘안을 그에게 말했다.

"이곳 객주를 이용해야겠습니다."

"제운객주를 말입니까."

은후가 그녀의 뜻을 모르겠다는 듯 고개를 살짝 옆으로 기울였다. 그러다 곧 흥미롭다는 표정으로 그녀의 대답을 기다렸다.

그리고 그런 은후의 시선에 황후는 진지한 눈빛으로 말을 이었다.

"아주 잠시 동안만, 제가 이곳 제운객주의 여주인 행세를 할 수 있도록 해주십시오."

"제운객주의 여주인……?"

은후가 황후의 말을 곱씹어 보았다. 자신이 잘못 들은 것이 아니라면 꽤 재미있고도 당돌한 제안이었다. 그는 이 여인의 부탁을 어떻게 받아들여야 할지 고민하며 습관처럼 한쪽 눈썹에 힘을 주곤 아랫입술을 잘근 물었다.

월을 도와주겠다고는 했지만 그가 천나라에 온 목적까지 잊어버리면서 그녀를 도와줄 수는 없었다. 물론 객주를 잠시 맡는다는 것은 핑곗거리였다.

천나라 정세를 알아보고 자신이 이곳에 온 목적을 수행하기에 적합한지, 천나라 황궁에 들어가기 전까지 파악해야 하는 것이 우선이었다.

그리고 그것을 가장 잘 알 수 있는 곳이 온 사람들이 드나드는 객주였다. 더불어 거상들뿐만 아니라 천나라 주요 관리들과도 거래를 많이 하는 곳이니 이곳 거대한 제운객주는 제나라에서 가장 신경 쓰는 곳 중 하나였다.

　또한 천나라 핵심인물들과 내통하기도 적합해서 그의 목적을 달성하는 데 중요한 역할을 하는 곳이기도 했다. 천나라 인과 어렵게 거래를 해서 세워 둔 곳이니만큼, 그 규모가 커서 아무리 입지가 탄탄하다 하더라도 매사 신중하게 운영해야 했다. 그러한 곳을 이 여인에게 맡겨도 되는 것일까. 은후는 아주 잠시 고민에 빠졌다.

　"음……. 그건 그리 어려운 일이 아니지만, 굳이 그래야만 하는 연유가 있을까 싶습니다. 사람을 찾는 일이라면 객주의 사람들을 풀어도 되는 일이니까요."

　그는 그녀의 의도를 좀 더 정확히 파악해 내고자, 한쪽 눈썹을 치켜 올리며 낮게 말했다. 어차피 그녀가 여주인 행세를 하는 것은 그리 어려운 일이 아니었다.

　제운객주의 주인은 엄밀히 따지면 천나라 인이 아니었고, 장막에 싸인 정체불명의 인물이라고만 알려져 있을 뿐 좀처럼 모습을 드러내지 않는다는 것을 제운객주를 찾는 이들도 알고 있었다.

　그런데 그런 제운객주의 주인이 모습을 드러냈다는 소문이 돌면, 어떻게 될까. 은후가 보일 듯 말 듯한 미소를 지었다.

"그들이 찾을 수 있는 자가 아닙니다. 제가 직접 나서서 그 점쟁이를 찾아야 합니다. 제 물음에 답을 할 수 있는 자라면, 분명 그 점쟁이가 맞을 것입니다."

그의 말에 황후는 단호하게 고개를 저었다. 애초에 사람을 시켜서 찾을 수 있는 일이라면 그 역시도 굳이 객주 여주인 행세까지 할 필요는 없었다.

그녀가 원하는 답을 내놓을 수 있는 점쟁이를 찾는 것은 그녀만이 할 수 있었다. 그리고 가장 중요한 것은, 다른 이의 모습으로 아버님을 만나볼 수 있다는 것.

"그리고 제가 그토록 만나길 원했던 사람과도 만날 수 있습니다."

황후는 평소 백 재상이 다른 객주보다도 이곳을 자주 찾는다는 것을 알고 있었다. 그것은 여느 때처럼 그가 제운객주를 찾았을 때 자신이 여주인인 척 얼굴을 드러내지 않은 채 마주 보고 이야기를 나눌 수 있는 기회였다.

문제는 그가 재상 자리에 앉은 지 한 해가 넘었기 때문에 아직도 백문객주를 처분하지 않은 채 거래를 할지는 알 수 없었다. 전에는 제운객주 못지않은 규모의 백문객주 대행수이자 거상이었지만, 지금은 남부러울 것 없는 황후의 아비이자 천나라의 재상이기 때문이었다.

"그토록 만나길 원했던 사람이라면, 정인이라도 있는 겁니까."

은후가 무심코 물었다. 누군가에게서 도망쳐 다른 누군가를 만나려고 한다면······. 혹 마음에 두고 있는 사내라도 있었던 것일까. 아니면 혼인을 약조한 사내라도.

"······?"

황후는 정인이란 말에 두 눈을 동그랗게 뜨고 은후를 물끄러미 바라보았다. 뜬금없다는 표정이었다. 그러나 은후는 그런 그녀의 표정을 이해하지 못한 채 어색한 웃음과 함께 말을 이었다.

"방금 그대가 그 사람을 떠올리면서, 매우 간절히 만나고 싶어 하는 표정을 지었습니다."

"아."

황후는 자신이 말하는 '그 사람'이 백 재상임을 은후는 모른다는 것을 그제야 깨달았다. 이내 그녀의 입가에 옅은 미소가 걸렸다. 뜬금없이 정인이라니.

정인이라······. 정인이 아예 없는 것은 아니었다. 아버님에 의해 만나게 된 한 사내가 한 해란 시간이 지나서야 다가오기 시작할 무렵, 이미 커져 버린 불신과 원망, 그리고 두려움 때문에 그녀가 앉아 있던 황후란 자리를 가벼이 여기고 지금 여기 이 자리에 있는 것이었다.

황후는 자신의 머릿속에 황제의 모습을 그렸다. 나란히 나무에 기대어 앉아 있었다. 서로의 숨소리를 느낄 수 있을 만큼의 가까운 거리. 처음으로 그가 오랫동안 감추어 왔던 속마음을 내비쳤던 그 날, 어째서 그 자리에서 도망쳐 버렸을까.

너무 오랜 시간 동안 궁을 떠나고 싶은 마음이, 그의 마음을 알기 시작한 순간보다 중요했던 것일까. 사실 이미 어느 정도 받아들인 채, 그의 곁에 남아있겠다 마음먹었었다. 그러나 그는…… 그녀 자신이 설 곳을 잃게 만들었다.

그녀는 말없이 두 눈을 감았다. 그리고 힘겹게 다시 뜨며 현재에 집중하려 노력했다.

이내 그녀는 은후가 말하는 그 사람에 대한 진실을 말해 주어도 될지 잠시 고민했으나, 어차피 그도 곧 자신이 누굴 만나게 될지 알게 될 거라 생각해 나지막이 말해 주었다.

"그 사람은 제 아버님이십니다."

"이런…… 그렇군요."

그녀의 대답에 은후는 멋쩍은 듯 한쪽 손 위에 턱을 괴었다. 그리고 이내 자신의 예상이 빗나갔다는 생각이 들자, 그는 순간 자신도 모르게 안도의 한숨을 쉬었다.

그러다 곧 멈칫하는 그였다.

'내가 왜 안심을……'

은후는 문득 자신의 당황한 표정을 숨기려 다른 곳을 향해 시선을 돌렸다. 어젯밤 단념한 보람도 없이 또다시 그녀에게 흔들리고 있었다. 자신이 왜, 그녀가 그토록 만나고자 했던 사람이 그녀의 정인이 아니라는 사실에 안도하는 것인지 혼란스러웠다.

이내 그가 보일 듯 말 듯하게 눈살을 찌푸렸다.

처음엔 그저 빚을 갚겠다는 생각으로, 귀찮게 엮인 이 여인을 도와주겠다는 단순한 마음뿐이었다. 좀 더 정확히는 어떤 일이든 쉽게 지나치지 못하는 무른 성격과, 흥미로운 일을 지켜보길 좋아하는 성미이기 때문이었는지도 모른다.

그리고 그러한 성격 때문에 아버지의 뒤를 이을 만한 자질을 의심받아 천나라까지 오게 된 것이었다. 어쨌든 그녀를 도와주고 나면, 미련 없이 그 자신도 해야 할 일을 끝마친 뒤 제나라로 돌아갈 생각이었다.

그때까지 서로의 이름과 출신 정도만 알아 두는 것. 딱 거기까지만이라고 선을 그었는데 자꾸 더 알고 싶고, 다가가고 싶은 건 무슨 심보인 걸까.

"무슨 생각을 그리 깊게 하시는 겁니까. 혹 제가 너무 무리한 청을 드린 것입니까."

황후는 방금 전까지만 해도 그리 어려운 일이 아니라고 해 놓고선, 갑자기 한 걸음 뒤로 물러서는 것 같은 그의 행동에 조금 불안해하는 표정을 지었다.

그녀가 생각해도 조금 터무니없는 청을 한 것 같긴 했다. 하루아침에 객주의 여주인 행세를 하게 해달라니. 하지만 그녀 또한 백 재상을 통해 제운객주의 주인이 장막에 싸인 인물이라고 들은 바가 있었다. 그래서 이곳의 여주인 행세를 한다 해도 그녀의 정체에 대한 의심을 사지 않을 거라 생각했다.

"……?"

그러고 보니 장막에 싸인 인물이라더니. 잠시 맡고 있는 것이라 하긴 했지만 지금은 은후가 객주의 주인이었다. 황후는 턱을 괸 채 두 눈을 살며시 감고 있던 은후에게 물었다.

그렇잖아도 이곳에 처음 당도했을 때, 이국에서 온 그가 다른 객주도 아닌 제운객주를 잠시 맡았다 하여 전후사정을 묻고자 했었다.

"헌데 이곳을 잠시 맡고 있는 것이라면 본래 제운객주의 주인은 따로 있는 것입니까."

"본래 주인이 바로…… 아니, 따로 있으니 제가 임시로 맡은 것이지요."

은후는 무의식적으로 자신이 본래 이 객주의 주인임을 밝힐 뻔했다. 사실 대부분의 일들은 행수가 하고 있었으니, 자신은 그저 명목상의 주인이긴 했다.

은후의 대답에 황후는 역시나, 라는 표정으로 그를 바라보더니 자리에서 일어서며 말했다.

"제운객주의 주인은 좀처럼 얼굴을 드러내지 않는다 들었는데, 혹 당신이 그 사람일지 궁금했습니다."

"뭐…… 제가 그 사람은 아니지만, 가까운 사이 정도로 해 두죠."

잠시 맡았다고는 하나 제운객주에서 은후 자신이 주인이랍시고 행세할 일은 별로 없었다. 다만 잘 되어가고 있는 객주가 위험해지는 일은 없어야 했다.

오히려 그가 얼굴을 드러내지 않고 객주에서 천나라 정세를 파악할 수 있다면 더할 나위 없이 좋은 일이었다. 그리고 의문의 인물이었던 제운객주의 주인이 천나라 여인이라는 소문이 돌기 시작한다면, 이 객주의 소유가 제나라 인이라는 의심은 영영 사지 않게 될 것이었다.

어쨌든 그녀를 여기까지 끌어들인 건 은후 자신이었다. 그날 밤 산 속에서 그녀의 손목을 잡지 않았다면, 닿을 수 없는 연이었다. 그리고 그 연을 시작한 것은 자신이니 끝까지 책임을 져야 하는 것도 그의 숙명이었다. 그의 입가에서 깊은 한숨이 흘러나왔다.

"그리고 어찌 무리라 할 수 있겠습니까. 제나라 인들은 약조한 것은 반드시 지킵니다."

은후가 자리에서 일어난 그녀를 올려다보며 피식 웃었다. 그리고 옅은 한숨과 함께 자신도 자리에서 일어나 황후에게 가까이 다가갔다.

"그대는 내게 도와 달라 청했고, 나는 그것을 받아들였으니 그 일이 어떤 것이든 들어주어야겠지요. 어쨌든 나는 그대에게 빚을 진 사람이 아닙니까. 다만, 모든 일엔 항상 저와 동행해야 함을 잊지 마십시오."

황후의 표정이 밝아졌다. 그녀는 활짝 웃으며 고개를 끄덕였다. 그리고 곧 언제 그랬냐는 듯 황후는 매섭고도 진지한 눈빛으로 붉은 입술을 움직였다.

"꽤 많은 것을 내놓고 시작한 일입니다. 최대한 빨리 제가 알아내고자 하는 것들을 알아내어 제 할 일을 마치고 나면, 돌아가고 나서도 서은후…… 당신을 기억하겠습니다."

＊　　＊　　＊

어두컴컴한 침전 안, 가만히 앉아 황후에 대한 생각을 끊임없이 되풀이하던 황제는 결국 그 자리에서 아침을 맞았다.

'혹 내가 모르는 비밀이…… 황후에게 있었던 것은 아닐까.'

밤을 지새우며 황후에 대한 생각의 끈을 이어가던 그의 눈썹에 힘이 들어갔다. 먼 줄만 알았던 그녀의 눈은 보였고, 그리고 언제부터인가 그녀는 자신의 곁을 떠날 거라는 암시를 주고 있었다. 황제는 서서히 그토록 고민했던 그녀가 사라진 연유에 대한 실마리를 찾은 것 같은 느낌에 주먹을 꽉 쥐었다.

하지만 어떻게 두 눈이 멀게 되었는지, 그리고 언제, 어떻게 다시 보이게 되었는지, 아니면 처음부터 눈이 보였는데 황후로 간택되기 위해 그를 속였는지…… 황제는 도무지 감이 잡히질 않았다.

그녀가 황후 자리에 올랐을 때부터 지금까지, 그는 단 한 번도 그녀의 눈에 대해 관심을 가지지 않았다. 오히려 그녀의 눈이 멀었다는 사실이, 자신이 그녀를 최종 황후로 간택하기까지의 과정에 영향을 미쳤을 뿐이었다.

"……!"

황제는 생각의 끈을 잘랐다.

지금의 황후를 간택하기까지의 과정이라.

'지금은 사이가 좋지 않은 백 재상의 여식을…… 한 해 전의 홍 재상은, 내게 황후로 간택하길 권했다.'

"폐하. 천 우 마마께서 드셨습니다."

황제가 홍 재상에 대한 의문을 가지기 시작했을 즈음, 밖에서 천 우가 왔음을 알리는 환관의 목소리가 들려왔다. 황제는 밤을 새웠던 탓에 흐려진 정신을 깨우고자 충혈된 두 눈을 깜박였다.

"아. 들라 하여라."

황제의 목소리가 전해지자, 문이 열리고 천 우가 황제의 앞으로 다가왔다.

"휘, 네가 아침 일찍부터 나를 부른 연유가 궁금해 한달음에 달려왔다. 어제 못다 한 이야기가 있었던 것이냐."

늘 그렇듯 여유가 넘치는 미소와 함께 황제를 바라보던 천 우가 입을 열었다. 그러나 황제는 천 우와 달리 가벼운 농을 받아 줄 만큼 여유롭지 않았다.

거기다 순간 끓어오른 감정을 주체하지 못하고, 천 우의 앞에서 눈물을 보였다는 것이 내내 마음에 걸려 기분이 좋지 않던 차였다.

무엇보다도 지금 그는, 황후와 엮여 있는 인물이었다. 대체 그가 왜 황제인 자신도 모르는 사이 황후와 가까워졌는지 그 의도를 알 수 없었다.

그는 자리에서 일어나 말없이 앞에 놓여 있던 비단옷 한 벌을 천 우에게 내밀었다.

"이 옷에 대해, 내게 뭔가 해 줄 말이 있어 보이는데."

황제는 싸늘한 표정으로 천 우를 응시했다. 천 우는 황제의 손에 들린 옷을 물끄러미 바라보았다. 그리고 그는 곧 그 옷의 주인이 자신이라는 것을 깨달았다.

천 우는 어색한 미소를 지었다. 그러나 그 뒤에는 천 휘 못지 않은 싸늘한 미소를 감추고 있었다.

"그 옷이 어찌 너에게 있는 것이냐."

"……이 옷, 황후에게 언제 돌려받은 거지."

황제는 천 우의 물음에 대한 대답 없이 낮게 물었다. 천 우는 고작 그런 질문이냐는 듯 옅은 한숨과 함께 답했다.

"돌려받다니. 네 손에 그 옷이 있는 것을 보면 모르겠느냐. 그 옷은 그 날 저자에서 황후마마께 덮어드린 것이다. 휘, 네가 갑자기 나타나 함께 사라졌으니 돌려받지 못한 것일 뿐."

"……."

두 눈을 마주한 황제와 천 우 사이에 묘한 기류가 흘렀다. 황제는 천 우의 눈동자를 유심히 바라보며 그에게서 시선을 떼지 않았다. 그리고 다시 물었다.

"어제는 경황이 없어서 묻질 못했는데. 대체 왜 황후를 저자까지 데리고 나간 거지."

황제는 천 우에게서 어떤 대답이 나올지 그의 입술에 시선을 고정했다. 황후의 말에 의하면 청을 들어주기 위해서라고 했다.

그 청이란 것이 무엇이었는지는 끝내 들을 수 없었다. 도대체 무슨 청이었기에 황후가 자신의 형님과 함께 스스로 궁을 나섰는지 그는 아무리 생각해도 짐작할 수가 없었다.

'황후 때문이었군. 뭐, 나를 의심하기라도 하는 건가.'

천 우는 휘가 자신을 부른 연유에 대해 그제야 어렴풋이 짐작했다. 이곳 천기전에 들었을 때부터 지금까지 휘의 눈동자가 자신의 두 눈에 고정되어 있었다. 저 눈빛, 필시 자신에게서 무언가를 읽어내려는 눈빛이었다.

서로가 다스려야 할 나라로 떠나기 전날 보았던 그 싸늘한 눈빛. 그리고 한동안 멈추어 있던 둘 사이의 긴장감이 다시 흐르기 시작했다.

천 우는 속으로 재미있다는 듯 옅은 미소를 지었다. 그리고 다시금 여유롭게 답하는 그였다.

"내가 황후마마께 한 가지 청을 했었다."

"그러니, 그 청이 무엇이었는지 묻고 있는 것이다."

"네가 그리 안달 난 표정이라니. 혹…… 내게 질투라도 하는 것이냐."

"형님!"

황제의 목소리가 천기전에 울려 퍼졌다. 황후가 사라진 뒤로 그는 줄곧 절벽 끝에 서 있는 기분이었다. 그렇지 않은 척, 최대한의 평정심을 유지하며 차분해지려 충분히 애쓰고 있는 중이었다. 그렇지 않으면 언제, 어디서 미쳐버릴지 몰랐다.

그리고 그것을 알 리 없는 천 우에게 휘는 당장이라도 검을 빼들고 싶었다. 아무리 미워도 형님은 형님이었다. 피가 절반만 섞였다 해도, 함께 자라온 형제였다.

그런데 어느 순간부터는 자신을 바라보는 그의 눈빛이 변했다. 그리고 영도 마찬가지였다. 그리고 그때부터 황제는 천 우가 마음에 들지 않을 때마다 그는 피를 나눈 형제라는 사실을 되뇌었다.

그러나 지금도, 천 우의 눈빛은 여전했다.

"휘, 넌 언제나 내 농을 받아주질 않으니 늘 재미가 없었지. 어쨌든 내가 황후마마께 했던 청은 별것 아니었다. 그저, 너에 관한 이야기를 해달라고 했다. 아우에 대한 이야기를 듣고자 하는 것이 형님으로서 못할 일은 아니질 않느냐."

"허나, 굳이 저자에 나가서까지 해야 하는 것은 아니었을 터. 그것도 내게 어떠한 언질조차 없이 일국의 황후와 함께 궁 밖을 나섰다, 그건 대체 어느 나라 법도인지 궁금해서 하는 말이오, 형님."

황제가 한 치의 빈틈도 주지 않은 채 날카로운 질문들을 쏟아냈다.

그러나 천 우는 한없이 차가운 눈빛으로 자신을 응시하고 있는 천 휘의 눈을 피하지 않았다. 그리고 피식 웃으며 황제와 똑바로 두 눈을 마주한 채 조용히 말했다.

"……첫째. 내가 너에게 황후마마와 함께 출궁하겠다 말하러 갔을 때, 너는 황궁에 없었다. 둘째. 황궁 밖으로 나서길 권하였을 때 수락을 한 건 황후마마였다. 그래서 조용히 궁을 나섰고, 아무 탈 없이 돌아오려 했다. 황후는 너의 윤허 없인 궁 밖을 나설 수 없는 여인인 것이냐."

"……."

자신의 날카로운 질문에도 아랑곳 않고 여전히 높낮이 없는 목소리로 하나하나 따져 답하는 천 우의 대답에, 황제는 잠시 할 말을 잃었다. 그리고 천 우는 그러한 휘의 흔들리는 눈빛을 읽었다.

황후와 있었던 짧은 시간 동안, 그가 느낀 것은 하나였다.

원망.

황후에게는 오랫동안 쌓이고 쌓인 원망이 존재했다. 그 원망이 누구에 의해 쌓인 것인지는 그도 정확히 알 수는 없었다. 그러나 한 가지 가능성이 있다면 그 원망의 주인은 바로…….

'천 휘, 네가 아니겠느냐.'

"난 아직 황후를 들이지 않아서 모르겠지만, 나는 적어도 천 휘, 너처럼 황후를 제대로 돌아보지도 않는 주제에…… 황궁에, 그리고 나 자신에게 구속해두려 하진 않을 것이다."

천 우는 차갑게 말했다. 평소와 달리 진지함이 묻어나는 그의 말에 흔들리던 황제의 눈빛이 멈추었다. 그리고 자신이 황후에게 어떤 존재였는지 회상했다.

"구속이라……."

'사랑받자고 당신 곁에 있는 게 아닙니다. 황후가 황제의 비라 하셨습니까. 아니요, 전 그저 황후란 이름의 허수아비일 뿐입니다.'

금방이라도 눈물이 뚝뚝 떨어질 듯 커다란 눈망울로 자신을 바라보던 황후의 모습이, 그의 두 눈에 담겼다.

허수아비가 아니라는 것을 보여주려 했는데. 그대가 아무리 눈이 보이지 않는다 한들, 허수아비는 아니라고 그리 말해주고 싶었는데. 쉽게 떨어지지 않은 입술이, 그대가 그저 내게 구속된 존재라 여기도록 두고 있었다니.

그는 천 우에게 동요하지 않으려 무던히 애를 쓰고 있던 중이 었다. 그런데 또다시 동요해버렸다. 전에는 어림도 없던 한마디 에, 이리 스스로 동요해버리다니. 그새 너무도 나약해진 것이었 나.

황제가 가까스로 그의 마음을 가다듬던 사이 천 우가 덧붙였 다.

"아, 그래. 궁 안의 모든 여인은 황제의 여인이니 네가 그럴 자 격이 없다고는 할 수 없겠군. 허나, 황후가 사라졌다고 하여 네 가 그리 상처 입은 얼굴을 한다면 상황이 달라지지 않겠느냐."

천 우는 전날 휘의 붉어졌던 눈시울을 떠올렸다. 영원토록 눈 물 한 방울 나오지 않을 것 같았던…… 천 휘의 눈물. 연화가 사라졌을 때도 누군가에게 눈물을 보이진 않았을 것이었다.

그런 녀석에게서 눈물을 흘리게 만든 여인. 천 우는 그때부터 휘의 마음에 대해 확신했다. 그날 저자에서 황후와 휘의 눈빛을 보았을 때보다 더…….

그런데 운명은 생각보다 가혹했다. 그리고 쉽게 풀리지 않으니 더욱 흥미로웠다. 연화를 잃은 슬픔보다, 사랑하는 여인을 누군가에게 빼앗기는 슬픔이 더 크다는 것을 알려주려 했건만, 그 여인이 황궁을 벗어날 줄이야.

'네가 서서히 무너져 내리는 모습이, 어째서 나는 즐거운 것일까, 휘.'

천 우의 입가에 조소가 묻어났다. 그리고 마지막으로…… 휘의 가슴을 후벼 팔, 그가 모르는 아주 중요한 사실을 전하는 그였다.

"너는 황궁에서 황후와 함께 살아가면서, 그녀가 왜 다른 이들에게 한없이 차가운 것인지…… 한 번이라도 물어본 적 있느냐."

"……!"

"네가 아무리 강인하고 냉철한 천나라 황제라 하더라도 넌, 네 여인마저 의지할 수조차 없도록 만들어 버리지 않았느냔 말이다."

"……."

천 우의 한마디가 날카로운 검이 되어 심장 깊숙이 박히자, 황제는 움직일 수가 없었다. 그에게 아무런 반박도 할 수가 없었다. 할 말을 잃은 것보다 더한 고통이 그에게 밀려들기 시작했다.

언젠가 자신의 곁을 떠날 것처럼 말하는 그녀에게서 들려온 '두려움' 이라는 대답.

천 우가 다시금 곱씹게 하지 않아도, 알고 있었다.

황후가 사라졌다는 것을 알게 된 그 날, 이미 알고 있었다. 황후가 그토록 차가워지도록 만든 건, 끝내 황후라는 자리에서 도망치도록 만든 건…… 바로 자신이라는 것을.

천 우의 말대로 그는 온 백성들이 의지하는 천나라의 황제였지만, 정작 가장 가까운 곳에 있던 황후는 의지하지 못하도록 만들었다. 그리고 그녀가 말하는 두려움에 대해 되묻지 않았고, 지나쳐 버렸다.

문득 황제의 눈썹에 힘이 들어갔다.

두려움. 두려움이라…….

"……!"

황제는 줄곧 덩어리진 채 그의 머릿속을 떠다니던 의문점들을 하나로 모아보려 노력했다. 눈먼 황후. 그런 황후의 아비인 백 재상. 그리고 되짚어 보니…… 처음부터 그와 얽혀 있던 홍 재상.

그 가운데 그녀의 두려움이 존재했다면. 그 두려움이 그녀가 황궁을 떠나게 했다면…….

'그 두려움의 원인을 찾으면 된다.'

드디어 자신이 무엇을 찾아야 할지 방향을 잡은 황제가 냉소를 지었다. 그리고 그는 천 우를 불렀다.

"……천 우 형님."

천 우는 매서운 휘의 눈빛에 등허리에서부터 싸한 기운이 올라오는 것을 느꼈다.

"형님께서 그리 말씀하시면, 제가 또다시 눈물을 보일 줄 아셨습니까."

그는 날카로운 눈빛으로 천 우를 바라보면서도 여유로움이 묻어나는 말투로 물었다.

'천 우 형님. 곁에서 저를 이리 혼란스럽게 만들려는 심산이 무엇입니까.'

천 우는 본디 남의 일엔 신경 쓰지 않았다. 형님이랍시고 자신에게 충고 비슷한 한마디를 입 밖에 낸 적도 없었다. 황제는 그런 그가 이상하다고 느껴졌다.

더군다나 그는 자신의 탄신일을 기념하여 잠시 천나라에 방문한 것일 뿐, 조용히 지내다 돌아갈 줄 알았으나 천 우는 황후와 엮인 인물 중 하나가 되어버렸다.

"그게 무슨 말이냐."

"그건 황후가 떠났을 때 이미 알고 있었습니다. 그리고 수없이 자책하고 되돌리기엔 이미 너무 늦어버렸다는 것도, 이미 알고 있었다는 뜻입니다. 그런데 재미있는 게 무언지 아십니까."

"……."

"그런데 어찌하여 황후와 천 우 형님이 엮여 있는 것인지 궁금하군요."

황제의 표정을 바라본 천 우가 쓴웃음을 지었다. 그리고 황제의 앞에 놓인 자신의 옷으로 시선을 가져갔다.

처음에는 그저 휘에 관해 알아보려던 것뿐이었다. 그래서 그녀에게 접근했으나, 나쁜 마음을 먹고 다가가기에 그녀는 너무도 상처가 많아 보이는 여인이었다.

겉옷을 벗어준 건, 의도한 바가 아니었다. 비에 젖은 그녀의 어깨가 너무도 안쓰러워서 보여 무심결에 덮어준 것이었다.

그리고 문득 좋은 기회가 온 것이라 여겨 옷을 핑계로 그녀를 궁 밖으로 데리고 나갔다. 갑자기 나타난 휘 때문에 옷도 돌려받지 못한 채 궁으로 돌아왔지만 다음 날, 황후가 사라졌다는 소식에 천 우는 웃음이 나왔다.

자신의 어머니도 하지 못한 일을, 눈먼 황후가 해냈다라…….
물론, 그 눈에 대해선 아직 의문투성이지만.

그리고 그 틈을 타, 휘가 혼란스러워할 때 그를 더욱 자극시켜 그가 눈치를 채지 못하도록 서서히 준비된 계획을 실행하는 것이 천 우의 목적이었다.

그러나 역시, 늘 그래왔듯 사소한 것도 쉽게 넘기지 않는 천휘였다. 천 우는 휘의 날카로운 물음에 동요하는 기색 없이 자연스럽게 화제를 돌렸다.

"네가 과민반응을 하는 것이다. 겨우 옷 한 벌 가지고 황후마마와 내가 엮여 있다 의심하는 것이냐. 허나 나는 내 옷을 황후 마마께 돌려받지 못했다. 이젠 네가 대답해 줄 차례다. 그 옷이 어찌 네게 있느냐고 물었다.”

'내 옷이 황후와 어떻게 엮여 버린 건지는 몰라도, 그 옷을 황후가 떨어뜨리고 갔다면 휘와 만날 뻔한 적이 있다는 건가. 어찌되었든 한 가지라도 휘의 의심을 사면 안 되거늘⋯⋯.'

천 우는 보일 듯 말 듯하게 미간을 좁혔다.

“황후가 사라진 다음 날, 마방에서 려운이 발견한 것인데. 형님께선 황후에게 돌려받지 못했다⋯⋯.”

황제는 여전히 천 우가 의심스러웠으나, 더 이상 따져 물을 여지가 없었다. 려운의 말대로 천 우를 의심하기엔 걸리는 것들이 너무도 많았다.

“⋯⋯형님의 옷, 가져가시지요.”

이윽고 그는 눈짓으로 천 우의 옷을 가리키며 말했다. 천 우는 말없이 고개를 살짝 끄덕이고는 자신이 옷을 집어 들었다. 그리고 옷을 들다 발견한 익숙한 물건에 흠칫 놀랐다.

“이건.”

“⋯⋯?”

“아니다.”

옷 옆에 놓여 있던 것은 다름 아닌, 천 우 자신이 황후에게 선물해 주었던 나비 모양의 머리꽂이였다. 이것이 어찌 휘에게 있는 거지.

천 우는 이해가 가지 않는다는 듯 눈살을 찌푸렸다. 설마 황후가 휘에게 주고 간 건가. 그는 문득 황후가 자신이 선물한 머리꽂이를 휘에게 주었다고 생각하니 서운한 마음이 밀려들었다. 그러나 곧 다시 원래의 여유로운 표정으로 돌아와 미소를 지으며 말하는 그였다.

"그럼 내게 할 말이 끝난 것 같은데. 그리 유쾌한 대화는 아니었지만 이만 가보지요, 황제 폐하."

"……."

기대는 하지 않았으나 역시나 들려오지 않는 대답에 천 우는 피식 웃으며 몸을 돌렸다. 그리고 그가 침전 밖으로 나가려던 찰나, 황제의 무거운 음성이 들려왔다.

"혹 내게 충고를 한 거라면, 형님으로서 한 것이라 믿어도 되는 건가."

천 우의 발길이 우뚝 멈춰졌다. 천 우는 자신이 잘못들은 것은 아닌가, 귀를 의심했다.

이내 그의 얼굴 위로 검은 그림자가 드리워졌다.

'안 본 사이 많이 변한 것이냐, 천 휘…….'

천 우는 애써 어두워진 표정을 거두고 다시 환하게 웃으며 뒤를 돌아보았다. 그리고 피식 웃으며 답했다.

"그럼 언제는 내가 너의 형님이 아닌 적 있었느냐."

황제는 담담한 천 우의 대답에 덩달아 옅게 웃었다. 아니라는 것을 알면서도 의심할 수밖에 없는 것은, 우리 또한…… 아프게 엮였기 때문이겠지.

황제가 쓴웃음을 지으며 천 우를 바라보는 동안 천 우는 입꼬리를 올리곤 저벅저벅 천기전을 나섰다.

어쨌든, 천 우가 그 자리에 없었다면 그 옷은 황후가 떨어뜨리고 간 것이라는 결론이 지어졌다. 황제는 자신을 바라보고 있던 시선의 주인에 대해 한 걸음 더 나아가 의심해 보지 않은 자신을 탓했다.

한 번 더 의심을 해 보았더라면 그녀를 찾을 수 있었을 텐데. 황후를 눈앞에 두고도 붙잡지 못했다는 자책감이 또다시 그의 어깨를 짓누르고 있었다.

이윽고 그는 혼자 우두커니 남겨진 침전 안에서 황후의 두려움에 대해 생각하기 시작했다. 타오르기 시작하던 불꽃을 가로막은 두려움이란 존재. 황후는 무엇에 두려움을 느꼈던 것일까.

황제는 곧 자신에게 올 백 재상을 기다리며 황후를 둘러싸고 있는 안개를 걷어내려 애썼다.

"내게 이렇게 아프라고, 벌을 주는 건가. 황후……."

황제는 메말라 거칠어진 입술을 달싹였다. 황후에게 관심을 두기 시작하면서, 언제부터인가 자꾸만 그녀에게 신경이 쓰여 침전을 서성이던 자신의 모습이 그의 눈앞에 아른거렸다.

연화와는 다른 그런 감정. 서서히 키워가던 사랑과 타오르는 불길 같은 사랑은 다른 것이었다. 그는 여느 여인들과는 달리 시리도록 차가운 황후와 첫 대면을 하고 난 순간부터, 사랑 한 번

해 보지 못한 사내처럼 어찌해야 할지 전전긍긍하면서 도리어 화를 내기도 했었다.

그는 피로가 겹쳐 무거운 눈꺼풀을 뜨려 애쓰며, 자신이 놓치고 있는 것은 없을까 시간의 흐름을 되돌려 보면서 그녀가 했던 말 한 마디 한 마디를 전부 생각해 내려 노력했다.

그러나 그중 행복함이 묻어나는 말은 한 마디도 없었다. 늘 입술을 깨물고, 눈물을 흘리며 화를 내던 모습만이 기억 속에 남아 그의 머릿속을 맴돌고 있었다.

황제의 입가에서 짧은 탄식이 흘러나왔다.

"내가…… 그대가 아픈 연유에 대해 알게 된다면, 다시 돌아와 주겠소."

*　　　*　　　*

거대한 제운객주의 여주인이라면, 그에 걸맞은 모습이 필요한 법. 은후는 가장 먼저 그녀의 모습을 바꾸어 주기 위해 객주 차인들에게 보냈다.

"괜찮은 것 같습니까."

그리고 몇 시진 뒤, 객주 차인들에 의해 화려한 치장을 받은 황후가 은후의 앞에 서서 어색하게 웃으며 나타났다.

황궁에 있을 때는 하루 일과의 시작이 궁녀들에게 치장을 받는 일이었다. 하지만 한동안 평범한 여인처럼 최대한 단출한 차림을 하다 보니, 그녀는 간만에 받는 치장이 조금 어색하다고 느꼈다.

그러나 은후의 생각대로 자신의 행색은 많이 초라해져 있었다. 해서, 객주의 행수다운 품위와 모습을 지니고 있어야 하는 것이 첫 번째이므로 그녀도 말없이 그를 따른 것이었다.

"……!"

그리고 황후의 모습을 마주한 은후의 눈동자가 커졌다. 하얀 얼굴과 붉은 입술, 그리고 부드러운 머릿결이 그의 눈에 들어왔다. 또한 부드러우면서도 절제된 표정과 깊이 있는 눈빛이 전과는 다른 분위기를 풍겼다. 갖가지 장신구들에 의해 화려한 느낌이 있었지만, 그 가운데에서도 은은하게 묻어나는 그녀만의 단아한 느낌과 고풍스러운 자태에 은후는 잠시간 넋을 놓았다.

"……?"

은후에게서 아무런 대답이 없자, 그것을 이상하게 여긴 황후가 그를 물끄러미 바라보았다. 그러자 은후는 그제야 정신을 차리려 눈을 깜박이곤 씨익 웃으며 말했다.

"정말 제운객주의 여주인 같습니다."

"다행이군요."

황후가 고개를 살짝 끄덕였다. 그리고 한 번 더 옷매무새를 단정하게 정리했다. 그러는 사이, 은후가 피식 웃으며 그녀의 앞으로 가까이 다가갔다. 이내 은후는 황후의 얼굴 가까이에 그의 얼굴을 가져가 미세하게 흔들리는 그녀의 눈동자를 가만히 응시했다.

"알면 알수록 신기한 여인입니다."

"무슨 뜻이십니까."

황후는 갑작스레 자신에게 가까이 다가온 은후를 보자 뒤로 주춤 물러났다.

"객주의 여주인 행세를 하게 해달라고 청하다니. 아무래도, 그대의 그 포부로 보아 역시 예사 여인은 아닌 것 같은데."

은후는 그런 그녀의 발 보폭에 맞추어 천천히 더욱 가까이 그녀에게 다가갔다. 점점 더 뒤로 물러서던 황후의 등에 딱딱한 것이 느껴졌다. 어느새 그녀의 등은 벽에 닿았고 더 이상 물러날 곳은 없었다.

황후가 당황한 표정을 짓자 은후는 그런 그녀의 표정이 재미있다는 듯 픽 웃었다. 그리고 한쪽 무릎을 꿇어 황후가 주춤주춤 움직이던 사이, 멋대로 구겨져 버린 그녀의 치맛자락을 펴서 정리해 주는 그였다.

그리고 말없이 옷자락을 매만져 주던 그가 나지막이 말했다.

"저를 만난 것이 그대에겐 다행인 일이라 믿어도 되겠습니까."

"……!"

황후는 긴장했던 마음을 가다듬듯 마른침을 삼키고 아래를 내려다보았다. 그러자 이미 자신을 올려다보고 있던 은후와 두 눈을 마주쳤다.

미세하게 흔들리던 그녀의 눈동자가 점점 더 빠르게 흔들리기 시작했다.

서은후. 이 사내를 만나지 않았더라면, 지금쯤 어떻게 되었을까. 그녀는 그와 처음 만난 순간을 되뇌어 보았다. 그 누구도 믿지 못하는 상황에서 불현듯 나타나 손목을 잡고 뛰던 사내.

그 연유가 어떤 것이었든, 그녀는 어이가 없었다. 자신의 일에 남을 끌어들이다니. 그것도 처음 보는 정체불명의 여인을. 허나 지금은 상황이 바뀌었다. 이제는 그녀의 일에 은후를 끌어들여 버렸다.

과연 그에게 도움을 청한 것이 잘한 일일까.

"흠⋯⋯."

황후는 은후의 시선을 피한 채 다른 곳으로 발걸음을 옮겼다. 그리고 창가 쪽으로 다가가 창밖을 바라보곤 입을 열었다.

"다행이 아니라면, 전 이 자리에 있지 않았겠지요."

그러자 그녀의 입술 위에 곱게 발라진 붉은색 염료가 햇빛에 반짝였다.

"⋯⋯."

그녀가 쉬이 자신의 속마음을 드러내지 않는다는 것을 알고 있었다. 그래서 자신이 원하는 대답을 들을 수 없을 거라 여겼던 은후의 입가에 옅은 미소가 피어올랐다. 그는 꿇어앉았던 몸을 일으켜 방 한가운데 놓여 있던 넓은 탁자 앞에 앉았다. 그리고 들릴 듯 말 듯 낮게 중얼거렸다.

"저도 다행입니다."

"……?"

황후는 창밖을 바라보던 시선을 돌려 은후를 바라보았다. 분명 그가 무슨 말을 한 것 같았으나, 그녀에겐 잘 들리지 않았다.

은후는 자신이 무의식적으로 중얼거린 한마디에 깜짝 놀라며 고개를 저었다. 그리고 해맑게 웃으며 탁상을 한 손가락으로 톡톡 쳤다.

"여기 앉아서 이제부터 해야 할 일에 대해 논의하자는 말이었습니다."

"그렇군요."

그의 말에 황후는 별다른 의심 없이 다가와 은후의 맞은편에 앉았다. 그리고 두 눈을 가늘게 뜨곤 차갑게 말했다.

"앞으로 그런 장난, 치지 마십시오."

"장난이라니요."

"절 당황시키는 일 말입니다."

황후가 눈을 가늘게 뜨고 은후를 바라보자, 은후는 싱글싱글 웃으며 능청스럽게 답했다.

"음…… 혹 제가 신기한 여인이라고 해서 당황한 것입니까. 아니면 예사 여인이 아니라고 해서?"

"제 말뜻은 그게 아니라는 걸 알고 계시지 않습니까."

황후는 소리 없는 한숨을 내쉬었다. 지쳐 보이는 그녀의 얼굴에 은후는 알겠다는 듯 진지하게 말했다.

"그것이 아니라, 진정 궁금해서 묻는 것입니다. 그대의 정체에 대해서."

문득 진지한 은후의 물음에 황후는 잠시 머뭇거렸다. 언젠가는 그도 알게 될 것이었다. 그러니 최대한 미루는 것이 지금으로서는 가장 나을 것 같았다. 섣불리 정체를 밝혀서 일을 그르치게 되면, 여기까지 온 것은 아무런 소용이 없었다.

물론 은후를 믿지 못하는 것은 아니었다. 하지만 그녀가 천나라의 황후라는 것을 알게 되면 아무래도 혼란스러운 생각을 정리할 시간이 필요할 것이었다. 그러나 그녀는 지금 시간이 없었다.

"그건…… 굳이 지금 말하지 않아도 언젠가 알게 되실 겁니다. 중요한 것은 어서 그 점쟁이를 찾는 일입니다."

황후가 말을 돌리자 은후는 예상하고 있었다는 듯 싱긋 웃으며 말했다.

"언제가 알게 될 수 있겠지요. 그대가 말하는 언젠가가 언제일지는 모르겠지만. 어찌 되었든, 그 점쟁이를 찾아낼 방도는 생각해 보셨습니까."

황후는 어떻게 하면 그 점쟁이를 찾을 수 있을지 한시도 잊지 않고 고민하고 있었다. 끝내 그녀가 생각해낸 방도는, 자신에게 가장 가까운 사람부터 파고들어야 한다는 것이었다. 그리고 그 사람을 중심으로 하나하나 가지를 쳐가면서, 그녀가 알고자 하는 것들을 알아내는 것이 현재로서는 가장 수월할 것 같았다.

"그 점쟁이를 찾기 전에, 먼저 백영호란 자를 만나야 할 것 같습니다."

하여, 황후에게 가장 가까이 있는 사람은 그녀의 아비인 백영호였다. 황후는 아버지를 만나 그가 그 점쟁이를 끌어들일 수 있도록 할 생각이었다. 점쟁이는 아버지가 재상이 될 수 있도록 언질을 준 자이니, 분명 아직까지도 은밀한 만남을 가지고 있을지 몰랐다.

"백영호……?"

은후는 언젠가 들어본 듯한 익숙한 이름에 기억을 되살려 보려 미간을 좁혔다. 제나라에서 천나라로 가끔 이 제운객주를 둘러보러 왔을 때 들어본 것 같았다. 그자와 월은 무슨 관계인 것일까. 은후는 사뭇 진지한 표정의 황후를 물끄러미 응시했다.

황후는 잠시 그녀의 머릿속에 백 재상을 떠올리더니 곧 자신의 생각을 꺼냈다.

"오늘 밤, 백영호란 자를 이곳 제운객주로 불러주십시오. 제운객주와 긴밀한 친분이 있으신 분이니 아마 꼭 오실 것입니다."

"역시, 제운객주와 거래를 하는 분이었습니까."

어렴풋이 기억해 낸 자신의 생각이 맞자 은후의 얼굴에 화색이 돌았다. 일이 묘하게 돌아가고 있었다. 제운객주와 거래를 하는 자를 만나고 싶다…….

황후는 은후가 뭔가 알고 있는 것인가 싶어 흠칫 놀랐지만 이내 천천히 고개를 끄덕이곤 말을 이었다.

"그자가 제운객주에 오면, 저와 단둘이 대화를 할 수 있도록 해 주십시오. 다만, 저는 이곳 제운객주의 여행수라는 신분으로 그자를 만나야겠습니다."

드디어 오늘 밤, 그녀는 자신의 아버지와 독대를 하게 되는 것이었다. 황후는 황궁에서의 처절했던 자신의 모습을 떠올리며 두 눈을 감았다.

'눈먼 저를 황궁에 밀어 넣은 것도 모자라 언제나 따로 만나길 피하시고, 자식을 눈앞에 두고도 외면하신 연유가 무엇인지…… 꼭 물을 것입니다.'

그러자 불현듯 황후의 가슴 속 깊은 곳에서부터 뜨거운 기운이 솟구치기 시작했다. 이윽고 그녀가 오랫동안 쌓아 왔던 분노, 슬픔, 원망 등이 그녀의 몸을 휘감고 머리끝까지 차올랐다.

황후는 더 이상 감정에 동요하지 않기 위해, 그것을 최대한 절제하려 두 눈에 힘을 주었다.

그녀의 붉은 입술 선이 위로 올라갔다. 그리고 냉소적인 표정을 짓는 그녀였다.

'더 이상 저는 황궁에 갇혀 눈물만 흘리는 눈먼 허수아비가 아니니까요.'

*　　　*　　　*

"아직도 못 찾았단 말이냐!"

사병의 우두머리에게서 아직 황후의 흔적조차 찾지 못했다는 말을 들은 백 재상이 서책을 덮으며 소리쳤다.

"대체 어떤 자가 황후마마를 납치했다는 것이야."

백 재상은 어금니를 물은 채 후, 거친 한숨을 내쉬었다. 하루 빨리 월을 찾아 다시 황후 자리에 앉혀놓아야 하건만 황후를 납치한 자가 그녀를 어디에, 어떻게 숨겼는지 찾을 수가 없었다.

"도무지 누구의 짓인지 감이 잡히질 않는단 말이야."

"재상 어른, 밖에 누가 재상 어른을 모시러 왔다고 합니다."

"나를?"

백 재상이 눈살을 찌푸리며 황후를 납치해 갔을 만한 자를 추려보던 중, 그의 수족 한 명이 다가와 말했다.

"그자가 누구든 다음에 다시 오라 이르거라. 난 지금 황후마마 때문에 몹시 바쁘니."

"그것이…… 황궁에서 나온 사람들이라 합니다."

"뭐라?"

황궁에서 사람이 나왔다는 말에 백 재상은 고개를 갸웃하곤 뒷짐을 진 채 밖으로 나갔다.

"재상님, 공 태감이옵니다."

백 재상을 알아본 공 태감이 그의 앞에 다가와 고개를 숙였다. 백 재상은 그의 사가 대문 앞에 줄지어 서 있는 환관들과, 그들을 이끌고 온 공 태감의 모습에 소스라치게 놀랐다. 공 태감의 옆에는 백 재상을 황궁으로 데리고 가기 위한 가마가 준비되어 있었다.

"아니, 어찌하여 황궁에서 직접……."

"황제 폐하께서 속히 입궐하라고 명하셨습니다. 그것도 저보고 친히 모셔오라 하셨습니다만."

공 태감은 자신이 직접 황명을 수행하러 나온 것이 뿌듯하다는 듯, 뒤의 한마디를 강조하며 말했다.

"허나 지금은 준비가……."

백 재상은 갑작스러운 태감의 방문에 어찌할 바를 몰랐다.

'황명이라니. 황제 폐하께서 갑자기 어인 일로 나를 따로 부르신다는 말인가. 다른 대신들에겐 조당에 얼씬도 하지 말라고 하시더니…….'

"예서 기다리고 있을 터이니 어서 채비를 하시지요."

한동안 머뭇거리던 백 재상에게 공 태감이 정중히 말했다. 백 재상은 자신을 데리러 황궁에서 직접 나온 것을 의아해하면서도 왠지 모를 불안감이 들어 쉽사리 발길이 떨어지지 않았다.

"허나…… 알겠네."

그러나 황명을 거스를 수는 없었다. 그는 구겨진 미간을 애써 펴고는 다시 자신의 집으로 들어섰다.

그리고 잠시 뒤, 그가 입궐을 위한 관복을 갖춰 입고 공 태감 앞에 나타났다. 공 태감은 만족스러운 미소와 함께 그의 옆에 준비된 가마를 가리켰다. 그러자 백 재상은 불편한 얼굴로 가마에 올랐다.

　　　　*　　　*　　　*

"뭐? 아버님이 갑자기 황궁에 가셨다고?"

자신의 방 안에서 백 재상을 대신해 장부를 정리하던 향이 두 눈을 동그랗게 떴다.

"이런. 어디까지 셈을 했는지 놓쳐 버렸잖아."

깊은 한숨을 내쉰 향은 장부를 덮고 자신의 앞에 서 있는 시녀 아이를 바라보았다. 백 재상이 황궁 정사를 돌보는 동안 그의 재산을 관리하는 일은 향의 몫이 되어 버렸다.

"죄송해요, 아씨."

"제대로 집중하지 않은 내 잘못이지. 어디 한두 번이니."

언니인 월이 있었더라면 월의 몫이었겠지만 이 거대한 집에 있는 사람이라곤 백 재상과 그녀 둘뿐이었다. 그녀의 어머니는 향 자신을 낳다 목숨을 잃었다.

재상 자리에 올랐음에도 백문객주를 처분하지 않은 채 여전히 운영하겠다고 고집하는 아버지 때문에 향은 어쩔 수 없이 백문객주의 관리를 도맡아야 했다. 어려서는 객주 운영에 대해 아무것도 몰랐지만, 그녀가 어엿한 여인이 되자 어깨너머 배운 것들과 백 재상이 하나하나 가르친 것 덕분에 이제는 익숙한 일이 되어 버렸다.

그러나 정숙한 여인과는 거리가 먼 향은, 집 안에 틀어박혀 장부 정리를 비롯한 객주의 일에 온 신경을 쏟아 부어야 한다는 사실이 너무도 싫었다. 그래서 가끔 살 것이 있다고 겨우 졸라, 저자를 둘러보고 오는 것을 허락받을 때면 앞뒤 가리지 않고 뛰어나갔던 것이었다. 그마저도 아랫것들을 시키면 될 것을 굳이 직접 나가겠다 고집 부린다며 매번 지청구를 들어야 했다.

"헌데 궁에서 직접 사람이 나왔대요."

"그래? 어쨌든 지금 아버님이 안 계신다는 말이지."

그래서 그녀는 백 재상이 입궐했을 때면 몰래 밖으로 나가곤 했다. 오늘 아침에는 웬일인지 아버님이 조회를 위해 입궐하지 않아 의아해했던 참이었다. 향은 현재 백 재상이 집을 비웠다는 말에 자리에서 일어났다.

"아씨, 재상 어른께서 아시면 어쩌시려고요. 아씨가 매번 이러실 때마다 소녀의 간이 콩알만 해 집니다."

"사흘이라 했어. 그럼 아직 이틀이나 더 남았긴 한데……. 그때까지 어떻게 기다리지."

향은 아무런 말도 들리지 않는다는 듯, 방 안을 서성이며 전날만났던 휘영이란 사내를 떠올렸다. 그와 두 눈을 마주쳤던 순간보았던 그의 눈빛을 잊을 수가 없었다. 분명 그 사내는 월의 소식을 전해줄 황궁 사람에 불과할 터였다.

하지만 그에게서 느껴지는 기품과 당당함은 아무리 생각해도이상했다. 월처럼 향 역시 본디 사내에겐 그 어떤 관심도 없었으나, 그녀는 어느 날 갑자기 나타난 사내와 한 기약을 잊지 않고 있었다.

"휘영. 과연 사흘 후, 나를 만나러 올까."

향이 나지막이 중얼거렸다. 그러자 그녀가 말하는 휘영이란 사람이 누구인지를 곰곰이 생각해보던 시녀 아이가 기억이 났다는 듯 되물었다.

"설마 전에 보았던 그 사내를 말씀하시는 겁니까?"

"그래. 언니에 대한 소식을 알려줄 유일한 자이니 꼭 만나야 하지 않겠어."

"아무리 그래도 어찌 아씨께서 신분조차 확실하지 않은 사내를 사사롭게 만나신다는 말씀이셔요."

"정하, 너만 입 다물고 있으면 되는 일이야."

"하지만……."

"아씨, 밖에 사람이 왔습니다."

향이 검지 손가락을 자신의 입술에 가져다 대며 신신당부를 하던 중, 집 안을 지키는 수족 중 한 명이 다가와 말했다.

"사람?"

"재상 어른을 만나고 싶다고 합니다."

"아버님은 황궁에 가셨는데. 내가 나가보아야겠구나."

향은 면경을 통해 얼굴과 머리의 상태를 확인하고 옷매무새를 정리한 뒤 밖으로 나섰다. 그녀가 밖으로 나가자, 수려한 옷차림의 무사 한 명이 향의 앞으로 다가왔다.

"백영호란 분을 만나고자 합니다."

"제 아버님이십니다. 무슨 일로 제 아버님을 찾으시는 겁니까."

"객주에 관한 일로 그분께 직접 전하라는 명을 받았기 때문에 답을 드릴 수 없을 것 같군요. 다음에 다시 오겠습니다."

"지금은 아버님께서 황궁에 가 계신 터라 집을 비우셨습니다. 제가 그분의 여식이니 제게 말해 주셔도 됩니다."

백 재상이 출타 중이라는 말에 사내는 발길을 돌리려 했다. 그러자 향은 그를 붙잡듯 급히 말을 이었다.

"또한 객주에 관련된 일이라면 제가 전반적인 책임을 맡고 있으니 더더욱 들어야겠습니다."

"……."

사내는 잠시 머뭇거리는 듯하더니 이내 다시 향에게 다가와 낮게 속삭였다.

"오늘 밤, 제운객주의 행수께서 뵙고자 하십니다."

"제운객주의 행수라면 진 행수 어른을 말씀하시는 겁니까."

"진 행수 어른이 아닌, 제운객주의 본래 주인께서 뵙고 싶다고 전하시면 아실 겁니다."

'제운객주의 본래 주인?'

향은 언젠가 그녀의 아버지에게서 제운객주의 주인이 장막에 쌓인 인물이라고 들은 적이 있었다. 진 행수 어른이라면 향도 알고 있는 사람이었다.

진 행수는 이따금씩 그녀가 백 재상을 대신해 다른 객주들에 들러 서로 필요한 물건들이 있는지 공유하고, 거래를 원하는 객상이 있는지 알아보며 친분을 쌓은 행수들 중 한 명이었다.

'그분이 왜 아버지를 만나고자 하는 것일까.'

행수 대 행수로서 만나고자 하는 것이라면, 이미 아버님께서 이곳의 재상이라는 것을 알고 있을 터이니 그럴 리는 없었다. 비록 아직 백문객주를 맡고는 있지만 아버님이 직접 나서는 경우 또한 거의 없었기에 더욱 아버님을 만날 연유가 없었다. 본래 주인이라는 분도 늘 그래왔듯 객주에 관련된 일이라면 진 행수 어른을 통할 것이었다.

그녀가 평소 알고 있던 제운객주의 행수가 아닌, 장막에 쌓인 본래의 주인. 향은 불현듯 호기심에 휩싸여 의미심장한 미소를 지었다. 그리고 조용히 답했다.

"알겠습니다. 아버님이 돌아오시면 그리 전하겠습니다."

*   *   *

"백영호의 사가에 기별을 넣었다고 합니다."

"그래. 백영호란 자가 누구인지는 알아보았느냐."

은후는 월의 청을 들어주면서 그녀가 만나고자 하는 백영호란 자에 대해 은밀히 알아볼 것을 지시했다. 그리고 그에 대해 알아온 은후의 수족이 고개를 끄덕이며 말했다.

"혹시나 하여 진 행수 어른께 여쭈어 보았더니 백문객주의 대행수라 하셨습니다. 또한 오로지 제운객주만을 통해 어마어마한 양의 제나라 약재를 사들이는 자라고 합니다. 해서, 다른 객주의 행수들보다 유독 친분이 깊다고도 하셨습니다."

진 행수는 은후 대신 제운객주를 운영하고 있는 사람이었다. 은후는 전에 진 행수를 통해 백문객주의 행수에 대하여 들은 적이 있었다. 그러나 월이 말하는 백영호란 자가 백문객주의 행수일 줄은 몰랐다.

"헌데 그자가 약재를 사들인다고?"

또한 은후는 지난 한 해 동안 제나라에서 그의 아버지의 뒤를 잇기 위한 준비를 하고 있었기 때문에, 백문객주 행수가 엄청난 양의 제나라 약재를 사들인다는 말은 금시초문이었다.

"예. 한 해 전부터 사들이기 시작했다 합니다."

"그 약재의 종류는 무엇이라고 하더냐."

은후는 백영호가 사들인 약재가 무엇인지 물었다. 제나라 약재는 매우 귀할 뿐만 아니라 값 또한 비싸서 쉽게 구하기 어려웠고, 그렇기에 이제껏 그렇게 많은 양을 거래해 온 사람은 드물었다.

"그것이…… 부자(附子)라고 합니다."

'부자. 다른 것도 아니고 하필 부자를 엄청난 양으로 사들인다…….'

은후의 눈이 반짝였다. 평소 많은 약재들을 생산하는 제나라의 특성상, 그는 약재를 접할 기회가 많았다. 그러다 보니 자연스럽게 약재에 관심을 가지게 되었고, 공부를 통해 그 약효까지도 알고 있었다.

백영호가 사들인 부자는 바꽃의 어린뿌리로, 몸을 데우고 기를 회복하는 데 효과가 있는 약재이지만 독성이 강하기 때문에 자칫하면 눈을 멀게 할 수 있을 만큼 위험한 약재이기도 했다. 그런 약재를 이상하리만치 과하게 사들이고 있다는 것을 이상하게 여긴 은후는 두 눈을 가늘게 떴다.

"함부로 쓰면 위험한 약재인데. 그자의 집안에 부자를 약재로 사용할 만큼 기력이 쇠한 사람이라도 있는 건가."

"헌데, 한 해 전 그자가 이곳 천나라의 재상이 되었다고 합니다."

"……!"

그가 잠시 생각에 잠긴 사이, 백문객주의 행수가 천나라의 재상이 되었다는 수족의 말에 은후는 두 눈을 번쩍 떴다. 은후가 더 말해 보라는 듯 수족을 뚫어져라 응시하자, 수족은 고개를 끄덕이곤 말을 이었다.

"백 재상이라 불리는 그자는 황후의 아비이자 천나라 황제의 장인으로, 천나라에 존재하는 두 명의 재상 중 한 명이었습니다."

"백 재상……. 천나라 황후의 아비라니. 월은 왜 그자를 만나고자 하는 거지."

백영호와 월과의 관계를 생각해 보던 은후의 머릿속에, 문득 전에 월과 함께 갔던 집에서 본 늙은 노인의 모습이 스쳐 지나갔다. 그리고 그 늙은 노인을 원망하는 눈빛으로 바라보던 월을 떠올렸다. 월은 아버지를 만나고자 한다 했다.

생각해 보니 그녀는 백영호라는 자와의 관계에 대해 아직 아무런 말도 해주지 않았다. 그녀가 제운객주의 주인 행세를 하면서까지 만나려는 사람 또한 그자였다.

그리고 백문객주의 행수였던 자가 천나라의 재상이 되었다……. 거기다 천나라 황후의 아비이자 황제의 장인. 그리고…… 백 월.

"가만."

그러고 보니 월의 성 또한 백씨였다. 은후는 천천히 두 눈을 감았다 떴다. 그녀와 함께 갔던 그 집의 주인 역시 높은 자리에 있는 인물이 분명했다. 또한 그녀가 만나고자 하는 인물이 천나라의 재상이라면.

그녀가 숨기고 있는 것이 설마……. 은후의 동공이 빠르게 흔들렸다.

'만나야 할 사람이 있습니다.'

'제가 도망치는 연유에 대해 물으셨지요. 살기 위해서입니다. 방금 본 사람이, 저를 어떤 곳에 가둬 두고 그곳에서 말라가도록 만든 장본인이지요.'

그는 설마 하면서도 그녀를 떠올리는 순간 하나하나씩 들어맞는 정황에 멍하니 허공을 바라보았다. 그녀가 말하는 '어떤 곳'은 과연 어디를 말하는 것이었을까.

"왜 그러십니까?"

"아니다. 알겠으니, 이제 넌 이만 가 보거라."

그러나 곧 월을 의심하길 그만두는 그였다. 그녀가 천나라의 황후일 리가 없었다. 한 나라의 황후가 어찌 지금 이곳에 자신과 같이 있을 수 있다는 말인가. 또한 백영호라는 자와 우연히 성씨만 같은 것일 수도 있었다. 또 자신이 본 늙은 노인은 백영호가 아닐 수도 있었다.

그는 속으로 제발 자신의 짐작이 틀리기만을 바랐다. 그리고 그녀 스스로 자신의 정체에 대해 밝힐 때까지 조금 더 기다려 보기로 했다. 혹 자신의 짐작이 사실이라 해도…… 그는 모른 척하고 싶었다. 정이라기엔 너무도 깊이 들어 버린 감정이, 그의 입을 무겁게 만들어 버렸기 때문이었다.

* * *

"폐하. 백 재상이옵니다."

"드시오."

한껏 어두운 얼굴을 한 백 재상이 황제의 앞으로 다가와 머리를 조아렸다. 황제는 제좌에 앉아 차가운 눈빛으로 백 재상을 가만히 응시하고 있었다. 백 재상은 황제를 힐끔 바라보곤 자신을 입궐시킨 목적을 듣기 위해 조심스럽게 물었다.

"폐하, 제 사가에 태감까지 보내시어 급히 저를 입궐시키신 연유가 무엇이옵니까."

"일전에 짐이 그대에게 입궐을 하라 리아를 통해 기별을 넣은 적이 있었는데, 어찌 아무런 소식이 없었소. 그대가 전날 조회를 마치고 바로 퇴궐해 버리는 통에 묻지 못하여 친히 천기전으로 부른 것이오."

"예……?"

백 재상은 리아를 통해 기별을 넣었다는 황제의 말에 숙였던 고개를 치켜들었다. 그리고 빠르게 두 눈을 깜빡이며 방금 황제가 한 말에 대해 곱씹어 보는 그였다.

'리아를 통해라니. 그럼 황후마마께서 나를 부른 것이 아니라 황제 폐하께서 나를 부르셨단 말인가!'

그제야 상황을 파악한 백 재상이 황제의 앞에 엎드려 호소했다.

"죽을죄를 지었사옵니다. 절대 황명을 거역한 것이 아니오라, 소신이 늙어 요즘 자꾸 가물가물하여……."

"늙어 그렇다는데, 짐이 이해해야 하지 않겠소."

황제는 그런 백 재상의 대답에 냉소를 짓고는 관대하게 답했다. 그러자 황제 특유의 가시 박힌 말투로 자신을 문초할 거라 예상했던 백 재상은 의아한 얼굴로 그를 바라보았다. 그리고 다시금 머리를 조아리며 외쳤다.

"화, 황은이 망극하옵니다. 폐하."

황제는 지금 감히 황명을 잊어버렸느냐고 그를 문초할 시간이 없었다. 백 재상을 통해 알아볼 것이 많았기 때문이었다. 그는 그간 백 재상을 조당에서 홍 재상과 맞붙는 것이 일상인 늙은 호랑이라고만 여겼었다.

그러나 황후를 비로 맞이한 뒤, 장인으로서 그를 만나 그녀에 대해 물었던 적이 없었다는 것을 깨달은 그였다. 그래서 그는 백 재상을 기다리며 어떤 것을 물어야 백 재상이 빠져 나갈 수 없는 답을 들을 수 있을지 생각해 놓았던 것이었다.

줄곧 불안에 떠는 표정인 그를 바라보던 황제는 이내 굳게 닫혀 있던 입술을 뗐다.

"내가 그대를 이리 부른 것은 황후에 대해 하문할 것이 있기 때문이오."

백 재상은 황제의 입술이 떨어지는 순간, 소름이 쫙 돋은 것을 느꼈다. 그리고 황제의 입가에서 흘러나온 황후라는 이름에 그의 얼굴이 사색이 되었다.

'황후에 대해 하문할 것이 있다니. 황제가 뭔가라도 알아차렸다는 것인가.'

엎드린 탓에 바닥을 짚고 있던 그의 손이 미세하게 떨리고 있었다. 황제는 그런 백 재상의 모습을 놓치지 않았다. 황후에 대한 이야기를 꺼내자마자 흠칫 놀라는 표정을 짓는 것을 보니 예상대로 백 재상에게 뭔가 있는 것이 틀림없었다.

이윽고 황제가 입매를 비틀었다. 가장 먼저 물어보아야 하는 것. 황후의 눈에 대해서였다.

"백 재상. 짐은 황후의 눈이 언제부터 멀게 되었는지, 그리고 그 연유는 무엇인지 궁금하군."

"……!"

백 재상의 입술이 파르르 떨렸다. 어떻게 해서든 대답을 해야 할 입술이 곱게 움직여지지가 않았다.

'갑자기 왜 월의 눈에 대하여 묻는 거지. 대체 왜?'

백 재상은 고개를 숙이고 눈동자를 이리저리 굴리며 황제의 의도를 파악하기 위해 노력했다. 등줄기를 타고 흐르는 식은땀이 그의 이마에서도 방울져 흘러내렸다.

'쉬이 대답하지 못하는 것을 보니 분명 켕기는 것이 있을 터.'

황제는 가만히 백 재상의 대답을 기다리고 있었다.

"말 못 할 사연이라도 있는 건가."

"그것이 아니오라……."

기다리다 못한 황제가 한마디를 건네자, 백 재상은 세차게 고개를 저었다. 어떻게든 대답을 해야 더 이상 의심을 사지 않을 수 있었다.

'이번 고비만 잘 넘기면 된다.'

백 재상은 두 눈을 감고 입술을 깨물었다.

파르르 떨리던 그의 입술이 메말라 허옇게 변했다. 입 안에 고인 침을 꿀꺽 삼킨 백 재상이 그제야 끝내 망설이던 입을 열었다.

"황후마마의 눈은……."

황제는 백 재상의 입가에서 흘러나오기 시작한 쉰 음성에 한쪽 눈썹을 치켜 올렸다. 그리고 그의 입술에 온 신경을 집중했다.

"한 해 전, 원인 모를 병을 앓고 난 뒤에 그리 되신 것이옵니다."

"……."

황제의 표정이 어두워졌다. 그리고 백 재상의 대답을 곱씹어 보는 그였다.

'원인 모를 병이라. 그것도 한 해 전에. 헌데, 왜 하필이면…… 한 해 전이었을까.'

황제는 뭔가 이상하다는 듯 눈썹에 힘을 주었다. 황후 간택이 있던 한 해 전에, 지금의 황후는 원인 모를 병에 걸렸다. 그리고 눈이 멀었음에도 황후가 되었다…….

황제가 깊은 생각에 빠진 사이, 백 재상은 황제가 눈치 채지 못하도록 조용히 안도의 한숨을 내쉬었다. 그리곤 불안한 표정으로 황제의 반응을 살피며 몰래 이마에 흐른 식은땀을 닦아냈다.

'황제……. 대체 무슨 생각으로 여태 관심도 없던 월의 눈에 대해 묻는 것이야.'

그러나 곧 그는 황제에게 말한 자신의 대답이 만족스럽다는 듯, 희미한 미소를 지었다.

'원인 모를 병이라는 데 그 원인을 찾지 않는 이상, 그럴듯한

대답이지.'

백 재상은 전에 홍 재상에게 둘러대었던 말을 다시 황제에게 써먹은 것이었다. 그때도 별 탈 없이 넘어갔으니 이번에도 황제가 더 이상 관심을 가지지 않는다면 적당히 넘어갈 수 있었다.

"헌데. 백 재상."

"……?"

두근거리던 심장을 겨우 진정시킨 백 재상이 황제의 부름에 물끄러미 고개를 들었다. 영문을 모른 채 자신을 바라보고 있는 백 재상의 눈빛에 황제는 차가운 미소를 머금었다.

'그 눈빛, 얼마나 오래갈지…… 두고 보면 알겠지.'

황후의 눈에 대한 의심을 가지기 시작하면서 황제는 줄곧 걸리는 것이 하나 있었다. 한 해 전으로 시간을 되돌려 보았을 때 자신은 분명, 연화를 잃고 실의에 빠져 있었다.

그러던 중 어느덧 거대한 자신만의 세력을 키워 가는 홍 재상을 억누르기 위해, 새로운 세력을 들이고자 황후를 간택하려고 했던 것이었다.

그러려면 황실일가가 아닌 다른 가문의 사람을 들이는 것이 나을 것 같았다. 그리고 많고 많은 천나라의 여인들 중에서 지금의 황후를 간택하게 된 것은 사실 이성적인 판단이 아니었다.

혹 백 재상은 황제 자신이 황후 간택 시, 무언가에 흔들릴 만한 여지가 있었다는 것을 알고 있었던 것은 아닐까. 그렇지 않고서야 아비 된 자로서 눈이 먼 여식을 쉬이 황궁으로 보냈을 리가 없었다. 황제는 백 재상을 유심히 바라보았다. 그리고 다시 말을 이었다.

"짐이 황후를 간택할 때, 눈이 먼 황후를 들일 거라는 것을…… 혹 예상이라도 했던 것이오."

"폐하, 무슨 말씀이십니까. 당치 않사옵니다!"

백 재상의 숨이 턱 막혔다. 마치 자신의 목에 날카로운 검의 날이 닿을 듯 말 듯 대어져 있는 것만 같았다.

황제는 날카로운 눈빛으로 백 재상을 바라보았다. 자신이 눈 먼 여인을 황후로 간택할 것임을 예상하지 않았더라면, 백 재상이 지금의 재상 자리에 앉아 있을 가능성은 희박했다. 홍 재상의 추천이 없었더라면 천나라의 이름 있는 가문들 틈에서 지금의 황후가 최종 후보에 오를 수조차 없었을 것이다.

하지만 황제인 자신에 대해서 까마득히 몰랐을 백 재상이, 뭔가를 예상하고 일을 꾸몄다고 보기에는 너무 앞서 나간 것일지도 몰랐다. 그러나 묘하게도 겹치는 부분이 많았다. 금혼령이 내려진 한 해전, 황후는 원인 모를 병에 걸렸고 눈까지 멀었다.

그리고 그는 어떻게든 한 명을 골라야 했다. 처음에는 연화를 잃은 슬픔에 그 어떤 여인도 눈에 들어오지 않았다. 그러나 마지막 선택의 순간, 최종 간택을 앞두고 있는 세 명의 여인들 중에서 초점 없는 눈빛으로 허공을 응시하고 있는 황후가 눈에 들어왔다.

'그리고 나는…… 눈이 멀었던 연화의 아비가 생각나, 이끌리

듯 지금의 황후를 간택했다.'

어느 날 갑자기 눈이 먼 아비 때문에 연화는 고통스러워했다. 그리고 그를 돌보는 것이 일상이 되어버렸다. 황제는 언제나 그런 연화를 측은하게 생각했다. 그래서였을까. 눈이 먼 황후를 본 순간 말없이 그녀를 황후로 받아들인 것은.

문득 황제의 동공이 흔들리기 시작했다. 되돌아보니, 연화의 아비 또한 어느 날 갑자기 눈이 멀었다 하였다. 그리고 연화가 죽은 뒤, 그녀의 아비 또한 얼마 지나지 않아 아사(餓死)했다는 소식과 함께 려운이 넋이 나간 얼굴로 자신을 찾아온 것이 떠오른 그였다.

'어느 날 갑자기 눈이 먼 홍가의 수장. ……그리고 원인 모를 병에 걸려 눈이 먼 황후. 이들 사이에 뭔가 연관이 있다는 건가.'

황제는 서서히 그동안 품어 왔던 의문의 조각들이 맞춰져 가자, 믿을 수 없다는 듯 허탈한 웃음을 지었다.

*　　*　　*

"아무래도 불안해."

퇴궐을 하던 백 재상은 자신의 한마디에 무언가를 깊이 생각하듯 어두워진 황제의 표정이 뇌리에서 잊히지가 않았다.

가마를 타고 그의 집으로 돌아가면서도 백 재상은 여전히 의아해했다. 황후마마께서 납치되었다고 다들 우왕좌왕하는 판국에, 황제는 왜 갑자기 황후의 눈에 대해 묻는 것인지 이해가 가지 않았다.

"황후마마를 도대체 어떤 자가 납치했단 말이야……."

백 재상은 이를 반쯤 악물고 중얼거렸다. 황후가 사라진 바람에 황제에게 추궁까지 당하고, 재상의 자리까지 위험해졌다.

허나 아무리 생각해 보아도 앞뒤가 맞지 않는 것이, 그 또한 수상한 일이었다. 황후마마께서 납치될 동안 아무도 몰랐다는 게 말이 되나. 그리고 그것을 알린 사람은 바로 황제 폐하…….

궁 내부인의 소행일 거라고 생각은 했지만 황제 폐하가 그런 일을 꾸밀 리가 없었다. 은밀하게 황후를 폐해 버리려는 생각이 아니라면…….

"……!"

'혹 내가 모르는 뭔가가 황제와 황후 사이에 있었던 것은 아닌가. 아니면 그사이 홍 재상과 은밀한 결탁이라도?'

백 재상은 그제야 하나둘 풀리는 의문에 덜컥 겁이 나기 시작했다. 그간 보아 왔던 황제 폐하라면 그럴 리가 없었지만, 황제의 곁에 있는 홍 재상이 바람을 불어넣고 모른 척 일을 꾸민 것이라면 또 달랐다.

눈이 먼 것에 대한 연유를 물어보는 것을 보면, 뭔가 꼬투리를 잡아서 황궁에서 내치려던 속셈이었을 수도 있었다.

"흐음……. 아니야. 그럴 리가 없어. 허수아비 황후는 지금으로도 충분한데."

백 재상은 이내 고개를 도리질 했다. 하지만 그러면서도 여전히 가시지 않는 불안감에 더욱 빨리 황후를 찾아야겠다는 생각밖에는 들지 않았다.

"재상님, 사가에 당도하였사옵니다."

어느덧 해가 기울어 어둑어둑해진 하늘을 아래 백 재상을 태웠던 가마가 멈추어 섰고, 백 재상은 가마에서 내려 집 안으로 들어섰다.

"아버님, 돌아오셨습니까."

향은 기다리고 있었다는 듯 백 재상이 집 안으로 들어서자마자 그를 맞이하러 뛰어나왔다.

"그래. 피곤하니 쉬어야겠구나."

백 재상은 당장 생각할 거리가 많았기에 어서 들어가 마음의 안정을 되찾고 싶은 마음뿐이었다. 그러나 향은 그런 백 재상의 앞을 가로막고는 그의 안색을 살피며 말했다.

"저, 아버님. 낮에 아버님을 만나고 싶다는 기별이 왔었습니다. 제운객주에서요."

"제운객주?"

"예. 오늘 밤, 제운객주의 본래 주인께서 아버님을 뵙고자 하십니다."

"제운객주의 본래 주인이라니. 진 행수가 아닌 다른 사람이라는 말이냐?"

"아버님께서 전에 말씀해 주셨던, 장막에 싸인 제운객주의 진짜 주인 말입니다."

"……!"

백 재상은 놀란 눈으로 한동안 향을 응시했다. 진 행수라면 평소 약재의 거래 때문에 자주 만나곤 했지만 본래 주인이라니.

막연히 제운객주의 진짜 주인이 따로 있다는 것은 알고 있었지만 왜 그자가 갑자기 자신을 만나고자 하는 것인지 백 재상은 감이 잡히질 않았다.

"알겠다."

그는 수염 끝을 가다듬고는 안으로 발걸음을 옮겼다. 향은 멀어져 가는 백 재상의 뒤에서 입술을 삐죽이며 나지막이 중얼거렸다.

"가마 준비해 놓을게요."

*　　　*　　　*

"여기 계셨습니까."

제운객주의 후원에 나가 어두워진 하늘 사이로 떠오른 달을 바라보고 있던 황후의 곁으로 은후가 다가와 물었다.

별이 보일 만큼 완전히 어두워지지 않았던 것인지, 희미한 달빛만이 하늘을 화폭 삼아 은은하게 번지고 있었다.

"아무래도 긴장이 좀 되었나 봅니다."

황후가 달에서 시선을 떼지 않으며 조용히 답했다. 아버님을 만나길 기다리는 마음이 초조하면서도 싱숭생숭했다.

해가 졌어도 아직은 봄이라는 생각에 겉옷을 걸치고 나오지 않았더니 어깨가 살짝 떨려왔다. 황후는 말없이 옷깃을 여미곤 고갤 돌려 자신의 옆에 서 있는 은후를 바라보았다.

그리고 그녀가 고개를 돌리는 순간 그녀의 긴 머리카락이 부드럽게 바람에 휘날렸다. 머리카락은 그녀의 흰 볼을 감싼 뒤 가녀린 어깨 위로 살포시 내려앉았다.

"……!"

꽃향기를 실어온 봄바람 덕분이었는지, 황후에게서 나는 은은한 향 때문이었던 건지…… 어디선가 향긋한 꽃내음이 은후의 코끝에 감돌았다.

은후는 예고 없이 다가온 이 아득함에 취하고 싶었다. 그러나 자신이 방금 알게 된 사실이 머릿속에서 떠나가질 않고 있었다. 그는 겨우 마음을 가다듬고 황후에게서 시선을 돌리며 나지막이 말했다.

"무언가를 기다리는 사람은 그럴 수밖에 없는 법이지요. 그 무언가가 간절할수록, 손에서 놓치게 될까 불안해지니까요."

그의 이야기였다. 월의 정체에 대해 짐작을 하고 있으면서도 그것을 온전히 알게 될 날을 기다리는 자신의 심정이, 본인도 모르게 입 밖에 흘러나온 것이었다.

언제 이렇게까지 간절해져 버렸나. 은후가 피식 웃었다. 어쩌면, 그녀를 손에서 놓치게 될까 봐 불안한 건 정작 자신이었는지도 몰랐다.

"그렇군요."

그런 은후의 마음을 알 리 없는 황후는 다시금 밤하늘을 올려다보며 답했다. 독한 마음을 먹고 여기까지 왔지만, 여태 움츠리고 살아 왔던 자신의 모습이 하루아침에 변할 수 없다는 것을 그녀도 잘 알고 있었다.

겉으로는 한없이 차가운 척을 하고 가시로 몸을 휘감았어도, 그것은 다가오지 말라는 일종의 경고였을 뿐이었다.

그러나 이제는 달랐다. 황후 자신이 직접 아버님을 만나러 다가가야 했다. 그리고 은후의 말처럼 이 순간이 물거품처럼 사라져 버릴까, 한편으로는 불안했다. 지금 이 순간이 혹 너무도 간절한 마음이 만들어낸 허상은 아닐까 끊임없이 의심하기도 했다.

하지만 너무도 멀리 와 버린 것을. 이제는 더 이상 물러날 곳 없는 벼랑 끝에 서 있는 것과 다름없었다. 절벽 아래로 떨어지지 않으려면, 앞을 가로막고 있는 자를 넘어서야만 했다. 그것이 그녀가 살아남을 수 있는 유일한 길이었다.

"자."

그때, 은후가 자신의 겉옷을 벗어 그녀에게 덮어 주었다. 황후는 자신의 어깨를 감싸는 따뜻한 온기에 깜짝 놀라 두 눈을 떴다.

"아프면, 모든 계획이 틀어지게 되는 것입니다."

은후가 씨익 웃으며 말했다. 황후는 자신의 어깨 위에 얹어진 그의 옷을 물끄러미 바라보았다. 언젠가 천 우도 자신에게 옷을 덮어준 적이 있었다. 그 겉옷이 아니었다면, 자신은 지금 이 자리에 없었을 것이었다.

"참……."

황후는 뭔가 생각이 났다는 듯 아랫입술을 물었다. 천 우의 겉옷이 어디 갔는지 기억이 나질 않았다. 생각해보니 제운객주에 오기 전부터, 천 우의 옷을 본 기억이 없었다.

'잃어버렸나.'

그녀가 옅은 한숨을 쉬며 천 우의 옷을 떠올렸다.

'꼭 돌려주어야 하는 것인데……. 어디서 잃어버렸을까.'

"월."

그녀가 미간을 좁히곤 천 우의 옷에 대한 행방을 고민하던 사이, 은후가 그녀를 불렀다. 황후가 그를 바라보자, 은후는 자신의 품안에 있던 단도를 꺼내 들어 보이며 해맑게 웃었다.

"긴장을 잊는 법이 하나 있는데, 한번 도전해 보시겠습니까."

"……?"

그녀가 영문을 모르겠다는 듯 여전히 은후를 응시하고 있자, 은후는 피식 웃으며 단도를 황후의 손에 쥐여주었다.

"수련을 하는 것입니다."

"수련이라니요."

황후는 또다시 시작된 은후의 엉뚱한 행동에 옅은 한숨을 쉬며 물었다. 그리고 자신에 손에 쥐어진 단도를 물끄러미 바라보는 그녀였다.

"그 검을 제게 휘둘러 보십시오."

"네……?"

"그대가 공격을 하면, 내가 방어를 하는 걸로."

은후는 황후에게서 두 걸음쯤 물러나 적당한 거리를 두고 그녀와 시선을 맞췄다.

"상처라도 입으면 어쩌려고 그러시는 겁니까. 위험하니, 그만두시지요."

황후는 어이없다는 듯 검을 내려놓으려 몸을 굽혔다. 그리고 은후는 그런 황후를 멈칫하게 만들었다.

"강해지고 싶다 하지 않았습니까. 수련을 통해 정신을 가다듬는 것 또한, 강해지는 법의 일부입니다."

은후의 말에 황후는 문득 쥐고 있던 단도를 가만히 응시했다. 그리고 어느새 다가온 은후가 단도를 쥐고 있는 황후의 손목을 붙잡아 자신의 목 가까이로 가져갔다.

"……!"

황후는 당황한 눈빛으로 은후를 바라보았고, 은후는 그녀와 마주친 두 눈에 시선을 고정한 채 낮게 말했다.

"누군가 목에 검을 들이대면,"

날카로운 칼날이 달빛에 의해 반짝였다. 황후는 긴장한 얼굴로 선홍색 입술을 달싹였다. 은후는 곧 방심한 황후에게서 단도를 낚아채 들고는, 몸을 틀어 황후의 뒤에서 그녀의 어깨를 단단히 감싸 안았다. 그리고 그 순간, 기분 좋은 떨림이 그녀를 감싸고 있는 팔에서부터 심장까지 오롯이 전해졌다.

"이렇게."

은후가 의미심장한 미소와 함께 말했다. 그러자 곧 서늘한 기운이 황후의 목 주위를 감돌았다. 황후는 떨리는 눈동자로 그녀의 목 아래에 닿아 있는 칼날을 바라보았다. 은후가 뒤에서 자신이 움직이지 못하도록 감싸 안고는, 목에 단도를 겨누고 있던 것이었다.

"이렇게…… 방어하면 되는 것입니다."

아슬아슬하게 닿아 있는 칼날에 한껏 긴장한 그녀의 귓가로, 그녀를 감싸 안은 은후의 목소리가 울려 퍼졌다. 따뜻한 그의 숨결이 그녀의 볼에 닿았다.

"어서 놓지 못하겠습니까."

황후가 차갑게 말했다. 수련을 하자고 하더니, 지금 이게 무슨…….

은후는 한껏 긴장한 얼굴을 하고 있는 황후를 보곤 픽 웃었다. 가끔 그녀가 흐트러지는 모습을 보는 것은 꽤 즐거운 일이었다. 그래서 더 놀리고 싶어지는 것일지도 몰랐다. 이렇게 해서라도 긴장을 풀어 주려던 것인데. 아무래도 실패한 건가. 그가 입매를 비틀었다.

놓아 달라는 말에도 한동안 그 자리에서 꿈쩍 않는 은후의 행동에, 어느덧 황후의 얼굴이 붉게 달아올랐다. 그녀는 한숨과 함께 두 눈을 질끈 감았다. 그리고 문득, 그녀에게 다가온 낯선 감정이 그녀의 심장을 두드렸다.

붉어진 얼굴로도 모자라, 서서히 두근거리기 시작한 심장에 황후는 감았던 두 눈을 떴다. 그녀가 자신의 감정을 확인한 순간부터, 두근거리던 심장은 점점 더 빠르게 뛰기 시작했다.

그러나 황후는 분명 자신의 심장이 뛰는 연유가 그가 목에 겨눈 단도 때문이리라, 끊임없이 되뇌었다.

"긴장이 좀 풀렸습니까."

은후는 그런 그녀의 마음을 아는지 모르는지, 여전히 황후를 끌어안은 채 그녀의 귓가에 속삭였다. 그리고 단도를 바닥에 툭 떨어뜨리는 그였다. 황후는 그제야 숨이 막힐 듯 위태로웠던 긴장의 끈을 놓으며 날카롭게 말했다.

"긴장이 풀리게 생겼습니까. 제 목에 검을 대시……."

"……!"

그리고 또다시 황후의 눈이 커져 버렸다. 단도를 떨어뜨린 나머지 한 쪽 팔로, 뒤에 서 있던 그가 온전히 그녀를 끌어안은 것이었다. 황후 못지않게 빠르게 뛰고 있던 은후의 심장박동이 더욱 가까이 그녀의 등을 타고 전해졌다.

수련한다는 명목으로 그녀를 끌어안은 순간, 그를 아득하게 만들어 버린 꽃내음이 그의 이성을 흔들리게 만든 것이었다. 달빛 아래 단 둘뿐인 공간에서, 은후는 자신의 넓고 단단한 가슴에 그녀를 온전히 품어 버렸다.

이내 그가 고통스럽다는 듯 미간에 힘을 주었다. 어디까지나 청을 들어주는 것일 뿐이라고 되뇌면서도, 그 이상으로 그녀에게 점점 더 가까이 다가가고 싶은 마음이 그의 머릿속을 헤집고 있었다.

시간이 멈춘 듯 고요한 정적 속, 은후는 가슴 속 깊은 곳에 담아 두었던 한마디를 토해내듯 두 눈을 감은 채 신음했다.

"나한테서는; 도망치지 마."

황후는 그 자리에서 얼어붙었다. 그리고 자신이 잘못 들은 것은 아닌지 두 눈을 깜박이며 귀를 의심했다. 몸을 빼내려고 해도 꼼짝할 수 없게 만드는 은후의 강한 힘에 옴짝달싹할 수조차 없었다.

갑자기 은후가 자신에게 왜 이러는지 알 수가 없었다. 그새 정이 깊어진 탓일까. 아니면 그 또한 누군가가 그의 곁을 떠났던 상처가 있었던 것일까. 그녀가 마른 침을 넘겼다.

"……."

예전 같았으면, 또다시 화를 내고 그를 밀쳐내려 발버둥 쳤을 것이었다. 그러나 황후는 곧 그러길 그만두었다. 그의 고통스러운 음성에서 황제의 목소리가 겹쳐 들려왔기 때문이었다. 자신에게 도망치지 말라고 말하는 은후의 한마디가, 너무도 슬프게 들렸다. 황후는 자신을 끌어안은 채 가늘게 떨리는 은후의 손을 말없이 응시했다. 그리고 조용히 답했다.

"도망치지 않습니다."

이윽고 은후의 팔의 힘이 스르르 빠져나갔다. 그러자 황후는 그의 팔을 걷어내고 그에게서 한 발자국 떨어졌다. 그리고 그를 돌아보지 않은 채 그대로 앞으로 걸어가며 말했다.

"지금쯤이면 객주에 손님이 오셨을 것 같으니 먼저 들어가 보겠습니다."

그의 말처럼 아주 잠시 동안은, 아버님에 대한 긴장을 잊을 수 있었다. 그러나 또 다른 방식으로 그녀의 몸은 딱딱하게 얼어붙었다. 은후의 품에 안긴 뒤로 여전히 뛰고 있는 심장은 그녀를 당혹스럽게 만들었지만, 지금은 지나가는 감정에 흔들릴 여유가 없었다.

은후는 자신 때문에 그녀의 어깨 위에 반쯤 걸쳐진 채 떨어질 듯 말 듯 하는 겉옷을 제대로 여며 주려 손을 뻗었지만 조용히 다시 떨구었다. 그리고 엷은 미소를 지었다.

"그간 많이 강해지셨군요."

그의 미소 사이로 쏠쏠함이 묻어났다. 감정에 휘둘리고, 무조건 방어하는 법밖에는 모르던 여인이 이제는 한 걸음 물러서고 있었다. 그리고 자신의 행동을 어떤 의미로 받아들인 것인지 내색조차 하지 않았다.

은후는 바닥에 떨어뜨린 자신의 단도를 집어 들었다. 그리고 멀어져가는 그녀의 뒷모습을 응시했다. 그녀를 도우면서 함께 보내는 시간이 너무도 자연스러워졌다. 그도 때가 되면 그녀가 떠날 거라고 예상은 하고 있었다. 그러나 언제부터인가 그녀가 떠나는 것에 대한 두려움이 커져 버렸다.

그녀와 있는 시간이 즐거웠고, 운명일지도 모른다고 생각했다. 방랑하는 자신의 삶 속에 깊숙이 들어와 버린 도망자 여인이. 그래서 그녀의 정체를 짐작한 순간부터 오히려 그는 더욱 조바심이 났다.

"그댄, 내가 붙잡을 수 없는 사람일지도 모르니까……."

은후는 단도를 꼭 쥐었다. 은후의 단도는 제나라의 황태자에게만 내려오는 귀한 물건이었다. 그녀가 그 뜻을 알 리가 없겠지만, 그 검을 내보였다는 것은 이미 은후 자신의 정체를 밝힌 것이나 다름없었다.

＊　　　＊　　　＊

　―재상님. 어서 황후마마를 내어주시지요.

　―그게 무슨 소리인가?

　―다 알고 왔습니다. 재상님께서 황후마마를 궁에서 빼돌린 것이 아닙니까. 황제 폐하께서 우리더러 은밀히 황궁 내부의 다른 대신들을 살펴보라 하셨습니다. 그리고 황후마마를 찾는다면 다시 상서직으로 복귀시켜 주겠다고 약조까지 하셨사온데…….

　―말도 안 되는 소리! 나 또한 지금 황후마마를 찾고 있

거늘, 그대들이 감히 나를 의심하는 것인가?

─그것이 아니오라, 황후마마를 궁 밖으로 빼돌릴 만한
분은 홍 재상님밖에는 없다고 생각하여……. 백 재상은 죽
어도 그럴 자가 아니질 않습니까.

"은밀히 황궁 내부의 다른 대신들을 살펴보라 하셨다……."

홍 재상은 전에 다녀간 세 명의 상서들의 말을 떠올리며 자신
의 방 안을 서성이고 있었다. 상서들은 퇴궐하자마자 득달같이
자신의 집으로 달려와 황후마마를 내어 달라고 말했다.

그러나 영문을 모르는 홍 재상이 호통을 치자, 상서들은 풀이
죽은 얼굴과 함께 자신들에게 내려진 황명을 읊은 것이었다.

"황제……. 혹 황궁 내부의 은밀히 주시해 볼 만한 대신이 이
사람이라 의심하고 계신 것은 아닙니까."

황제가 언제 자신 모르게 상서들을 불러 모아 은밀히 명을 내
렸는지, 홍 재상은 기가 찼다. 어찌 되었든 자신의 사람들인 세
명의 상서들을 다시 조정에 복귀시키려면 어떻게든 황후를 찾아
내야 하긴 하는데…….

백 재상보다 먼저 황후를 찾기 위해 천나라 도성을 이 잡듯 뒤
졌지만, 끝내 그녀를 찾을 수 없었다. 만일 황후가 정말 납치를
당한 것이라면, 납치한 자가 모습을 드러내지 않는 이상 쉽게 찾
을 수 없었다.

"흐음."

그리고 문득 홍 재상의 머릿속에 국영이 했던 말이 스쳐 지나
갔다.

'분명 황후마마께서 혼자 사라지셨습니다. 그분의 눈이 먼 것
이 사실입니까?'

"허면……."

만약 황후의 눈이 보인다고 가정한 뒤, 그녀 스스로 도망쳤다
고 생각한다면…… 엉켜 있던 실타래가 아주 간단하게 풀어졌
다. 홍 재상이 고개를 번쩍 들었다.

"그럴 리가 없는데. 백 재상이 시키는 대로 잘만 했다면 그럴
리가 없어……."

눈이 보이지 않는 황후가 혼자 사라진다는 것은 있을 수 없는
일이었다. 그러나 아무래도 의심스러운 것은 사실이었다. 황제
가 주장하는 것처럼 누군가에 의한 납치라고 보기엔 어딘가 엉
성한 구석이 있었다. 또한 누군가 황후를 납치했다면, 곧 스스로
요구 사항을 들이대며 모습을 드러냈을 터. 하나 깜깜무소식이
었다.

홍 재상은 곧 머리가 아프다는 듯 눈살을 찌푸리곤 입매를 비
틀었다.

"뭐, 상관은 없지. 황후의 눈이 보이든 보이지 않든 내가 먼저
찾아내면 되니까. 이젠 백 재상 놈도 주인을 물려는 개가 되어버
렸으니……."

홍 재상이 황후를 찾는 목적은 따로 있었다. 그는 황후를 먼

저 찾아내 백 재상을 겁박하고 황후가 스스로 폐후되게 한 뒤, 입막음을 위해 둘 다 쥐도 새도 모르게 없애 버릴 생각이었다. 여태 그래 왔던 것처럼, 하나씩 하나씩 그의 길에 걸림돌이 되는 것이 있다면 거침없이 쳐낼 요량이었다.

그리고 때마침 슬슬 황제와 백 재상이 거슬리기 시작했다. 그래서 애초에 황제를 미쳐 버리게 만드는 방법을 찾았고, 재연을 이용해 그를 흔들어 놓았다. 그런데 백 재상까지 주제를 모르고 설쳐대니, 여차하면 재연을 새로운 황후로 만들어 버리려던 계획 또한 수면 위로 드러나 버릴지도 모를 일이었다.

사병들까지 동원해 황후를 찾고는 있으나 백 재상 또한 그럴 터였다. 헌데 아직 궁 안에 기별이 없는 것을 보면 백 재상도 황후를 납치한 자에게서 아무런 소식을 듣지 못한 것이 분명했다.

이내 홍 재상은 비열하게 웃었다. 재연도 황후가 사라졌다는 것을 알고 있을 테니 그에 따른 준비를 하고 있겠지. 괜히 연화와 똑같이 생긴 아이를 데려온 것이 아니었다. 황제가 아무리 황후를 찾기 위해 갖은 노력을 하고 있는 중이더라도, 늘 그랬듯 다시금 연화와 닮은 그 아이에게 흔들리게 될 터.

연화를 잃고 시름에 잠긴 그에게 황후라는 새로운 여인이 다가와 메마른 땅을 적셔 주었다면, 재연 또한 불가능한 일은 아니었다.

이제 황후보다 재연을 자주 보게 되고, 재연 또한 황제에게 다가간다면 황후는 어느새 황제에게 자연스럽게 잊힐 수 있었다.

그것을 노리고 그 아일 입적시켰고, 재연 또한 그 역할을 잘 수행하고 있었다.

"드디어 때가 왔군."

그는 음흉한 미소와 함께 다음 날이 밝기를 기다렸다.

제6장

진실(眞實)

"오셨습니까."

제운객주의 차인이 객주의 입구에서 백 재상을 맞았다. 백 재상은 수려한 옷차림으로 가마에서 내렸다. 그의 집에서 객주까지의 거리가 꽤 되었기에 쉴 틈이 없이 옷만을 갈아입고 바로 출발한 것이었다.

사실 감히 한 나라의 재상을 오라 가라 한다는 것이 묘하게 기분이 나쁜 일이었지만, 자신이 이곳과 거래하는 동안 단 한 번도 모습을 드러내지 않았던 제운객주의 진짜 주인이 만나고자 했다는 말에 얼굴이나 보자는 심산이었다.

게다가 넉넉히 쟁여 놓아야 할 약재도 떨어져 갔기에 제운객주에 한 번 들러야 했다. 꼬리를 밟히지 않기 위해선, 약재를 거래하는 것만큼은 그가 직접 해야 했기 때문이었다.

"이쪽으로 오십시오."

객주의 차인은 고개를 숙이고는 그를 안으로 모셨다. 백 재상은 헛기침과 함께 저벅저벅 제운 객주 안으로 들어섰다.

'저자가 백영호.'

후원에서 객주 안으로 돌아오던 은후가 어두운 곳으로 몸을 숨기며 백 재상을 유심히 바라보았다. 언뜻 비춰진 불빛에 드러난 백 재상의 얼굴을 본 은후의 얼굴이 딱딱하게 굳었다.

'저자는 전에 월과 함께 갔던 대갓집에서 본…… 그 늙은 노인.'

그리고 은후는 그제야 전에 황후가 했던 말이 떠올랐다.

―전 어서 제 사가로 가야 합니다.

'그 집이 월의 사가라면…….'

이윽고 믿고 싶지 않았던 진실이, 그에게 성큼 다가왔다.

'천나라의 재상이, 그녀의 아버지였다니.'

아닐 거라고 믿었던 우연은 사실이었다. 은후는 현실을 도피하듯 한 손으로 자신의 이마를 감싸 쥐었다. 그녀가 살기 위해 도망쳤다는 곳은 황궁이었단 말인가. 그리고 그곳에 가두고 그녀가 말라가도록 만든 사람이 황제의 장인인 백영호라면.

은후가 쓴웃음을 지었다.

'그렇다면 그녀의 정체는…….'

천나라 황제의 비.

'천나라 황후.'

*　　　*　　　*

"오셨습니까."

백 재상이 객주 안에 마련된 방 안으로 들어서자, 낯익은 누군가의 음성이 그의 귀에 꽂혔다. 그러나 목소리의 주인은 확인할 수 없었다. 뭔가 이상하다는 것을 느낀 그는 주위를 두리번거렸다.

이내 방 안 한가운데 놓인 거대한 탁자의 반을 가른 넓은 발이, 그의 눈에 들어 들어왔다. 그리고 그것은 그가 들어선 방 입구의 정면에 걸려 있어 그 뒤에 있는 자의 얼굴을 볼 수가 없었다.

미간을 찌푸린 백 재상은 발걸음을 옮겨 앞에 마련된 탁자 앞에 앉았다. 그는 발 너머에 있는 자가 누구인지 알아내기 위해 두 눈을 가늘게 떴다. 사람의 형체는 보일 정도였으나 촘촘하게 짜인 발 때문에 얼굴을 알아볼 수는 없었다. 그러나 목소리를 듣고 짐작하건대 맞은편의 인물은 여인이었다.

'제운객주의 주인이 여인이었다니.'

백 재상은 의외라는 듯 한쪽 눈썹을 치켜 올렸다. 그리고 목소리 또한 어디선가 많이 들어본 목소리였다. 굉장히 낯이 익었다.

처음엔 진 행수가 이곳의 주인인 줄 알았지만 실제 우두머리는 따로 있다는 소릴 들었을 때부터 백 재상은 그자가 누구일지 항상 궁금했다. 다른 객주들에서는 구할 수 없는 약재를 오직 제운객주에서만 거래할 수 있었기에 이곳 주인의 영향력이 대단하다고 생각했기 때문이었다.

'오랜만입니다. 아버님.'

한 해 만에 제대로 다시 백 재상을 마주하게 된 황후는 만감이 교차했다. 그녀 또한 자신의 앞에 쳐진 발 때문에 그의 얼굴을 제대로 볼 수는 없었지만, 느낌만으로도 그가 자신의 아비임을 알 수 있었다.

백 재상은 크흠, 걸걸해진 목소리로 둘 사이에 흐르던 정적을 깼다.

"제운 객주의 본래 주인께서 여인일 줄은 꿈에도 몰랐습니다."

황후는 냉소를 지었다. 이윽고 그녀의 눈빛이 싸늘하게 변했다. 더 이상 두려움에 떨지 않으리라 다짐하며 그녀는 탁자 아래 자신의 치맛자락을 꽉 쥐었다. 그리고 최대한 자신의 본래 목소리를 들키지 않으려 낮게 말했다.

"모두들 그리 생각하지요. 이리 저의 객주에 어려운 발걸음 해주셔서 감사합니다."

누구든 아버지라면 자기 여식의 목소리는 알아볼 것이 뻔했다. 하지만 그녀는 한 해 동안 그와 대화를 나눈 적이 없었으니 쉽게 알아보기엔 어려울 거라 믿었다.

백 재상은 뭔가 낯익은 목소리라는 생각이 들긴 했으나 이내 그 의심을 거두었다. 그간 모습을 드러내지 않았던 제운객주의 주인과 만난 적은 이번이 처음이니, 그녀의 목소리를 들어보았을 리가 없었다.

'사람을 불러다 앉혀 놓고는 여전히 얼굴을 공개하지 않으려는 것은 또 무슨 심보인지.'

그리고 불편한 기색을 애써 감추며 온화한 미소를 짓고는 말했다.

"어려운 발걸음이라니요. 제운객주와 오랜 연을 맺고 있을 뿐만 아니라 약재 또한 마침 떨어져 가기에 겸사겸사해서 온 것입니다."

'약재……?'

그녀는 그간 백 재상이 약재를 거래하고 있는지 몰랐다. 황후는 혹 그간 먹었던 탕약과 관련이 있을지도 모른다는 생각에 평정심을 유지하며 여유롭게 물었다.

"제운객주에서 약재를 거래하고 계셨군요. 댁에 아픈 사람이라도 있는 것입니까."

'객주의 주인이라더니, 물건의 거래 내역에 대해선 관심도 없다는 것인가.'

그녀의 물음에, 백 재상이 이상하다는 듯 자신의 턱을 어루만지며 의심의 눈초리와 함께 대답했다. 백 재상은 제운객주의 주인이 장막에 싸인 인물이라고는 했으나, 모습을 드러내놓고는 여전히 얼굴을 가리고 있는 연유가 무엇인지 궁금했다.

"흐음, 꽤 많은 약재를 거래하고 있었는데 모르셨다니. 진 행수에게서 듣지 못하셨나 보군요. 집안의 제 여식에게 꼭 먹여야 하는 탕약에 쓰는 것입니다."

'그간 내게 주던 탕약이…… 이곳 제운객주에서 거래한 약재였다니.'

황후는 자신의 예상이 맞자 두 눈을 날카롭게 빛냈다. 그리고 문득 백 재상이 자신을 의심하고 있다는 느낌이 든 그녀는 정신을 바짝 차리고 다시금 여유롭게 답했다.

"사실 지난 한 해 동안 다른 나라에 가 있다 얼마 전에 천나라에 당도한지라, 아직 제운객주의 사정에 밝지 못합니다. 그래서 우리 제운객주와 가장 깊은 연을 맺고 계시다는 백문객주의 대행수를 가장 먼저 만나고자 하였습니다."

실제 은후의 상황을 이용한 것이었다.

그럼 그렇지. 백 재상은 그럴듯한 그녀의 대답에 그제야 수긍하듯 천천히 말을 이었다. 그리고 어깨에 힘을 주고는 씨익 웃으며 말했다.

"그랬군요. 그간 많은 일이 있었지요. 아시는지는 모르겠지만 제가 이 나라의 재상이 되었습니다. 지금은 약재 거래 이외엔 제

딸아이에게 백문객주를 맡기고 물러난 상태이지요."

'향이 백문객주를……? 천나라의 재상까지 되신 분이 어째서 아직도 객주를 운영하고 계신 거지.'

황후는 이해할 수 없다는 표정을 지었다. 자신이 황궁에 있는 동안 몰랐던 사실이 하나둘씩 드러났다. 그러나 곧 처음 듣는 말이라는 듯 입가에 미소를 띠며 말했다.

"그간 천나라의 재상이 되셨단 말입니까. 감축드릴 일입니다."

그리고 미소를 짓고 있는 그녀의 얼굴 뒤로, 등줄기를 타고 식은땀이 흐르고 있었다. 한시도 긴장의 끈을 놓아선 안 되었다. 황후는 어조의 변화 없이 목소리에 최대한 제운객주의 행수다운 면모를 보이려 노력했다.

'정신을 바짝 차려야 한다.'

그녀는 두 눈을 꾹 감았다 떴다. 이럴 때 곁에 은후가 있었더라면 좋았을 텐데. 황후는 문득 그런 생각이 들었다. 방금 전에 있었던 일 때문인지, 무슨 일이 있어도 자신과 동행해야 한다고 당부했던 그는 이곳에 오지 않았다.

"허허. 한 해 전 우연히 만났던 점쟁이가 아니었더라면, 감히 꿈도 못 꿀 일이었지요."

백 재상은 자신도 모르게 들썩이는 어깨에 너털웃음을 터뜨리고는 자연스럽게 황후가 원했던 이야기의 실타래를 풀어냈다.

'점쟁이.'

황후는 그 순간을 놓치지 않고 서서히 그를 파헤쳐 가기 시작했다. 그녀의 계획대로 점쟁이를 찾으려면 먼저 아버님에게서 단서를 얻는 것이 더 빠른 길이었다.

"점쟁이라면……."

황후는 백 재상의 말에 관심을 보이며 좀 더 이야기를 듣고 싶다는 듯 말끝을 흐렸다. 백 재상은 발 너머의 황후를 힐끔 보곤 말을 이었다.

"지금 보면 무척이나 용한 점쟁이였던 게지요. 그자가 시키는 대로 했더니 어느새……."

그러나 무언가를 말하려던 백 재상이 아차 싶었다는 듯 입을 닫았다. 흥에 겨워, 자신도 모르게 죽는 날까지 비밀에 부치려던 사실을 하마터면 입 밖에 꺼낼 뻔했던 것이었다.

'그새 노망이 들었나.'

백 재상은 침을 꿀꺽 삼켜 넘기며 더운 듯 목덜미의 옷깃을 붙잡았다.

'그 점쟁이가 시키는 대로 했다…….'

황후는 어두워진 얼굴로 두 눈을 가늘게 뜬 채 그의 말을 되뇌어 보았다. 그 점쟁이가 시킨 것이 대체 무엇이었을까.

"아무튼, 운이 좋았던 건지는 몰라도 그리 되었습니다."

황후가 골똘히 생각에 잠긴 사이, 끊겨 버린 대화에 묘한 어색함을 느낀 백 재상은 대충 얼버무리며 자신의 말을 끝맺었다.

"그 용한 점쟁이를 저도 한번 만나고 싶은데, 그의 행방에 대해 알고 계십니까."

그러나 그녀는 마치 아주 흥미로운 얘기라는 듯 백 재상의 대답을 유도했다.

"그건······."

백 재상은 제운객주의 행수에게 그 점쟁이에 관해 말해 주어도 될지 고민에 빠졌다. 한 해 동안 구하기 어렵다는 엄청난 제나라 약재를 대주는 것이 고맙긴 했지만, 그 점쟁이에 관해선 절대로 입 밖에 내지 않는 것이 자신이 재상이 될 수 있었던 첫 번째 조건이었다.

"허나······. 그 점쟁이는 만난 지 꽤 오래되기도 했고······."

"재상님께서 만약 제게 그 점쟁이의 행방을 알려 주신다면."

황후는 고민하는 듯한 백 재상의 반응에, 위험한 제안을 내놓았다. 여유롭게 눈을 감았다 뜨는 황후의 긴 속눈썹이 부드럽게 휘어져 올라갔다.

그녀는 마치 피 냄새를 맡은 맹수처럼 백 재상이 빠져나갈 수 없도록 서서히 본심을 드러냈다. 그리고 그 이면엔 서슬 퍼런 독기가 어려 있었다.

'저는 아버님을 이리 추악하게 만들어버린 그자를, 꼭 찾아내고 말 것입니다.'

황후의 붉은 입매가 매혹적으로 휘어졌다.

"재상님의 원활한 정치를 위해······ 든든한 자금을 대드리겠습니다."

"……!"

'제운객주의 자금.'

백 재상은 갈등의 늪에 빠졌다. 제운객주는 천나라에서 다섯 손가락 안에 드는 객주 중에서도 가장 우뚝 서 있는 곳.

처음엔 백문객주와 비슷한 규모였으나 제운객주는 점점 더 그 덩치를 키워 가고 있었다. 그리고 그것을 움직이고 있는 자가 천나라 못지않은 강대국, 제나라 사람이라는 소문도 돌았다.

그자가 누구든 엄청난 만약 제운객주의 본래 주인과 손을 잡게 된다면, 어마어마한 자금줄을 얻을 수 있게 되는 것이었다.

사실 백문객주는 자신이 손을 뗀 이후로 예전만 하지 못했다. 또한 월을 황후로 만들기 위해 들인 돈이 어마어마했기 때문에, 그나마 백문객주를 이용해 사병 유지와 약재 거래도 겨우 하고 있는 중이었다.

그러다 문득 은연중에 뭔가 미심쩍은 구석이 있다는 것을 느낀 그가 물었다.

"헌데…… 그 점쟁이가 뭐라고 제운객주의 행수께서 제게 그런 엄청난 제안을 해 주시는 겝니까."

황후는 예상치 못한 질문에 잠시 말문이 막혔다. 그러나 그녀는 곧 발 너머의 백 재상을 싸늘한 눈빛으로 노려보았다. 그리고 그에게 시선을 고정한 채 천천히 붉은 입술을 뗐다.

"제 사람 중 한 명이 원인 모를 병에 걸려 몸져누운 채로 일어

나질 못하고 있습니다. 아무래도 예삿일이 아닌 것 같아 그 원인을 알아내고자 용한 점쟁이를 찾던 중이었습니다."

"원인 모를 병이라."

황후의 말을 곱씹어 보던 백 재상은 어딘가 찜찜한 구석에 마음이 불편해졌다. 한 해 전 월의 상황과 비슷했기 때문이었다.

황후는 발 너머 아버지의 표정을 볼 수 없다는 것이 한스러울 뿐이었다.

'아버님, 기억하십니까.'

한 해 전, 황후 자신의 모습이었다. 그 원인을 찾기 위해 황궁에서 벗어나 황제마저 버렸다.

"······좋소."

여전히 찜찜한 구석이 있기는 했지만 그는 결국 황후의 제안을 받아들였다. 점쟁이가 자신에 관해 누설하지 말라 신신당부했으나 이미 자신은 재상 자리에 올랐으니, 든든한 자금책만 있다면 사병들을 어마어마한 규모로 키울 수 있었다.

또한 궐 내 고관대작들을 매수하고 그들을 이끌기에는 자금만 한 것이 없었다. 그렇게 되면 홍 재상 따위는 감히 기어오르지도 못할 터. 황궁 내 자신의 입지가 탄탄해질 수 있었다. 말 그대로 월이만 찾아 다시 황후 자리에 앉혀 놓는다면 자신을 막을 자는 없었다.

백 재상이 마른 입술에 침을 발랐다. 그나저나 월을 황후로 만들어 준 점쟁이의 의심을 받지 않으려면······.

방도를 고민하던 그가 희미하게 웃었다.

'그 점쟁이…… 황후에게 문제가 생겼다고 하면 모습을 드러내겠지.'

"제 제안을 받아들여 주셔서 감사합니다."

백 재상이 자신이 놓은 덫에 걸려들자, 황후는 만족스럽다는 듯 의미심장한 미소를 지었다. 이젠 아버님을 지나 그 점쟁이를 만날 수 있게 되었다는 생각에 그녀는 뼈가 으스러지도록 주먹을 꽉 쥐었다.

이윽고 백 재상은 잠시 주위의 눈치를 살피더니 낮은 목소리로 속삭였다.

"그럼 제가 그 점쟁이를 찾으면 제운객주에 기별을 넣어드리지요. 단, 행수께서 제 사가로 찾아와 주셔야 할 것 같습니다."

"재상님의 사가로 직접 말입니까."

순간 황후의 눈동자 위로 불안한 기색이 스쳤다. 제운객주에서라면 한정된 공간에서 최대한 정체를 숨긴 채 진상을 밝혀낼 수 있었다. 하지만 사가는 달랐다. 만약 사가에서 향이라도 마주치게 된다면, 향은 분명 자신을 알아볼 것이었다.

"그럴 만한 사정이 있으니, 그 정도는 해 주실 수 있겠지요."

그녀가 잠시 망설이는 것처럼 보이자, 백 재상이 말했다. 얼굴을 드러내기 싫어하는 여인이니 그럴 만도 하겠지만 그 점쟁이를 꾀어내려면 어쩔 수가 없었다. 자신의 사가로 따로 불러들이지 않는다면 오지 않을 것이 뻔했다.

'이렇게 된 이상 직접, 호랑이를 잡기 위해 호랑이 굴로 들어가야 한다는 건가.'

신중에 신중을 기하며 고민하던 황후가 냉소를 지었다. 그리고 말했다.

"……좋습니다. 제가 직접, 재상님의 사가로 찾아뵙지요."

＊　　＊　　＊

"아버님이 약재에 집착하는 연유가 무엇일까."

백 재상이 돌아가고 난 뒤 황후는 자리에서 일어나 발을 걷어내곤, 혹시 모를 일에 대비해 하고 있었던 입 가리개를 벗었다. 무거운 공기가 억누르는 것과 같은 답답함과 긴장감이 뒤섞여 어떻게 버텨냈는지 모를 만큼 위태로운 시간이었다.

황후의 지위를 이용해 누구든지 황궁으로 불러들여 추궁을 할 수도 있었다. 하지만 황궁 안 어느 곳이든지 눈과 귀를 두고 있는 아버지를 피할 수는 없었다.

처음 황후로서 입궁했을 때 딱 한 번, 매일 먹어야 했던 탕약이 지겨워 물린 적이 있었다. 그리고 그날 밤, 어떻게 알았는지 백 재상이 황후를 찾아왔다.

그는 탕약을 먹지 않으면 건강이 악화될 것이라고 단호하게 말하며, 황후가 그날 먹었어야 할 탕약을 마시는 것을 확인한 뒤 떠났다. 그리고 그것이 그녀가 아버지와 황궁에서 단둘이 만난 처음이자 마지막이었다.

황후는 그때부터 자신이 황궁에 있음에도 불구하고 아버지에게 감시를 당하고 있다는 사실을 은연중에 깨닫게 되었다.

황후가 그날 일을 떠올리다 이상한 점을 발견한 듯 미간을 좁혔다.

'이번에 탕약을 마시지 않았을 때는 어찌하여 아버님이 어떠한 반응도 보이지 않으신 거지.'

죽은 듯 잠들어 있던 사흘 동안 탕약을 마시지 않았을 때는 아버님조차 모르는 듯했다.

'생각해 보니…… 내가 탕약을 먹었는지에 대한 여부는 리아 말고는 모르는 일.'

여태껏 리아 외에 다른 시녀들이 탕약을 가져온 적은 단 한 번도 없었다.

"리아가 나를 속인 것은……."

황후의 동공이 거세게 흔들렸다. 아버님의 눈과 귀가 리아일 리가 없었다. 그러나 아니라고 부정하면서도 꼬리에 꼬리를 물고 떠오르기 시작한 의문들은 그녀를 혼란스럽게 만들었다.

'리아는 왜 내게 하루도 빠짐없이 탕약을 가져다주었을까. 그리고 그 탕약을 마시지 않은 사흘 후…… 거짓말처럼 눈이 보였어.'

"설마 그 탕약에 뭔가가……."

황후가 두 눈을 번쩍 떴다.

"말도 안 돼."

그녀의 입가에서 실소가 터져 나왔다. 약인 줄로만 알고 먹어왔던 탕약이 멀쩡한 눈을 멀게 만들고 있었다니.

황후의 흔들리는 눈동자 위로 그녀가 백 재상에게서 처음 탕약을 받아들었던 날이 스쳤다.

　　—월아, 이리 와 보거라. 이 아비가 널 위해 특별히 지어온 탕약이다.

　　—전에 가져오신 약재도 다 먹지 못했습니다. 이건 그것을 마저 먹고 먹겠습니다, 아버님.

　　—아니다. 내 이번에 구해온 이 약재는 제나라에서 온 것인데, 그전 약재보다 훨씬 더 좋은 것이다. 또한 곧 새로운 황제 폐하의 황후 간택을 위한 금혼령이 내려질 것이니, 월이 너도 다른 처녀들 못지않게 건강한 모습이어야 하지 않겠느냐.

　　—일개 상인의 딸인 제가 황후 간택과 무슨 상관이란 말입니까. 무엇보다도 저는 황후 자리엔 관심조차 없습니다.

　　—무슨 소리! 무릇 천나라의 여인이라면 황제의 여인을 꿈꾸는 것이 당연한 일이다. 더구나 네가 어찌 일개 상인의 딸이란 말이냐. 너는 백문객주 행수이자 천나라 거상인 이백영호의 딸이거늘!

　　—아버님. 혹 전에 점쟁이가 한 말 때문에 그러시는 겁니

까. 점쟁이의 말은 점쟁이의 말일 뿐입니다.

　─누가 그렇다고 하였느냐! 난 그저…… 다른 연유 없다.
그저 이 아비를 봐서라도, 이 탕약만큼은 꾸준히 마셔주면
안 되겠느냐. 다 너를 위한 것이다.

　─하지만……. 알겠습니다, 아버님.

달갑지 않았다. 또한 잊을 만하면 황후 간택에 대한 이야기를
꺼내시는 것이 이상했다. 그러나 언제까지나 그 탕약은 건강을
위한 것이라고만 생각했다.

부인 없이 딸 둘을 키워내야 했기에 혹시라도 부족함이 있을
까, 평소에도 노심초사하던 분이니 말없이 탕약을 받아 들었던
것이었다.

결국 그 탕약을 처음 먹었던 날 밤, 열이 펄펄 끓어오르기 시
작하고 머리가 어지러워 정신이 아득해져 갔다. 온몸에 식은땀
이 흘러내리고 급기야 움직일 수조차 없었다.

그리고 다음날 아침. 가까스로 뜬 눈앞이 희미했다. 열이 내
리고 몸은 점차 회복되었지만 온전히 나으려면 탕약을 계속 먹
어야 한다는 아버님의 말에 그날 밤도 탕약을 마시고 잠들었다.

그리고 그 다음날……. 눈앞에는 암흑만이 가득했다. 불현듯
엄습한 두려움에 눈이 보이지 않는다 외쳤지만, 여전히 시선은
허공에 머무른 채 둘 곳이 없었다.

"아아……."

목구멍을 타고 뜨거운 불길이 솟구쳐 오르는 것만 같았다. 피가 거꾸로 솟고 누군가 심장을 움켜쥐고 비틀 듯 숨이 가빠왔다.

어느 날 멀어버린 눈 때문에 피기도 전에 져버릴 꽃이 되어 버렸다. 눈이 보이지 않으니 아무것도 혼자서 할 수 있는 것이 없었다.

하루에도 수십 번씩 느껴지는 무기력함에 무너져 내리고, 그저 숨을 쉬는 것이 일상인 삶이 너무도 괴로웠다.

그리고 그런 자신을 아버님은, 황궁으로 밀어 넣어버렸다.

"아아악……!"

황후의 찢어지는 목소리가 방 안을 가득 메웠다. 황궁을 떠난 뒤, 억지로 참아왔던 눈물이 봇물처럼 터져 나왔다. 눈가에 머무를 새도 없이 볼을 타고 아래로 떨어졌다. 그녀가 숨이 막히듯 갑갑한 가슴에 손을 얹고 절규했다.

"어찌하여 아버지란 자가 딸의 눈을 멀게 만들었단 말입니까……."

*   *   *

은후는 객주에서 다시 후원으로 나와 나무 밑에 기대어 앉아 풀벌레 소리에 귀를 기울이고 있었다. 복잡한 마음을 정리하며 잠시나마 그가 마주한 진실을 잊어 보려는 뜻이었다.

"마마!"

"무슨 일이냐."

자신을 부르는 목소리에, 은후가 감고 있던 눈을 떴다. 은후의 수족 중 한 명이 다급한 얼굴로 그를 찾아온 것이었다.

"마마께서 모셔온 아씨께서……."

그의 말이 끝나기도 전에 은후는 재빨리 몸을 움직여 그녀가 있는 곳으로 향했다.

"월!"

그가 문을 벌컥 열고 황후가 있는 방 안에 들어섰다. 숨이 가쁜 듯 헉헉대는 은후의 이마에 땀방울이 맺혀 있었다. 월이 있는 곳을 바라본 그는 불안한 눈빛으로 월의 얼굴을 살폈다.

황후는 넋이 나간 사람처럼 초점 없는 눈동자로 은후를 가만히 응시했다. 그리고 떨리는 목소리로 물었다.

"백영호가 이곳 제운객주에서 사들이는 약재의 종류가 무엇입니까."

"무슨 일입니까. 혹 다친 곳이라도 있는……."

은후는 황후에게 가까이 다가와 이곳저곳을 살피며 물었다. 자신이 없는 동안 백영호와 무슨 일이라도 있었던 것인지 불안해 미칠 것만 같았다.

"어서 말씀해 주세요."

황후는 지금 이 순간 아무것도 들리지 않았다. 마지막으로 확인하고 싶었다. 자신의 추측이 맞는 것인지. 아니, 자신의 확신이 맞는 것인지.

하얗게 질려 있는 황후의 얼굴을 본 은후는 자신이 없는 동안 그녀에게 정말 무슨 일이라도 있었던 건지 알아야 했다. 그는 답답함에 자신도 모르게 황후의 어깨를 붙들고 소리쳤다.

"지금 그게 중요한 것입니까!"

그러나 그가 원하는 대답과는 달리, 마주친 황후의 두 눈에서 눈물이 한 방울 떨어졌다.

은후는 그녀의 눈물에 흠칫 놀랐다. 혹 자신이 그녀를 놀라게 한 것은 아닐까, 황후의 어깨를 붙잡은 그의 두 손에 힘이 풀렸다.

'백 재상에게서 무엇을 알아낸 것이기에……. 그리고 그와 거래하던 약재에 대해선 왜 묻는 거지.'

이성을 잃은 것 같은 월의 표정은, 그를 알 수 없는 불길함에 휩싸이게 만들었다. 그러나 많은 것을 담고 있는 그녀의 눈동자를 외면할 수가 없었다. 이내 은후는 그녀를 놓아주며 조용히 답했다.

"……부자입니다."

"혹 그 약재의 효능에 대해서도 아십니까."

"부자는 쇠한 기력을 살리는 데 효과가 있습니다."

"다른 효능은? 다른 효능은 없는 것입니까."

황후가 떨리는 목소리로 물었다. 앞으로 또다시 마주하게 될 진실에 대한 두려움 때문이었다.

'제발. 저의 예상이 틀렸으면 좋겠습니다. 처음부터 다시 알아보아도 좋으니, 제발……. 아버님이 사들이는 약재는 제 눈과 아무런 관련이 없다고…… 그리 말해 주십시오.'

그녀가 은후의 대답을 기다리며 조용히 두 눈을 감았다.

은후는 내내 지워지지 않던 불길함을 의식하면서 자꾸만 약재에 대해 묻는 황후를 이상하게 여겼다.

그렇게 잠시 머뭇거리던 그가 결국 힘겹게 입술을 뗐다.

"약재라고는 하나, 독성이 강해서 많은 양을 달여 먹으면 눈이 멀 수도 있습니다."

털썩―

황후가 그 자리에서 주저앉았다.

"월……!"

놀란 은후가 그녀에게 다가왔다.

다리의 힘이 풀려버려 서 있을 수가 없었다. 눈물조차 나오지 않았다. 한껏 쏟아낸 눈물은 더 이상 나올 겨를이 없었다. 피를 이어받은 아비에게 철저하게 배신당한 순간이었다.

점쟁이를 찾지 않고도 알 수 있었다. 분명 그 약재를 먹이라고 한 것은 점쟁이의 뜻이었을 터. 아버님은 그저 그가 시키는 대로 따랐을 것이었다.

찢어지는 가슴을 도려내며 황제를 떠나서까지 알아낸 것은 세 가지였다. 모든 일들의 중심에는 아버님이 있다는 것. 아버님과 그녀 사이에 리아가 있다는 것.

그리고…… 원인 모를 병 때문이라 믿고 있었던 눈은, 아버님이 매일같이 마시게 하던 탕약 때문이었다는 것.

눈이 보이기 시작하면서, 운명이 바뀌게 될 것이라는 대신녀 자효의 말은 사실이었고 황궁에서 벗어나 드러나기 시작한 진실은 그녀를 집어삼켰다.

"바깥바람 좀 쐬어야겠습니다."

어지러운 머리 때문인지 속이 메스껍고 울렁거렸다. 그녀는 힘겹게 몸을 일으켜 자리에서 일어났다. 그리고 밖으로 나가기 위해 비틀거리며 발걸음을 옮기기 시작했다.

"조심……!"

그러나 그것도 잠시, 몇 걸음 가지 못하고 휘청이며 중심을 잃고 쓰러지려던 찰나, 은후가 재빨리 그녀를 받아들었다.

황후는 자신의 시야에서 점점 사라져가는 은후의 얼굴을 바라보았다. 애초에 어떤 진실이 숨겨져 있었든 받아들이고 감내하리라 마음먹었었다. 그런데…… 아직 마음의 단련이 부족했던 것일까.

툭. 끊어질 듯 위태로웠던 이성의 끈이 끊어져 버렸다.

"……!"

힘없이 축 늘어진 황후를 안아 든 은후의 팔에 힘이 들어갔다. 그가 창백한 얼굴로 두 눈을 감은 채 자신의 품에 안겨 있는 여인을 바라보았다. 핏기 없는 황후의 얼굴이 아프게 다가왔다.

은후는 그녀가 황후라는 사실 외에는 아무것도 모른다는 것이 처음으로 답답해졌다.

"무엇이 그토록 그대를 아프게 만든 것입니까."

전에는 막연히 그녀의 정체를 궁금해했다면, 지금은 달랐다. 월이 천나라 황후임을 알게 된 이상 그녀가 왜 황궁에서 도망칠 수밖에 없었는지 알고 싶었다. 그녀의 이야기를 제대로 듣고 싶었다.

그녀의 정체에 대해 알게 된 이후에도 놓치고 싶지 않은 것을 보면, 이 서은후가 늘 그래 왔던 것처럼 도망치지 않는 것을 보면, 모든 것을 감당하고 싶은 것을 보면…….

"이미 나는 그대 앞에 그어 놓았던 선을 넘어 버린 것 같은데."

"……."

그러나 그의 바람과는 달리 정신을 잃은 황후에게선 아무런 대답이 들려오지 않았다. 은후는 씁쓸한 얼굴로 그녀를 안아 들고 침상이 있는 곳으로 향했다.

* * *

"그 점쟁이를 만나게 해 주기만 하면 된다는 말이지……."

제운객주를 벗어나 가마를 타고 자신의 집으로 돌아가던 백재상이 중얼거렸다. 그리고 옆에 달린 조그만 문을 열고 바깥을 내다보는 그였다.

"이 시각에 저 화려한 가마의 주인은 어딜 그리 급히 다녀오는 것일지 궁금하군."

그리고 그 순간, 늦은 시각 저잣거리를 지나는 화려한 가마를 이상하게 여긴 황제가 두 눈을 가늘게 뜨고 가마 안을 유심히 들여다보았다.

"백 재상……?"

백 재상이 열어 놓은 조그만 문 사이로 그의 얼굴이 보이자, 그를 알아본 황제가 나지막이 말했다.

"백 재상이라 하셨습니까."

황제의 옆에 서 있던 려운도 황제가 말한 가마 쪽으로 시선을 돌리며 말했다. 황제와 려운은 황후가 마방에 다녀갔다는 사실을 알게 된 후, 여인을 본 적이 없다 잡아뗀 마구간지기를 문초하기 위해 잠행을 나온 것이었다.

"퇴궐하자마자 어디를 다녀오는 거지, 백 재상."

황제는 점점 멀어져가는 백 재상의 가마를 뚫어져라 응시하며 낮게 말했다. 그러자 려운이 물었다.

"백 재상에게 따로 하문하실 일이라도 있으셨던 겁니까."

"황후의 눈에 대해서 물었더니 한 해 전 생긴 원인 모를 병 때문이라고 하더구나."

"……!"

황제의 말에 려운이 놀란 눈으로 그를 물끄러미 쳐다보았다. 황제는 려운의 눈빛이 무엇을 말하는지 알고 있다는 듯 조용히 답했다.

"그래. 네 아비가 아사하기 전, 갑자기 눈이 멀었던 상황과 유사하지."

"황후마마의 눈도 태어날 때부터 그런 것이 아니란 말입니까."

"황후의 눈이 먼 것은 불과 한 해 전이라고 했다. 헌데 이상하지 않느냐. 네 아비의 눈이 멀어 힘이 약해지자마자 홍 재상은 서서히 힘을 키워 갔다. 그리고 그는 네 아비가 아사하자마자 홍가의 수장이 되고 재상 자리에 올랐다. 나아가 한 해 전, 황후 간택 시 홍 재상은 또다시 백 재상의 여식인 눈먼 현 황후를 적극적으로 밀어붙였지."

"그렇다면……."

"해서, 나는 네 아비와 황후, 두 사람의 눈에 대한 사건의 중심에 홍 재상이 있는 것은 아닐까 의심하고 있다."

황제의 눈이 매섭게 빛났다. 백 재상이 물러나고 나서 줄곧 생각해 오던 것이었다.

문득 려운의 표정이 어두워졌다. 그 또한 계속해서 홍 재상을 의심해 오고 있었기 때문이었다.

그의 어린 시절, 자신의 아버지가 네 숙부를 조심하라고 유언했을 때부터 려운은 아버지를 죽게 만든 자가 홍 재상이라고 짐작했다.

그렇게 막연히 복수의 칼을 갈고 자랐으나 힘없는 어린아이였을 뿐이었던 그는 천나라 황제의 호위가 되겠다고 다짐했다.

뼈를 깎는 고통으로 오랜 수련을 통해 진정한 무인이 된 그는 천 휘를 선택했고, 황실 호위대장인 천호영이 되어 황제의 편에 섰다.

그리하여 황제의 편에서 홍 재상을 주시하고 있던 중, 하나뿐인 혈육이었던 연화가 죽었다.

연화만큼은 그에게서 지키려 늘 그녀를 애지중지했고, 그 아이를 전쟁터와 같은 궁에 들이기 싫어 처음엔 황제와의 혼인 또한 오라버니로서 반대했었다. 그런데 그 아이조차 지키지 못했다.

그것을 홍 재상은 려운이 연화에게 남다른 연정이 있다 곡해하여, 연화와 닮은 여인을 데려와 황제를 혼란스럽게 만들고 려운의 움직임 또한 막으려 했던 것이었다.

'불현듯 연화와 닮은 아이들 입궁시킨 것도 모자라, 아버님과 황후마마의 눈까지 홍 재상과 연관이 있었다…….'

려운이 경멸의 눈빛과 함께 홍 재상을 떠올리며 이를 갈았다. 그러나 곧 자신이 황제의 곁에 있다는 사실을 깨닫고 정신을 가다듬는 그였다.

"저 또한 홍 재상이 연화와 닮은 아이를 입궁시킨 것에 대해 줄곧 수상하게 여기고 있던 참이었습니다. 그리고 폐하께서 하명하신 장국영이란 자를 아직 찾고 있으나, 이미 종적을 감춘 뒤라 시간이 좀 지체될 듯합니다."

황제는 연화와 닮은 아이라는 말에 애련정에서 보았던 재연을 떠올리며 미간을 좁혔다.

"그 재연이란 신녀가 애련정에 있었다. 애련정에 들어올 수 있는 자는 나와 내 호위뿐이다. 그렇다면 필시 장국영이란 자가 그 신녀를 애련정으로 데려왔을 것이다. 려운 네가 없는 동안은 국영이 내 호위였으니, 아마 내가 둘을 부른 거라 여겨 다른 궁인들에게 의심을 받지 않았을 터. 어찌 되었든 그것은 분명 장국영과 홍재연이 서로 은밀히 내통하고 있다는 뜻이니 재연을 이용해 장국영을 불러낼 방도를 궁리해 보거라."

"알겠사옵니다. 헌데…… 폐하."

"……?"

"어찌하여 폐하께서는 그 신녀를 내치거나 벌하지 않으시는 겁니까."

려운이 이상하다는 듯 물었다. 홍 재상의 여식이라며 연화와 똑같은 얼굴을 하고 있는 여인. 신녀로서 입궁한 것은 사실이었으나 황제의 공간에 마음대로 드나들고, 일개 호위와 내통까지 하고 있는 수상한 여인이었다. 그런데도 황제는 말없이 그 여인을 궁 안에 두고 있었다.

려운의 물음에 황제는 언젠간 물어볼 줄 알았다는 듯, 옅은 미소를 지어보이며 답했다.

"그 아이가 홍 재상의 딸이라는 것을 온전히 믿지는 않지만, 그 아이는 너의 누이인 연화와 닮지 않았느냐."

려운이 이해할 수 없다는 듯 황제를 바라보았다. 황제는 뒷짐을 진 채 백 재상 때문에 멈춰 있던 발걸음을 다시 옮기기 시작했다. 려운은 허탈한 표정으로 황제의 뒤를 따랐다. 황제는 천천히 한 걸음씩 앞서나가며 나지막이 말을 이었다.

"너도 네 누이와 똑 닮은 그 아이를 보고 연화를 떠올린 적 없었느냐."

"그런 적 없사옵니다. 연화는 분명……."

그런 적 없다 말했지만, 한때는 려운도 재연을 연화라고 믿고 싶었던 적이 있었다.

'그래서 재연에 대해 알아보라 하명했던 것을 번복하지 않았던 것입니까.'

려운은 재연이 연화가 아니라는 것을 명백히 알면서도, 그녀에 대해 알아보는 것을 자신도 모르게 미루고 있었다. 두려웠기 때문이었다. 재연이 연화가 아니라는 것을 똑똑히 알게 되는 것이.

"알고 있다. 그 아인 내 손이 닿을 수 없는 곳에 있다는 것을. 하지만 나는 네게, 무슨 일이 있어도 연화를 지켜주겠다 약조하지 않았느냐."

려운은 황제와 함께 어린 시절을 보내면서 궁중 암투에 시달리던 내명부의 그림자를 볼 수밖에 없었다. 늘 그런 일로 상처받던 황제의 곁을 지켜온 탓이었다.

또한 홍 재상 때문에라도 연화를 황후로 만들고 싶지 않았으나 결국 그녀를 보내 준 것은 단 하나의 연유 때문이었다.

'무슨 일이 있어도, 반드시 지켜 주겠다.'

황제라면, 믿을 수 있었다. 오랜 벗이었던 천 휘라면 연화를 지켜줄 수 있을 것 같아서였다. 그러나 결국 연화는 자신의 곁을 떠나갔고, 황제는 그 약조를 지키지 못한 죄책감에 늘 자신에게 미안해했다.

려운이 그 자리에서 발걸음을 멈췄다. 그리고 그에 따라 황제도 우뚝 멈춰 섰다.

"폐하. 그 아이 일은 폐하의 잘못이 아닙니다. 그러니 그만 잊으시라 하지 않았습니까."

한동안 둘 사이에 정적이 흘렀고 황제는 어두운 얼굴을 한 채 메마른 입술을 뗐다. 려운을 위해서, 거짓말이 필요했다.

"나는 그 약조를…… 연화와 닮은 그 아이에게 대신 지키고 있는 것이다."

"폐하!"

언제나 냉철했던 려운이 화를 이기지 못하고 목소리를 높였다. 그러나 지금은 잠행 중이었고, 이내 려운은 실수했다는 듯 입술을 깨물었다. 주위에 백성들이 없다는 것이 다행인 순간이었다.

'제가 알던 황제 폐하는 어디 계신 겁니까. 어찌 제게 이리 나약한 성심을 보이시는 겁니까……'

려운은 더 이상 연화에 대한 얘기를 하고 싶지 않았다. 그는 결국 말을 돌렸다.

"폐하. 저곳이 전에 폐하와 제가 다녀갔던 마방이옵니다."

그리고 한 주막을 가리켰다. 황제는 그를 이해했다. 연화를 그 누구보다 아끼던 오라비였으니 한 번쯤은 재연이 연화라 믿고 싶었을 것이다. 자신조차도 흔들려 버렸으니까.

허나 재연과 입맞춤을 한 순간부터, 그는 마음을 굳혔다. 오로지 한 사람에게……. 그리고 재연에게 남은 것은, 자신이 그녀를 지켜봐 주는 것뿐이었다. 홍 재상의 곁에서 어떤 일을 도우려 신녀로 입궁한 것인지.

황제는 려운이 가리킨 주막을 응시했다. 그리고 이내 그곳이 전에 려운과 말을 구했던 그 마방이라는 것을 알아차렸다.

"가자."

그는 주변에 자신들을 미행하는 자가 없는지 살피고 빠른 발걸음으로 마방 안에 들어섰다. 그리고 주막 뒤편에 자리한 마구간으로 향했다.

"어서 오십시오."

늦은 시각임에도 누군가 마구간에 들어온 기척이 있자, 마구간 뒤편에 마련된 조그만 방에서 마구간지기가 나와 객을 맞이했다.

마구간지기는 인사를 한 뒤 다시 고개를 들자마자 사색이 된 표정을 지었다. 전에 이곳에 다녀간 려운을 알아본 것이었다.

황제는 마구간지기를 가만히 지켜보았다. 그리고 옆에 있던 려운이 차가운 말투로 물었다.

"나를 기억하느냐. 다시 한 번 묻겠다. 정녕 이곳에 들른 여인을 못 본 것이냐."

"예? 그, 그것이……."

"다 알고 온 것이니 한 번만 더 거짓을 고한다면, 그다음엔 이 검의 날이 네 목에 가 있을 것이다."

려운은 머뭇거리는 마구간지기의 앞에 검을 반쯤 빼들어 보이며 날카롭게 말했다.

"허억……! 보았습니다. 예, 보았고말고요. 헌데 그 여인은 다른 사내와 함께 있었습니다."

겁에 질린 마구간지기가 그제야 실토했다.

"다른 사내라 하였느냐."

다른 사내란 말에 황제의 눈이 번쩍 뜨였다. 황제는 마구간지기에게 조금 더 가까이 다가가 그의 눈을 똑바로 바라보며 물었다. 마구간지기는 여전히 두려움에 덜덜 떨며 고개를 세차게 끄덕였다.

"예. 그 사내와 함께 말을 빌려 타고 떠났습니다."

"……!"

황제의 눈빛이 흔들렸다. 다른 사내라니. 한 나라의 황후가 어찌 다른 사내와 함께……. 그는 믿을 수 없다는 듯 천천히 고개를 저었다. 혼란스러운 표정의 황제를 바라본 려운이 다시 마구간지기에게 물었다.

"후에 그자가 다시 말을 돌려주러 이곳에 왔느냐."

"얼마 전에 돌려받았습니다만, 말을 돌려주러 온 이는 다른 사람이었습니다. 보아하니 어떤 객주의 검객인 것 같았습니다."

"검객이라니."

황제가 이해가 가지 않는다는 듯 되물었다. 그러자 려운이 조심스럽게 답했다.

"천나라에 존재하는 객주들 중 몇몇은 객주사병이라 불리는 검객 무리들을 소유하고 있습니다. 아마 그들 중 한 명인 듯싶습니다."

려운의 말에 황제는 몸을 돌렸다. 그리고 낮은 목소리로 말했다.

"려운. 지금부터, 천나라 내 온 객주들을 뒤져야겠다."

황제는 재빨리 환궁하기 위해 마방을 나섰다. 궁으로 돌아가 천나라에 존재하는 객주들의 명단을 찾고 황후를 숨기고 있는 자를 알아내기 위해서였다.

'대체 누구냐. 황후와 함께 있는 자가……'

                    *   *   *

쪼르르— 은후가 젖은 수건의 물기를 짜내었다. 밤새 황후의 곁을 지키느라 그의 얼굴에 피곤한 기색이 역력했다. 뺨에 닿은 환한 햇살에 날이 밝았다는 것을 알아챈 은후는 자신도 모르게 픽, 웃었다. 왠지 모를 뿌듯함 때문이었다.

누군가를 위해 이토록 헌신적이었던 적은 없었다. 매번 받는 것에만 익숙했던 일국의 황태자였을 뿐이다. 그러면서도 하루 하루가 지루해 견딜 수가 없어 방랑의 삶을 살았다.

황제 자리도 처음엔 관심이 없었다. 꼭 황제가 되어야 한다는 어머니의 유언 때문에 어쩔 수 없이 황위에 오르기 위한 조건을 충족시키러 천나라에 온 것이었다. 제나라에서는 황제가 되려면 그 정당성을 얻기 위한 관례로, 나라에 큰 공을 세워야 했기 때문이었다.

"천나라의 황후라면서…… 그 존귀한 분이 왜 황궁에서 도망친 것입니까."

그가 물기를 짜낸 수건으로 황후의 이마 위 식은땀을 닦아주며 말했다.

월이 어디에서 왔든, 어떤 배경을 가지고 있든 그저 백 월이란 이름 하나만을 기억하기로 했었다. 하지만 그는 이미, 너무도 많은 것을 알아버렸다. 그리고 되돌아갈 수 없는 강을 건넜다.

끝내 자신은 황제의 여인을 되돌려 보내지 않았으니까.

"으음……."

그리고 그때, 황후가 눈을 떴다. 여전히 창백한 그녀의 얼굴 위로 따사로운 햇살이 쏟아졌다. 황후가 눈 부신 햇살에 눈살을 찌푸리자, 그것을 막아 주듯 은후가 황후의 얼굴 위에서 그녀를 뚫어져라 바라보았다.

황후는 눈을 뜨자마자 보이는 은후의 얼굴에 멍하니 두 눈을 깜빡였다. 그리고 그제야 자신이 전날 그의 앞에서 쓰러졌다는 것을 기억해 냈다. 자신이 알게 된 모든 것들이 꿈이었으면 좋겠지만, 전날의 기억은 너무도 생생했다.

그녀가 지끈거리는 머리에 손을 얹고 몸을 일으켜 앉았다.

"이제 괜찮은 것입니까."

은후가 황후의 이마를 닦아주던 수건을 침상 옆에 둔 대야에 올려 두며 말했다. 황후는 천천히 고개를 돌려 은후가 놓아 둔 수건과 대야를 바라보곤 물었다.

"밤새 이곳에 계셨습니까."

"무엇 때문에 그대가 쓰러졌는지, 그것부터 말해 주시지요."

단호한 얼굴이었다. 황후는 은후의 시선을 피하곤 입을 꾹 다물었다.

"허면, 다른 것을 묻겠습니다. 백영호란 자를 만나고 나서 그대가 알게 된 것은 무엇입니까."

"그자에게서 별다른 기별은 없었습니까."

황후는 은후의 물음에 답하지 않은 채 다른 것을 물었다. 은후는 한껏 차가운 얼굴로 그녀를 응시하곤 깊은 숨을 내쉬었다.

"없었습니다. 제가 묻는 말에……."

"백영호에게서 기별이 오면, 제게 꼭 알려 주십시오. 그리고 그때가 되면 모든 것을 알게 되실 것입니다. 그러니 그때까진 부디 아무것도 묻지 말아 주세요."

황후가 힘없이 말했다. 은후는 결국 그녀의 간절한 눈빛에 입을 다물 수밖에 없었다.

'그대가 원하는 모든 것을 알게 되고 나서 다시 황궁으로 돌아간다면, 영영 들을 수 없을 이야기일 터인데…….'

그때가 되면 이 여인은 자신에게서 떠나 버릴 것 같아서였다. 그래서 지금이라도 묻고 싶었던 것이었다.

"그대도 내게 약조해 주십시오."

은후가 진지한 얼굴로 말했다.

"……?"

"그대가 말하는 그때 이후로는 내가 묻는 말에, 한 치의 거짓도 없이 답해 주겠다고."

은후의 말에 황후는 의아한 표정을 지었다. 그러나 여전히 진지한 그의 얼굴을 모른 척할 수 없어 그녀는 말없이 고개를 끄덕였다.

황후의 약조를 받아낸 은후의 얼굴에 검은 그림자가 드리워졌다. 언젠가, 선택의 순간이 올 것이다. 그리고 그 순간, 그녀의 마음에 대해 물을 날 또한 오겠지. 이내 그는 고맙다는 듯 황후의 앞에서 옅은 미소를 지어 보였다. 그리고 재차 다짐을 받는 그였다.

"정말 약조한 겁니다. 한 치의 거짓도 없이, 답해 주기로."

황후는 다시금 고개를 끄덕였다. 탕약에 대한 비밀을 알았으니, 이제 다시 점쟁이와 아버님을 대면해 그 내막에 대한 진상을 파헤칠 그 날을 기다리기만 하면 되었다.

그리고 아버님의 기별을 기다리는 동안 자신은 더욱 더 단단해지기 위해 단련을 해야 했다. 어떤 사실을 알게 되든 동요하지 않는 법을 배워 더 이상 쓰러지는 일 따윈 만들지 않을 생각이었다.

이내 그 모든 것이 끝나고 나면, 은후에게만큼은 그간의 이야기를 털어 놓아도 되지 않을까. 황후가 은후를 가만히 바라보았다. 사내임에도 고운 얼굴이 꼭 황제와 비슷했다.

"……!"

황후는 자신도 모르게 떠오른 황제의 얼굴에, 놀란 눈빛을 감추려 고개를 떨궜다.

'황제 폐하께서는 아직 날 찾고 있을까.'

사실 망설였었다. 이대로라면, 황후로 남아 있어도 되지 않을까 하고.

그러나 그를 떠나길 망설이던 마지막 순간, 그의 입가에서 흘러나온 한마디에 눈물을 삼킬 수밖에 없었다.

'가지 마, 연화야.'

그 순간, 이대로라면 모든 것을 묵인한 채 황제의 곁에 남아 있어도 되지 않을까 마음먹었던 것들이 모래알처럼 흩어져 버렸다. 마지막으로 의지해 보려던 사내조차, 다른 여인의 이름을 불러 자신을 붙잡아 주지 못한 것이 너무도 서러웠다.

그래서였다. 그래서 이기적인 여인이 된 것이었다. 독해져야 한다고 마음먹었던 것이었다. 모든 진상을 알아볼 시간이 필요했지만 여전히 황제는 마음 놓고 의지할 수가 없었고, 영문도 모른 채 눈이 멀어 있었던 한 해란 시간이 너무도 힘겨웠다.

그리고 이제는 점점 조금 더 당당해져서 돌아와야겠다는 생각이 더욱 강하게 들었다. 어두운 내막에 휩싸인 여인이 아닌, 당당하게 황후 자리를 지키는 여인이 되고 싶었다. 서서히 다가오고 있었던 그의 마음을 온전히 붙잡고 싶었다.

그녀는 그 순간을 잊으려 힘겹게 눈을 감았다. 그리고 은후를 바라보며 옅은 미소와 함께 말했다.

"제게 검을 쓰는 법을 가르쳐 주십시오. 강해지려면 수련을 해야 한다 하지 않으셨습니까."

*　　*　　*

"폐하! 지금 조당에 대신들이 모여 있습니다."

공 태감이 헐레벌떡 뛰어와 황제의 앞에 머리를 조아리며 말했다. 황제는 잠행을 마치고 돌아오자마자 밤새 수백 개에 달하는 천나라 객주들의 명단과 소재지를 살피고 있던 중이었다.

"한동안 조회는 없을 것이라 하지 않았느냐. 그런데 어찌하여……."

공 태감의 말에 황제가 자리에서 일어났다. 그리고 그는 빠른 걸음으로 조당을 향해 발걸음을 옮겼다.

"폐하, 오셨사옵니까."

조당에 들어선 황제가 제좌에 앉으며 자신의 앞에 늘어선 대신들을 돌아보았다. 이윽고 무거운 그의 음성이 조당에 울려 퍼졌다.

"그대들은 한동안 조당에 발도 들이지 말라던 나의 명을 귓등으로 들은 것이오? 어찌하여 그대들이 이곳에 있는지 설명해 보시오."

"폐하. 황후마마께서 황궁에서 사라지셨다는 소문이 도성에 파다해졌습니다. 누가 흘린 것인지는 몰라도 백성들이 알게 된 이상, 그 문제가 심각하여 이렇게 모일 수밖에 없었사옵니다."

홍 재상이 머리를 조아리며 아뢰었다. 그러자 황제는 홍 재상을 차갑게 노려보며 물었다.

"문제가 심각하다니. 아직 황후를 찾지 못한 것은 사실이나 곧 찾을 수 있을 것이오. 그러니 그대들이 염려하지 않아도 된다 하질 않았소."

"황후마마가 사라지신 지 수일째이옵니다. 국모의 자리가 비어 있는데 어찌하여 염려가 되지 않겠습니까. 백성들 또한 황후마마께서 사라졌다는 소문에 나라가 흔들릴까 불안에 떨고 있사옵니다."

홍 재상은 목소리를 높여 외쳤다. 그리고 그의 말에 대신들은 저마다 수긍한다는 듯 고개를 끄덕였다. 백 재상은 이 자리에 없었다. 홍 재상이 여러 대신들을 불러 모을 때 백 재상에게는 기별을 넣지 않은 까닭이었다.

황제가 재미있다는 듯 웃었다. 그는 드디어 발톱을 드러낸 홍 재상의 의도가 무엇인지 들어나 보고자 여유롭게 말했다.

"그래서. 그대들이 원하는 바가 무엇이오."

그러자 홍 재상은 기다렸다는 듯이 답했다.

"차기 황후를 정해 두는 일이지요."

"……!"

홍 재상이 씨익 웃었다. 이 순간을 얼마나 기다려 왔던가. 황제를 혼란시키려던 목적을 이루었으니, 이제 완전히 그를 미쳐 버리게 만들 수 있는 방도를 실행에 옮길 때가 된 것이었다.

황후를 영영 찾지 못하고 재연이 황후가 된다면, 황제는 전처럼 실의에 빠져 정사를 돌보는 데 힘을 기울이지 않을 것이 분명했다. 아니면 연화와 닮은 재연에게 흔들려 자신의 꼭두각시가 되거나.

홍 재상의 대답에 황제는 말문이 막힌 듯 한동안 입을 다물지 못했다. 아직 황후를 찾고 있는 중인 지금, 차기 황후를 책봉하자 하다니. 어이가 없을 따름이었다.

"황제 폐하, 소신들도 그리 생각하옵니다. 당장 새 황후마마를 책봉하자 하는 것이 아니옵고, 조금 더 시간이 지난 뒤에도 황후마마를 찾지 못했을 때 그리하자는 것입니다. 통촉하여 주시옵소서."

"통촉하여 주시옵소서."

조당에 있던 대신들 중 한 명이 홍 재상의 말을 거들며 말하자, 다른 대신들도 입을 모아 외쳤다. 황제는 갑자기 새로운 황후를 들이자 외쳐 대는 대신들을 이해할 수 없다는 듯 눈썹에 힘을 주었다.

"허면, 그대들이 생각하는 차기 황후는 누구냐."

황제는 최대한 침착해지려 두 눈을 감았다 떴다. 그리고 홍 재상에게 시선을 고정한 채 날카로운 말투로 물었다.

"제 딸이옵니다."

"그 재연이란 신녀 말이더냐."

역시. 연화와 닮은 그 아일 궁으로 들여 자신의 눈앞에 보였을 때부터 뭔가 꿍꿍이가 있을 거라 생각했다. 헌데 감히 황후로 앉힐 생각을 하다니. 황제는 이루 말할 수 없는 노여움에 어금니를 꽉 물었다. 려운과의 약조를 위해 지켜 주고자 했으나 그마저도 저버려야 하는 순간이었다.

"황제 폐하께서도 잘 아실 것입니다. 천자의 아들과 하늘의 부름을 받는 신녀가 부부의 연을 맺으면 나라가 안정을 되찾고 그 나라는 태평성대를 이룰 것이라는 설을 말입니다. 또한 신녀가 차기 황후가 된다면 백성들 또한 그것을 신성하게 여겨 천나라 황실을 더욱 받들게 되지 않겠습니까."

"허나 여태껏 신녀는 황후가 된 적이 없었다. 그 연유를 홍 재상 그대도 잘 알고 있을 터."

황제가 차갑게 반문했다. 신녀는 지조와 절개를 유지하는 것을 사명으로 삼는 여인들로, 황실에서도 그 뜻을 존중해 주고 있었다. 따라서 신녀가 황제와 혼인을 하는 경우는 드물었다.

"폐하, 그 아이는 천 나라의 안위를 위해서라면 무슨 일이든 할 아이입니다."

홍 재상이 여유롭게 답했다. 자신이 생각해도 아주 그럴듯한 답이었다. 애초에 재연은 신녀로서의 지조와 절개 따윈 안중에도 없었으니 그녀의 의사는 중요치 않았다. 또한 그녀 자신도 황후가 되길 누구보다 바라고 있을 터였다.

"그 이야길 하려고 내 명까지 어겨가며 모두 조당에 모인 것이오? 황후가 납치된 것 같다는 짐의 말은 듣지 못하였소? 황후가 어딘가에서 사경을 헤매고 있을지 모르는 상황에서 새 황후를 들이자니."

황후 스스로 사라졌다 말한다면, 대신들은 황후를 폐하여야 마땅하다고 들고 일어섰을 것이었다. 그래서 일부러 황후가 납치되었다 말했으나 그녀가 납치되었건 말건, 대신들에게는 황후의 자리가 비어 있단 사실만이 중요할 뿐이었다.

황제는 그간 자신이 어떤 정치를 펼쳐 왔는지 깨닫자 불현듯 허탈감이 밀려들었다.

이윽고 줄곧 입을 굳게 다물고 있던 병부상서가 앞으로 나서며 말했다. 병부상서는 실질적으로 군사를 움직이고 있었기 때문에 현재 상황에 더욱 민감했다.

"황제 폐하의 명을 어긴 죄, 그 벌을 달게 받아야 마땅하오나 소신들이 너무 다급하여 어쩔 수가 없었습니다. 천나라 황실의 안위를 보필하는 것 또한 저희들의 몫이 아닙니까. 황후마마가 납치되었다는 사실을 알고 저희들 또한 사력을 다하고 있으나 도무지 그 행방을 찾기가 어렵습니다. 어쩌면 이미 목숨이……."

"닥치시오!"

황제가 소리쳤다. 그는 더 이상 듣기 싫다는 듯 자리에서 일어났다.

"그대들의 뜻을 알겠으나 나는 반드시, 황후를 찾을 것이오."

그리고 분노에 가득 찬 한마디만을 남기고 조당을 나가버렸다.

"폐하, 백성들은 오래 기다리지 못할 것입니다."

홍 재상은 마지막으로 조당을 나서는 황제의 귓가에 쐐기를 박았다. 그리고 보일 듯 말 듯한 미소를 지으며 머리를 조아리는 그였다.

이제 자신의 뜻을 밝혔으니 황후가 돌아오지 못하도록 만들며 시간이 지나가길 기다리기만 하면 되었다.

애당초 황제가 눈에 불을 켜고 찾고 있을 국영은 멀리 보내 버렸고, 백 재상 또한 재연이 황후가 되고 나면 자객들을 보낼 예정이니 방해가 될 것은 없었다.

설사 황후가 돌아온다 하더라도, 어디서 어떤 일을 겪었을지 모를 여인이니 불경스럽다 여겨 당장 폐위시켜야 한다고 주장하면 되는 일이었다.

홍 재상이 조당을 나서며 희미하게 웃었다.

'폐하, 하루빨리 포기하시지요. 그래야 이 몸이 손에 피를 덜

묻히지 않겠습니까.'

*　　　*　　　*

"영. 일어나 보거라. 내 방금 엄청난 이야길 듣고 왔다."

천기전에 매수해 둔 환관으로부터 아침에 조당에서 있었던 일을 듣고 온 천 우가 천 영을 흔들어 깨웠다. 천 영은 피곤함에 절어 쉽게 눈을 뜨지 못했으나, 억지로 침상에서 몸을 일으켜 세웠다. 그리고 무슨 일이냐는 듯 천 우를 물끄러미 응시했다.

"오늘 아침, 조당에서 비어 있는 황후의 자리를 대신할 새 황후를 책봉하자는 말이 오갔다고 하더구나."

"새 황후……?"

새 황후란 말에 영의 정신이 번쩍 들었다.

"새 황후라니. 그럼 현 황후는? 납치된 것이라 들었는데 아직 찾지 못한 것뿐이잖아."

"만약 정말 황후가 납치된 것이라면 진즉에 찾았을 것이다."

천 우가 차가운 미소를 머금은 채 재미있다는 듯 말했다. 불현듯 황후가 사라졌다는 소식을 들었을 때부터 이상하다고 생각했다. 한 나라의 황후가 그리 무방비하게 당했다는 건 있을 수 없는 일이었다. 그리고 휘가 자신을 불러냈을 때 직감했다. 이건 단순한 납치 사건이 아니라는 것을.

"뭐……? 그게 무슨 뜻이야."

천 영이 이해가 안 간다는 듯 고개를 살짝 비틀었다. 천 우는 그래서 넌 아직 어리다는 거야, 라는 표정으로 한숨을 쉬더니 곧 진지한 눈빛으로 답해 주었다.

"나도 짐작일 뿐이지만, 문득 이런 생각이 들었다. 황후가 휘와 함께 환궁하던 때, 남은 장벽이라곤…… 천 휘밖에 없었다면?"

"황후 스스로 도망쳤다는 말이야? 말도 안 돼. 분명 천 휘 형님은 납치였다고 했잖아."

"도망쳤다고 말하면, 나중에 황후가 돌아왔을 때 대신들이 어떻게 하겠느냐."

"천 휘 형님……."

휘를 떠올린 천 영의 표정이 굳었다. 거기까지 생각하고 있을 줄은 몰랐다.

"휘는 바보가 아니다. 만약 내 짐작이 사실이라면, 분명 혼자서 계속 황후를 찾고 있을 것이다. 무엇보다도 휘가 전에 내가 황후에게 덮어 주었던 옷에 대해 물었다."

"옷?"

"나는 황후에게 그 옷을 돌려받지 못했고, 황후는 사라졌는데…… 그 옷이 마방에서 발견되었다고 하더군. 그렇다면 황후가 마방에 있었다는 것인데…… 납치된 분이 마방에 있었을 리가 없지 않느냐."

"그렇다고 아직 확신하긴 일러. 황후마마께서는 눈이 안 보이잖아. 눈도 안 보이는 분이 어떻게 혼자서 사라진다는 거야. 그것도 무슨 연유로?"

"그건……."

천 우가 멈칫했다. 날카로운 천 영의 질문에 자칫하면 황후의 눈이 보인다는 사실을 내뱉을 뻔했다. 그는 잠시 머뭇거리는가 싶더니 이내 다른 방향으로 영의 의심을 돌렸다. 아직은 자신만이 알고 있어야 했다. 휘가 그 사실을 알고 있는지 모르고 있는지 알아내는 것이 먼저였다.

"……나도 의문이다. 헌데 만약 누군가 황후를 숨겨주고 있는 것이라면 다를지도 모르지. 눈이 보이지 않는 황후를 빠르게 자신의 거처에 숨겨 주기 위해서는 말이 필요했을 테니까."

"누가 황후를 숨겨 준다는 거야."

'설마…….'

문득 영의 머릿속에서 황후의 동생인 향이 스쳐 지나갔다. 백 재상은 황후가 없으면 더 이상 황제의 장인이 될 수 없었고, 재상 직에서 물러나야 할 테니 그녀를 숨겨 줄 리 없었지만 그녀의 동생은 달랐다. 황후, 월이라는 이름 한마디에 눈물이 그렁그렁 맺히던 여인.

어쩌면 백 재상 몰래 황후를 숨겨 주고 있는 걸지도 몰랐다. 전에 자신이 황후에 사가에 찾아가다 백 재상을 마주쳤을 때 꽤 영리하게 둘러대는 것 같았으니…….

그러고 보니 오늘이 그날로부터 며칠째지. 하나, 둘 세어 보던 영은 오늘이 향을 만나기로 했던 사흘째라는 것을 알고 아랫입술을 물었다.

"아무튼 홍 재상이 기어이 일을 벌일 줄 알았지만, 이리 뒤통수를 치다니. 괜히 능구렁이 영감이 아니었어."

천 우가 자신의 턱을 매만지며 중얼거렸다. 그리고 의미심장한 미소를 지으며 물었다.

"홍 재상을 우리 쪽으로 끌어들이는 것은 어떠냐, 천 영."

일이 이렇게 돌아간다면 방해가 될 것 같았던 홍 재상을 이젠 자신의 쪽으로 끌어들이는 것도 나쁘지 않을 것 같았다. 어차피 그도 휘를 무너뜨리는 데 한몫을 하고 있는 것이니.

"……."

그러나 영은 아무런 대답을 하지 않았다. 그러다 무언가에 홀린 사람처럼 자리에서 일어나며 낮게 말했다.

"형님 말대로 그자는 능구렁이라고. 쉽게 믿어선 안 돼."

"어차피 목적은 비슷하질 않느냐. 거기다 우리 둘만으로는 천나라를 온전히 흡수하기 어려울 테니 어느 정도 이곳의 고관대작들을 수중에 넣을 참이었다."

"그건 알고 있지만……. 아직 섣불리 움직이는 건 위험해. 사라진 황후가 돌아오는지, 끝까지 지켜보다 새 황후 문제가 다시 거론될 즈음 결정하는 걸로 하자고."

향을 먼저 만나보는 것이 우선이었다. 그러려면 시간을 벌어야 했다. 영은 천 우가 움직이는 것을 막기 위해 그럴듯한 말로 둘러댔다.

"언제까지 지켜만 볼 수는 없지 않겠느냐. 우린 이제 시간이 없……."

"나 잠깐 다녀올 데가 있어."

"천 영 네가? 어디로 말이냐."

천 우가 하던 말을 멈추고 급히 하원전을 나서는 영의 뒤에다 대고 소리쳤다.

영의 발걸음이 빨라졌다.

천 우는 뭔가 이상하다는 듯 입술을 씰룩이고는 사라져가는 영의 뒷모습을 응시하며 조용히 덧붙였다. 그리고 차갑게 웃었다.

"황후가 사라진 연유에 대해 물었느냐. 내가 보기엔 아마도…… 우리의 어머니와 같은 마음 때문이지 않았을까 한다."

* * *

"드디어 오늘이야."

향이 이부자리 위에서 벌떡 일어나 말했다.

휘영, 그자를 만나는 날.

그녀의 입가에 미소가 피어났다. 향은 밖에 나갈 준비를 하기 위해 분주히 움직였다. 그리고 어떻게 하면 아버님 몰래 밖으로 나갈 수 있을까 고민했다.

"아씨 일어나셨…… 아씨?"

그때 시녀 아이 한 명이 향의 방으로 들어왔고, 향은 그 아이에게 조용히 손짓했다.

"이리와 봐."

"예?"

시녀 아이는 고개를 갸웃하며 향에게 가까이 다가갔다. 향은 진지한 얼굴로 아직 정리되지 않은 이부자리를 가리키며 목소리를 낮춰 말했다.

"내가 오늘 꼭 만나야 할 사람이 있어. 아버님께 들키지 않아야 하니, 내가 돌아올 때까지만 아픈 척하고 여기 누워 있어."

"예? 아씨, 어찌 제가 아씨의 이부자리 위에…… 그보다 아씨 혼자 어딜 가시겠다는 것이어요!"

"잔말 말고 내가 시키는 대로 해 줘. 응? 제발 부탁이야. 이번 한 번만 들어주면 더 이상 속 썩이지 않을게."

"하지만……."

시녀 아이가 머뭇거리자 향은 손을 모아 쥐고 최대한 불쌍해 보이는 표정을 지었다. 그러자 시녀 아이는 못 이기겠다는 듯 고개를 끄덕였다. 그리고 깊은 한숨과 함께 문 쪽을 등지고 향의 이부자리 위에 누웠다.

"빨리 다녀올게."

향은 함박웃음을 지으며 이불을 아이의 머리까지 덮어씌웠다. 그리고 두어 번 토닥거린 뒤 조심조심 문 쪽으로 걸어갔다.

이내 바깥을 두리번거린 뒤, 아무도 없는 것을 확인한 그녀는 집을 나섰다.

*   *   *

탁―!

"어, 어……?"

향이 집 밖으로 나와 어디로 가야 할지 몰라 주변을 두리번거릴 즈음, 누군가 그녀의 손목을 낚아챘다.

그리고 그 누군가의 얼굴을 확인한 향의 표정이 밝아졌다.

휘영이었다.

천 영은 향의 손목을 쥐고 그녀의 사가에서 최대한 멀어졌다.

언제, 어디서 만날지 제대로 된 약조를 하지 않았지만 지금으로선 자신이 향을 직접 찾아가는 수밖에 없다는 생각이 들었다.

그래서 무작정 그녀의 집으로 찾아갔고, 우연인지는 몰라도 향이 나와 있었다.

아니, 인연일까.

영과 향은 달리고 달렸다. 바람을 가르고 두 사람의 머리카락이 부드럽게 휘날렸다. 도성의 중심가에 자리한 향의 집에서 멀리 벗어나 영은 도성 변두리의 마을 가로 들어섰다.

후두둑―

그리고 그때, 때 아닌 빗줄기가 둘의 어깨를 적시기 시작했다.

봄비일까. 빗물이 볼을 타고 흐르자 영은 향을 데리고 빈집을 찾았다. 이윽고 사람이 살지 않는 것 같은 집을 찾아낸 영은 향과 함께 그 안으로 들어갔다.

"갑자기 웬 비람."

향이 젖은 옷을 털어내며 말했다. 그래도 재미있는 추억이 될 것 같다는 생각에 엷은 미소를 띠며 영을 바라보던 순간, 그녀의 얼굴이 딱딱하게 굳었다.

"휘영?"

"……?"

향이 두 눈을 깜박였다. 자신이 잘못 본 것인지, 아니면 다른 사람인 건지…… 지금의 휘영의 모습은 자신이 알던 그런 모습이 아니었다.

"왜 그런 눈으로 바라보는 것이오."

향에게서 뭔가 이상한 기류를 느낀 영이 고개를 비스듬히 기울이곤 한쪽 눈썹을 구겼다.

"당신은…… 궁인이라고 하지 않으셨습니까."

"궁인? 아, 이런……."

천 영은 그제야 자신이 옷도 갈아입지 않은 채 향을 만났다는 사실을 깨달았다. 너무도 급한 마음에 황궁에 있던 모습 그대로 나와 버린 것이었다. 어쩐지 사람들이 뚫어져라 바라보며 지나가더라니.

그리고 가장 중요한 한 사람. 백 향이란 여인에게 거짓말을 했던 것이 들통 나버렸다.

"당신의 정체가 무엇입니까. 내 언니에 대해 말해 주겠다고 한 것도 거짓이었습니까? 언니가 보낸 사람은 맞느냔 말입니다."

향이 날카롭게 물었다. 그리고 그런 그녀의 물음에 영은 입을 꾹 다물 수밖에 없었다.

헛된 의심이었다. 자신에게 월에 대해 묻고 있는 이 여인이 황후를 숨겨주고 있다니……. 그렇다면 눈이 보이지 않는 황후를 누가 돕고 있다는 말인가.

"나는."

영이 쓴침을 삼켰다. 숨기려고 해도 숨길 수 없는 이 상황을 어떻게 헤쳐 나가야 할지 머릿속이 하얘졌다.

"당신은 누구냐고 물었습니다."

향이 한 발자국씩 그에게 가까이 다가가며 말했다. 영은 가까이 다가오는 그녀의 발걸음에 주춤주춤 한 걸음씩 물러났다.

이내 그는 한숨과 함께 두루뭉술하게 답했다.

"황후마마와 가까운 사람은 맞소. 그리고 그분에 대해 알고 있는 것도 맞소. 허나—."

"……?"

영이 한참을 머뭇거렸다. 입술이 떨어지지 않았다.

황후가 사라졌다는 것을 알면 또 얼마나 충격을 받을까.

황궁에 갇혀 있다 한들 황후로서, 내명부의 주인으로서 여인이 가질 수 있는 최고의 자리에 앉아 살아가고 있을 줄 알 터인데.

　"……황후마마께서 사라지셨다는 것을 전해 주려 했을 뿐이
오."

　'그리고 나는 그것을 이용해 천나라를 무너뜨리려 하고 있소.'

　영의 얼굴이 어두워졌다. 애초에 그녀를 이용하려는 생각이었
고, 지금도 변함이 없었으나 불현듯 가슴이 따끔거렸다.

　"황후마마께서 사라지셨다니요!"

　'또다시 울 것을 뻔히 아는데……. 언니인 황후가 사라졌다는
사실을 알고. 그리고 아무것도 제대로 알려 주지 않은 채 떠나는
나를 보고.'

　"만약 황후마마께서 그대에게 찾아온다면 꼭 내게 알려 주시
오. 꼭……."

　천 영은 향을 남겨둔 채 또다시 등을 보일 수밖에 없었다. 발
목에 돌덩이를 매단 듯 빈집을 나서는 영의 발걸음은 한없이 무
거웠다. 그러나 빨리 향의 눈앞에서 사라질 수밖에 없었다.

　밖으로 나오자 어느덧 세차진 빗줄기가 영의 뺨을 타고 흘러
내렸다.

　'왜 하필 그대는, 황후의 동생인 것일까.'

　영이 이를 악물고 두 눈을 꼭 감았다. 타들어가는 가슴이, 뒤
를 돌아 당장이라도 다시 그녀에게 뛰어가도록 만들 것만 같았
다.

　황후의 동생이 아니었더라면…… 더 눈여겨보고, 자꾸 말을

걸어보고, 다시…… 눈앞에 나타날 수 있었을 텐데.

형제에게 검을 겨누고, 목숨을 위협해야 하는 지금.

영은 자신의 처지가 너무도 한스러웠다.

"어머니……."

그가 비를 맞으며 떨리는 입술에 힘을 주었다.

'이러한 감정이 어머니께서 말씀하셨던 사랑이라는 것입니까. 한번 얽매이면 끊으려 해도 끊어지지 않는 연정이란 것입니까. 처음 만난 순간 보았던 그 아이의 큰 눈망울이 자꾸만 생각나고, 그 아이를 가슴 아프게 하는 일을 하는 줄 알면서도…… 황후의 행방을 알아내겠다는 핑계를 대며 그녀를 만나러 왔습니다. 그리고 지금도 이토록 그 여인이 눈에 밟히는 것을 보면, 그 여인을 이용했다는 사실이 너무도 가슴 아픈 것을 보면……, 저는 어느덧 그 여인을 마음에 품었나 봅니다. 그런데도 두고 나올 수밖에 없었습니다. 모두 미련했던 어머니, 당신 탓입니다. 한 순간에 마주친 사랑이, 이리 가혹한 것이었습니까. 그래서 어머니께서도 그리 모진 세월을 견뎌내셨단 말입니까. 그 모진 세월을 보고 자란 저는 그 때문에 제 사랑마저도 포기하게 되었습니다.'

천 영이 입매를 비틀었다. 그리고 낮은 탄식이 빗소리와 함께 나지막이 울려 퍼졌다.

"천 휘 형님……. 형님 때문에 상처 입는 이들이 이리도 많다는 것을 아십니까."

천 영은 황궁을 향해 걷고 또 걸었다. 두 주먹을 꽉 쥔 영은 자신을 이렇게 나쁜 사내로 만들어 버린 천 휘를 하루빨리 무너뜨리고 싶었다. 천 우보다도 더, 마음이 조급해졌다.

그러나 곧, 자신의 앞을 가로막는 향의 얼굴에 그는 발걸음을 늦출 수밖에 없었다. 빗줄기 사이로 눈을 비비고 눈앞의 여인이 정말 그녀인지 확인했지만, 그녀는 없었다.

영의 얼굴에 실망한 기색이 역력했다. 이내 그는 발걸음을 더욱 늦추었다. 그리고 터벅터벅 최대한 천천히 걸었다.

질퍽한 땅 때문에 고귀한 비단옷에 흙탕물이 튀는데도 영은 아무런 신경조차 쓰지 않았다.

갈등 끝에 그가 향을 위해 해 줄 수 있는 것은 한 가지였다.

마지막까지…… 황후를 기다려 주는 것.

그때까지만, 천 우와 함께 세웠던 계획을 잠시 동안 미루는 것.

휘 형님이 너무도 미운 것은 사실이었으나 그것이 향을 속인 것에 대한 미안함을 대신하는 길인 것만 같았다.

영은 황족이라는 족쇄를 풀어 던지고만 싶었다. 그저 다른 이들처럼 평범하게 소소한 행복을 누리고 싶었다.

그럴 수만 있다면 향에게 정체를 숨기지 않아도 되고 향을 아프게 하지 않아도 되었다.

복수심 따위 없이, 그저 물이 방향 없이 흘러가는 것처럼 받아들이고, 모른 척 두 눈을 감고 싶었다.

천 휘가 친 형제가 아니라는 사실을…….

　　　　*　　　*　　　*

　빈집 안에 혼자 남겨진 향의 어깨가 부들부들 떨렸다. 전에도 자신의 할 말만 하고 사라지더니, 월이 사라졌다는 말 한마디만을 남긴 채 또다시 사라져 버리다니.

　시린 바람이 향의 어깨를 감쌌다. 휘영이 함께 있을 때만 해도 따뜻했던 공간이 너무도 싸늘하게만 느껴졌다.

　그가 손목을 잡고 뛸 때 느꼈던 감정은 그저 한순간의 착각일 뿐이었을까. 아무 생각 없이 머리 위로 떨어지는 빗줄기를 맞으며 뛰었던 시간이 너무 좋았던 건, 오랜만에 비를 맞았기 때문이었을까.

　'언니에 대한 소식을 들을 수 있다는 것보다 그를 다시 만난 것이 더 기뻐서, 언니에게 무척 미안할 만큼 솔직해져 버린 감정이…… 모두 봄바람처럼 잠시 스쳐 지나갈 마음이었던 것이냔 말입니다.'

　향의 눈에서 닭똥 같은 눈물이 툭, 떨어져 바닥에 번졌다. 젖은 머리 때문에 흘러내리는 빗물과 엉겨 눈물인지 빗물인지 구별을 할 수 없었다.

　그리고 그건 너무나도 다행이었다. 누군가 언제나 씩씩했던 백 향이 우는 모습을 보았더라면, 너무나도 창피했을 테니까.

　향은 꿈을 꾼 것처럼 한순간에 일어난 일들이 너무도 허탈했다. 다시 만나자고 기약한 사람은 휘영이었으면서 이렇게 갑작스레 자신을 피해 버렸다. 무엇보다도…….

"이번엔 다시 만나자는 기약조차 하지 않다니."

소매로 눈물을 훔쳐낸 향이 입술을 앙다물었다. 처음엔 정체
를 속였다는 사실에 화가 났지만 그것보다도, 좀 더 이야기를 나
누고 싶었다. 언니가 사라졌다면 그것에 대해라도 자세히 말해
주고 갔어야 했다.

처음부터 휘영에게서 느껴지는 기품이 남다르다고 생각했지
만 오늘 본 그는 마치 황실 사람 같았다.

"아버님이라면 아실지도 몰라."

그리고 문득 무언가를 떠올린 향은 자신의 사가로 달리기 시
작했다. 황궁의 사람이라면 모르는 이가 없을 테니, 아버님은 뭔
가를 알고 있겠지.

*　　　*　　　*

"아버님!"

"갑자기 무슨 소란이냐."

향이 숨을 고르며 백 재상에게 다가와 앉았다. 백 재상은 황궁
에서 무슨 일이 있었는지도 모른 채 여유롭게 난을 가꾸고 있었
다.

"혹 황궁에 휘영이란 자를 아십니까."

"휘영? 그자는 왜 묻는 것이냐. 그리고 향이 네 꼴이…… 아프

다더니 나 몰래 바깥에 나갔다 온 것이냐!"

그렇잖아도 향이 아침상을 물렸다기에 무슨 일이라도 있나 싶어 그녀의 방에 가 보았던 백 재상이었다.

그러나 향은 아프다며 이불 속에서 나오지 않았고, 백 재상은 고개를 갸웃하면서도 그녀가 자도록 내버려 두었다.

그런데 정작 아프다던 향이 비를 쫄딱 맞고 헐레벌떡 자신의 앞에 나타나다니.

"그것이…… 아버님. 그보다 어서 대답해 주세요. 휘영이란 자를 아십니까?"

향은 적당한 핑곗거리를 찾으려다 이내 포기하고 다시 물었다. 혼나는 것은 그 다음 일이었고 정말 그자가 황실 일가인지 알아내야 했다.

"황궁에 휘영이란 자는 없다. 향, 너는 앞으로 네 방에서 한 발자국도 못 나갈 줄 알거라. 감히 아비의 말을 우습게 여기다니. 여봐라!"

"절 밖에 나가지 못하게 하시고선 몰래 언니를 찾아보실 작정이십니까!"

향이 악에 받친 듯 소리쳤다. 순간 백 재상의 얼굴이 돌처럼 굳었다. 싸한 기운이 둘 사이를 감돌았다. 백 재상은 할 말을 잃은 듯 한동안 입을 다물지 못했다.

"향이 네가 그것을 어찌……."

"황후마마께서 궁에서 사라지셨다 들었습니다. 모두 아버님

탓입니다! 아버님이 그리 만든 것입니다…….”

향은 백 재상의 앞에서 눈물을 쏟아냈다. 그동안 한마디 따지지도 못했다. 하늘과 같은 아버님이었고, 아버님의 뜻을 따르는 것이 어머니의 뜻을 따르는 것과 같다고 생각했다.

월이 황궁으로 갈 때도 가지 말라고 붙잡을 수가 없었다. 방 안에 틀어박혀 눈이 먼 채 산 송장처럼 황궁으로 향하는 모습을 보지 않으려 했다.

“향아. 황후마마는 이 아비가 꼭 찾을 것이다. 그러니 넌 걱정할 것 없다.”

“아니오, 찾지 마십시오. 그리고 조용히 재상 직에서 물러나십시오. 허면…… 언니는 다시 돌아올지도 모릅니다.”

“여봐라! 어서 향을 데려가라 이르지 않았느냐!”

“예!”

백 재상은 향을 달래려다 실패하자, 보기 싫다는 듯 이 상황을 회피하려 그녀를 재빨리 내보냈다.

향의 눈가에 핏줄이 어렸다. 붉어진 눈동자에는 깊은 한과 원망이 담겨 있었다. 동생으로서 아무것도 해 주지 못한 미안함과 자신의 무기력함에 대한 분노였다.

“언젠가 황후마마께서 아버님을 찾아올 날이 있을 겁니다.”

향은 두 명의 시녀 아이에게 부축을 받으며 걸어 나가다 뒤를 돌아보며 쏘아붙였다.

“무슨 뜻이냐.”

백 재상이 매서운 눈빛과 함께 향을 바라보았다.

"그때는, 절대로…… 아버님께서 황후마마의 아비라는 말, 입에 담지 못하게 되실 것입니다."

향은 의미심장한 한마디와 함께 백 재상의 방을 나섰다.

'아버님이 황후마마를 통해 얻은 모든 것들은, 언니가 돌아왔을 때 한꺼번에 잃게 되실 겁니다. 그리고 저는 황후마마가 돌아올 날을 기다리겠습니다.'

피를 나눈 동생이어서였을까. 아니면 오랫동안 월을 지켜본 유일한 사람이어서였을까. 향은 어렴풋이나마 알 수 있었다. 월이 황궁에서 사라진 연유에 대해.

'황후마마는, 아무리 찾아도 찾을 수 없을 것입니다. 그녀 스스로 돌아오지 않는 한.'

그리고 향은 앞으로 다시는 낯선 사내에게 마음을 빼앗기지 않으리라 다짐했다.

'휘영.'

아는 것은 이름 두 자뿐이었다. 정말 그가 황실 사람이었다면……. 월에 대한 이야기를 들을 수 있었고, 그동안 궁금했던 황궁에 대해서도 묻고 싶은 것이 많았다.

하지만 아버님이 모른다면 그는 신분이 높은 자 행세를 한 것일 수 있었다. 그에게서 느껴지던 기품마저, 거짓일 수 있었다.

또다시, 혼자가 되어 버렸다. 유일한 말벗이었던 언니 월도, 그리고 지루한 일상에 어느 날 갑자기 나타난 휘영도 없는……

규방의 여인.

향은 가슴이 너무도 쓰라렸다. 그녀는 아랫입술을 물고 시련의 상처를 저 아래 깊숙이 눌러 담았다.

알 수 없는 말만 남겨놓고 사라진 빗속의 사내는 이젠 기억하지도 않을 것이고 떠올리지도 않을 것이었다.

그저 봄날의 추억처럼, 아니…… 한순간 스쳐 지나갔던 인연이라 여기며 그대로 덮어 둘 것이었다.

제7장
꽃비

"폐하. 어찌하여 이번에도 수라를 물리셨단 말입니까."

오늘도 어김없이 애련정에 서 있는 황제에게 려운이 다가와 말했다. 머리 위에 흩날렸던 벚꽃잎은 어느새 노랗게 물들기 시작해 갈색이 되어 호수 아래에 떨어져 있었다.

봄이 끝나가고 있었다.

"도성에 있는 객주들은 모두 뒤져 보았느냐. 도성 밖의 객주들 또한 샅샅이 확인한 것이냐."

황제는 대답 대신 다른 것을 물었다. 려운은 슬픈 눈빛으로 한동안 황제를 바라보다 옅은 한숨과 함께 답했다.

"이제 제운객주 한 곳만 남았습니다. 자세히 알아본 결과, 제운객주는 허가를 받고 천나라 내에서 운영되는 타국 객주였습니다. 섣불리 건드렸다간 낭패를 볼 수 있어 제일 마지막으로 남겨 두었습니다."

"제운객주라. 그곳에도 황후가 없다면……. 나는 이대로 재연을 받아들여야 할지도 모르겠구나."

황후가 사라진 지 보름이 지나고, 달포가 지났다.

천호영과 금위군을 모두 동원해 객주들을 중심으로 황후를 찾아보았지만 허사였다.

황제는 밤잠을 이루지 못한 채 수없이 잠행을 나섰고, 제대로 먹지도 않은 채 한없이 차가워져만 갔다. 감정 또한 없는 사람처럼 보였다.

마지막 남은 제운객주에도 황후가 없다면, 황후를 영영 찾을 수 없게 되는 것이 아닐까.

황제가 애련정 아래 호수를 내려다보며 쓴웃음을 지었다. 그렇게 한동안 말이 없던 그가 거칠어진 입술을 뗐다.

"려운."

"폐하. 국혼일이 얼마 남지 않았습니다. 이대로 재연을 황후로 맞이하실 생각이십니까. 폐하께서는 이 나라의 황제이십니다. 어째서 새 황후의 책봉을 암묵적으로 수락하고 계신 것입니까."

려운은 답답한 마음에 초점 없는 눈빛으로 호수만 내려다보고 있는 황제를 다그쳤다.

그러나 황제는 또다시 대답 대신, 다른 말을 꺼냈다.

"재연에게 입을 맞춘 적이 있었다."

"……?"

"내가 연화를 잊은 것은 아닐까, 그 아이가 연화가 아니라는 것을 알면서도 연화라 생각하며 입을 맞췄다. 그리고 그 순간…… 내 심장은 더 이상 뛰지 않았다."

"폐하……."

"전에 황후에게 그리 말했다. 오직 한 사람에게만 내 심장이 반응한다고. 그리고 그 신녀에게 입을 맞추었을 때, 온전히 깨달았다. 나는 어느새 연화를 잊었다는 것을……."

확인하고 싶었다. 일부러 흔들려도 보았다. 변명이 될지 몰라도, 자신이 진정으로 가슴에 품은 사람이 누구인지 확인하고 싶었다.

그는 아직 온전한 황후의 사람이 아니라는 생각에 상처를 받은 그 날, 눈앞에 보이는 연화에게 일부러 입을 맞추었다. 연화였으면 좋겠다고 생각하고 입을 맞췄다.

그러나 아무런 느낌이 없었다. 그 순간 눈앞에 서 있던 그녀가 정말 연화처럼 느껴졌는데도, 더 이상 그녀에겐 가슴이 뛰지 않았다.

그리고 그때, 깨달았다.

자신은 이미 새로운 벚나무를 심어 버렸다는 것을.

무의식적으로 아직 그녀를 찾고, 그리워할지 몰라도 이제 연화라는 벚나무는 더 이상 자신의 가슴 속에서 꽃을 피우지 않는다는 것을.

려운의 눈썹에 힘이 들어갔다.

황제의 여인이었던 연화는 이미 죽었다.

그리고 그가 심은 새로운 벚나무마저 시들어 가고 있었다.

려운은 두 번 다시 사랑하는 여인을 잃은 황제의 모습을 보고 싶지 않았다.

그리고 연화 행세를 하는 신녀가 연화 대신 황후 자리에 오르는 것은 더더욱 싫었다.

마음속에서조차 죽어 버린 그 아이를, 다시 마주하는 것이 너무도 괴로웠다.

그 아일 지켜 주지 못했던 오라버니로서 매일 황궁에서 그녀를 마주치고 싶지 않았다.

"연화를 잊으셨다면 연화가 아닌 그 아이는 어서 경계하십시오. 황제 폐하께서 아무리 제게 나서지 말라 하명하신다 한들, 저는 목숨을 걸고서라도 그 아이가 차기 황후가 되는 것을 막을 것입니다."

려운이 단호하게 말했다. 그러나 황제는 옅은 미소를 지을 뿐이었다.

"려운. 한나라의 황제이면서, 황후조차 찾지 못하는 내가 그들을 막을 도리는 없었다. 황제인 내가 아무리 황권을 휘두른다 해도 황후를 찾을 수 없는 것을 보면…… 황후는 내가 찾을 수 없는 곳으로 숨어 버려 영영 돌아오지 않을 생각이 아니겠느냐.

무엇보다도…… 네 말대로 나는 이곳 천나라의 황제다. 따라서 엄연히 따라야 할 국법이 있고, 사명이 있다."

황제가 뒤돌아섰다. 그리고 려운의 어깨 위에 손을 올리며 덧붙였다.

"황후의 자리를 오래 비워 둘 수 없는 것처럼……."

'어째서 황제 폐하의 곁을 지켜줄 이는 저밖에 없단 말입니까.'

려운은 순간 울컥 올라오는 분함에 고개를 숙일 수밖에 없었다. 궁 안에 자신의 편도, 적도 만들지 않았던 것은 황제만의 고집이었다.

자신은 늘 혼자여야만 궁 안의 평형을 이룰 수 있다 생각하던 분이었다. 누군가를 가까이 두고 나서 또다시 잃을지도 모른다는 두려움에 쉽게 틈을 내어주지 않았던 건, 정치에 있어서도 사랑에 있어서도 마찬가지였다.

그러나 그의 생각은 틀렸던 것이었다.

그것은 평형이 아니라, 또다시 잃게 될지 모른다는 두려움 때문이 아니라…… 황제로서의 사명감 때문에 스스로를 가둬 버린 탓이었다.

려운은 문득 이런 생각이 들었다. 나의 오랜 벗이었던 천 휘는 천나라의 황제란 자리가 너무도 버거웠다는 것을……. 제 여인 하나 지키지 못하고, 매일 대소신료들과 머리싸움을 해야 하는 이 자리가 너무도 힘이 들어 지쳐 있었다는 것을.

　　　　*　　　*　　　*

　황제는 애련정에서 천기전으로 돌아가던 발걸음을 멈추고 말 없이 연주전 앞에 섰다. 그리고 먼지가 쌓여가는 연주전을 정리하고 나오던 리아와 눈이 마주쳤다.

　리아는 황제를 보고 사시나무 떨 듯 떨었다. 분명 뭔가를 말해야 하는데, 차마 입술이 떨어지지 않았다. 살고 싶었다. 천한 목숨 줄을 붙들고 사는 방법은, 백 재상의 말에 따르는 것뿐이었다.

　황후마마가 사라지셨다는 소식에 몰래 백 재상을 찾아갔지만 그저 입을 꾹 다물고 궁 안에 처박혀 있으라는 말뿐이었다.

　그녀는 황후가 돌아오기만을 기다리며 연주전을 쓸고 닦았다. 그것이 유일하게 자신이 할 수 있는 일이었다.

　텅 비어 냉기만이 가득한 연주전 천장을 바라보면서 하루에도 수십 번씩 황제에게 황후마마에 대해 말하고 싶었다. 하지만 백 재상이 너무도 두려웠다. 자신이 닿을 수 없는 높은 곳에 있는 황제보다 가까이에서 자신을 지켜보고 있는 백 재상이 더 두려웠다.

　그래서 선뜻 말할 수가 없었다. 그러나 황제와 두 눈을 마주친 순간, 리아는 그의 차가운 눈빛에 온몸이 묶여 버린 것만 같았다. 그리고 곧 그의 눈동자 안에서 이루 말할 수 없는 슬픔을 느꼈다.

늘 차가웠던 분. 그러나 지금껏 느꼈던 그런 차가움과는 너무도 달랐다. 황후마마께서 사라진 순간부터 다시 얼어가기 시작해 점점 황폐해져 가는 황제의 얼굴을 리아는 모른 척할 수가 없었다.

"폐하."

결국 그녀는 떨리는 입술을 세게 깨물었다. 그리고 황제의 앞에 다가와 머리를 조아렸다.

"그래. 너는 황후의 시녀 아이인 리아가 아니냐."

황제가 그녀를 알아보고 리아를 물끄러미 바라보았다. 리아는 마른 침을 꿀꺽 삼켰다.

"폐하, 실은……."

"……?"

"실은……."

"무슨 말이든 해 보거라."

황제는 리아를 이상하다는 눈빛으로 바라보며 그녀가 입술을 떼길 기다렸다.

언제 가루처럼 사라져 버릴지도 모르는 파리한 목숨을 지키고자 황후마마를 죽어가게 만들다니……. 나 혼자 살자고 몸종인 내게 언제나 따뜻했던 분에게 독약을 내어다 드리다니…….

리아는 그동안 자신의 행동이 너무도 비참하게 느껴졌다.

그녀의 눈가 아래로 그림자가 드리워졌다.

이렇게라도 하는 것이 그동안 황후마마를 속인 것에 대한 속

죄의 길인 것 같았다.

이윽고 두 눈을 질끈 감은 리아의 입가에서 오랫동안 묻어 두었던 한마디가 터져 나왔다.

"황후마마의 눈은, 제가 드린 탕약을 드시고 그렇게 되신 것입니다."

"......!"

"그리고 그 탕약은…… 백 재상님께서 제게 주신 것입니다."

툭—

황제가 쥐고 있던 황후의 나비 머리꽂이가 바닥에 떨어졌다. 황제의 뒤를 지키고 있던 려운의 눈이 한없이 커졌다.

황제는 그 길로 백 재상에게 가기 위해 몸을 돌렸다. 오늘 아침 있었던 조례에서도 입을 꾹 다문 채 재상이란 자만이 있을 수 있는 곳에 서서 홍 재상과 언쟁을 하던 그를, 황제는 그저 지켜만 보았다.

"하, 하하……."

자신의 딸의 눈을 멀게 만든 자가, 바로 그녀의 아비였음을 알게 된 그는 실성한 듯 웃음이 터져 나왔다.

멀어져 가는 황제와 려운의 뒷모습을 바라보던 리아는 그 자리에서 털썩 주저앉았다.

자신으로 인해, 곧 황궁은 핏빛으로 물들어 갈지도 몰랐다. 그리고 황제 폐하께 다시 문초당하기 전에 죽음을 면치 못할 수도 있었다.

하지만, 이렇게라도 해서……. 황후마마의 한을 누군가 알게 되었다고 생각하니 다행이었다.

또르르 흘러내린 눈물이 리아의 손등을 적셨다.

"폐하. 부디……. 모든 것을 밝혀내시고, 황후마마를 찾아주십시오."

*   *   *

"얍!"

탁―! 휘리릭―

"이런."

"이제 그만 항복하시지요."

황후가 은후의 목검을 쳐서 멀리 날려 버렸다. 그리고 은후의 목에 자신의 검을 가져다 대며 여유롭게 웃는 그녀였다.

순간 검을 손에서 놓쳐 버린 은후는 당황한 표정을 지으며 아랫입술을 물었다.

이 여인과 함께 있는 시간이 너무도 즐거웠다. 해야 할 일을 망각하고 제운객주에만 박혀 있을 만큼.

아무것도 묻지 않고 딱 이대로라면 좋을 것 같다고 생각할 만큼. 더도 말고 딱 이 상태로만 머물러 있고 싶었다. 그래서 그녀가 황후라는 사실을 알고도 모른 척했다.

되려 그 자신이 그녀의 정체를 알고 있다는 것을 숨기기 위해 끊임없이 노력했다.

　백 재상의 연통을 기다리며 꽤 오랜 시간을 보냈다. 오랫동안 백 재상에게서 기별이 오지 않았는데도 황후는 조급해하지 않았다.

　그것이 의아하긴 했지만 그동안 황후는 말없이 정말로, 수련을 해 왔다.

　그리고 그녀의 뜻대로 점점 더 강해지고 있었다. 몸뿐만 아니라 마음도 강해졌다. 모든 사실을 알고 난 뒤 앓았던 시간이 짧지는 않았지만 땀 흘려 몸을 혹사시키면서 점차 적응해 갔다.

　그래서 그런지 이젠 은후 자신을 넘어선 청출어람의 경지를 이루어내고 있는 것 같았으나…….

　"으윽!"

　은후가 갑자기 배를 움켜잡고 무릎을 굽혀 앉았다. 그러자 황후는 걱정스러운 얼굴과 함께 목검을 떨구고 자신도 무릎을 굽혀 은후의 상태를 살폈다.

　"왜 그러십니까?"

　"아직 어림없습니다."

　"……!"

　은후는 그 틈을 놓치지 않고 재빨리 일어서 황후가 떨어뜨렸던 목검을 그녀의 흰 목에 겨누었다.

　"픕……."

　황후가 당했다는 듯 웃음을 터뜨렸다. 그리고 어깨를 으쓱하며 이제 어쩔 작정이냐는 듯 팔짱을 꼈다.

"언제나 방심해서는 안 되는 것이, 무인이 잊어서는 안 될 첫째 수칙입니다."

은후는 검을 황후에게 쥐어 주며 밝은 미소를 지었다. 황후는 예쁘게 휘어지는 은후의 눈웃음에 가슴이 떨려오자 고개를 돌렸다. 그리고 가까스로 마음을 가다듬은 뒤 검을 쥐곤 붉은 입술을 움직였다.

"아직도 도성에 금위군들이 깔려 있습니까."

"예. 금위군들이 지나가는 여인들을 하나하나 확인할 만큼 도성에 빼곡하다 합니다. 떠도는 소문으로는 천나라의 황후가 사라졌기 때문이라고 하더군요."

은후는 문득 황후를 살짝 떠보듯 그녀의 반응을 살폈다.

"……!"

그러나 황후는 애써 아무렇지 않은 척 마른 입술을 적셨다. 그리고 흘러내린 땀을 닦아내며 시선을 다른 곳으로 돌리곤 낮게 말했다.

"천나라의 황후가 사라지다니. 그것 참 통탄할 일입니다. 대체 무엇 때문에 황후가 황궁에서 도망쳤을지…… 궁금해지네요."

허공을 응시하며 쓴웃음을 짓는 그녀였다.

"천나라의 황후가 사라졌다는 말을 믿으십니까. 하긴, 황제의 금위군들이 달포 동안이나 도성에 깔린 것을 보면 허튼소리도 아닌 것 같긴 합니다. 헌데 어찌하여 갑자기 천나라 객주들을 뒤지고 다니는 것일지 의문입니다."

은후는 서서히 그녀를 파고들기 시작했다. 자신이 그녀의 정체를 알고 있다고 말하기보다, 또는 그 사실을 자신에게 들켜 버리기보다, 황후가 직접 말해 주길 바라는 마음에서였다. 그러는 편이, 서로에게 조금 더 편한 길인 것 같았다.

이해해 줄 수 있었으니까. 말없이 그녀를 끌어안고 받아들일 수 있었으니까.

은후 자신은 이미 마음고생과 생각 정리는 마쳤으니, 그녀는 마음의 짐을 털어놔 주기만 하면 되었다.

그러나 황후는 그런 은후의 마음을 모른 채, 황제가 객주를 뒤지고 있다는 말에 사색이 된 표정을 지었다.

'벌써 내가 객주에 있다는 것을 알아챈 건가. 허나 어떻게…….'

그때, 은후에게 객주 차인이 다가와 말했다.

"마마, 아차…… 행수님. 백영호란 자에게서 기별이 왔습니다."

"……!"

황후의 눈이 번쩍 뜨였다. 생각이 많아질 때마다 황후는 객주의 후원으로 나와 달빛의 정기를 받으려 검을 휘둘렀다.

수련을 하면서 잡념을 지우고, 또 자신이 알게 된 눈의 비밀을 가지고 어떻게 아버님을 만나야 할지 생각하고 또 생각했다.

어떻게 해야 아버님에게서 진실을 들을 수 있을지에 대해 집중했다.

결국 그녀는 더 이상 자신을 숨기지 않기로 했다. 모든 것을 알게 된 이상 점쟁이와 아버님, 그리고 자신이 삼자대면을 하는 것이 가장 확실한 방법 같았다.

이미 알고 왔으니, 거짓말을 가려낼 수 있었다. 그리고 최후의 수단으로…… 그 둘에게 검을 겨누고 그들의 목을 옥죄어 모든 것을 토해내도록 할 작정이었다.

"지금 당장, 백영호의 사가에 가 보겠습니다."

황후는 발을 한 걸음 내디뎠다. 그리고 그녀의 곁을 따르며 말하는 은후였다.

"제가 함께 가지요."

"안 됩니다. 저 혼자 가겠습니다."

"저와 한 약조를 잊으셨습니까. 제가 그대의 청을 들어주는 대신, 무슨 일이든 함께 하기로 했습니다."

은후의 진지한 눈빛에 황후는 한숨을 쉬었다. 그리고 그의 팔을 붙잡으며 말했다.

"……제 마지막 청입니다."

어쩌면 황후란 자신의 정체를 알게 될 수도 있으니까. 그녀는 은후를 자신을 도와주었던 은인으로 기억 속에 남기고 싶었다.

이기적일지 모르지만, 가끔씩 그를 바라보며 두근대는 심장은 무시할 수 없었지만…….

언젠가 그에게서 멀어져야 했다.

은후는 황후가 붙잡은 자신의 팔을 바라보았다.

마지막 청.

이 여인의 말이 무엇을 뜻하는지 너무도 잘 알고 있어서, 그는 더 이상 반박할 수가 없었다.

그가 황후가 쥐고 있던 목검을 빼 들어 대신 들고는, 한 팔로 그녀의 어깨를 감싸고 객주 안으로 들어서며 말했다.

"그럼 그곳까지 데려다만 주겠습니다."

"허나……."

"금위군들 사이를 혼자서 빠져나갈 수 있다는 어리석은 생각은 마십시오."

여느 때와 달리 차가운 은후의 목소리에 황후는 입을 다물 수밖에 없었다.

이윽고 황후는 자신의 모습을 드러내기 위해 백 재상의 집으로 향했다.

너무나도 오래 걸렸다.

자신의 집에 발을 내디디기까지.

'아버님, 드디어…… 당신과 두 눈을 마주하게 되겠군요.'

서슬 퍼런 그녀의 눈빛이 머릿속 백 재상의 눈동자를 베었다. 붉은 그녀의 입술이 윗니가 짓누르는 힘에 의해 더욱 붉어졌다.

*　　　*　　　*

"아직 멀은 것이냐."

"공 태감의 말에 따르면 이 근처라 합니다."

두 눈에 힘을 준 채 주변을 둘러보던 려운이 말했다. 려운과 황제는 잠행 차림으로 밝은 대낮 길거리를 걷고 있었다.

주위를 경계하며 다녀야 함이 마땅했지만 황제의 눈에는 아무것도 보이지 않았고, 아무것도 들리지 않았다.

오로지 백 재상을 찾아 그를 족쳐내 그간 풀리지 않았던 실마리들을 모두 풀어내고 황후에 대한 단서를 찾을 생각만이 그의 머릿속에 가득했다.

백 재상을 궁 안으로 불러들여 문초하는 것은 꽤 위험하다는 판단이었다. 단순한 황제 알현이 아닌, 고문을 해서라도 알아내야 할 사실들을 홍 재상이 알게 된다면, 분명 차기 황후 책봉에 차질이 있을 거라 생각해 또 다른 일을 꾸밀지 몰랐다.

어쩌면 백 재상에게서 뭔가를 알아내기도 전에 그의 입을 막아 버릴지도 모르는 일이었다. 그건 아무리 황제라 해도 뒤에서 일어나는 일들을 모두 알 수는 없는 노릇이었다.

"폐하. 저곳인 듯합니다."

그리고 그때 백 재상의 집을 찾아낸 려운이 황제의 귓가에 속삭였다.

"저곳이…… 황후의 사가란 말이냐."

황제는 려운의 시선이 닿은 곳을 바라보았다. 그리고 미간을 좁힌 채 그곳을 향해 걸어가기 시작했다.

빠른 발걸음을 따라 그의 옷자락이 바람에 펄럭였다.

그리고 반대편에서 백 재상의 사가로 향하는 누군가의 발걸음을 따라서도, 같은 바람이 불고 있었다.

*   *   *

황후는 금위군들의 눈을 피해, 외진 길을 통하여 사가로 가기 위해 지나야 하는 저잣거리를 겨우 빠져 나오곤 깊은 숨을 몰아 내쉬었다.

"꽃이 참 예쁘게 피었습니다. 그동안 객주 안에만 있느라 후원에 핀 꽃들 외에는 길가의 꽃들을 보지 못했는데…… 이곳은 아직 봄의 끝자락에 머물러 있는 것 같습니다."

그리고 비교적 조용한 곳에 자리한 사가 근처에 다 왔을 때 즈음, 문득 길가에 핀 꽃들을 바라보며 말한 것이었다.

"이번에는 정체를 숨기지 않으실 생각인가 보군요."

조용히 황후의 뒤를 따르던 은후가 나지막이 물었다.

그러자 황후는 머리 위를 덮어 얼굴을 감싸고 있던 겉옷을 걷어내 어깨에 걸치며 답했다.

"생각보다 때가 빨리 온 탓이지요."

황후의 대답에 은후는 전에 자신이 황후와 한 약조를 떠올렸다.

─때가 되면 모든 것을 알게 되실 것입니다.

─약조해 주십시오. 그대가 말하는 그 때 이후로 내가 묻
는 말에, 한 치의 거짓도 없이 답해 주겠다고.

그 때가 벌써 온 것이었나. 은후는 자신의 손에 쥐고 있던 월
이란 꽃을 놓아 주어야 할 때가 왔음을 운명처럼 직감했다.

"긴장을 풀라는 의미에서, 제가 아주 재미있는 이야길 하나 해
드릴까요."

이윽고 그가 애써 밝은 미소를 지으며 문득 이야기를 하나 꺼
내었다.

마지막일지도 모를…… 한 치의 거짓도 없는 그녀의 답을 듣
기 위해.

"이야기라니요."

은후는 대답 대신 고개를 갸웃하는 황후의 옆으로 다가와 나
란히 걸으며 이야기를 시작했다.

"어느 만월의 밤, 무심코 길가에서 마주친 꽃을 꺾어든 한 사
내가 있었습니다."

"……?"

"꽃 위를 비추던 너무 아름답고도 환한 달 때문에……."

그리고 문득 그는 월을 지그시 바라보았다. 그리고 애틋함이
가득 담긴 미소와 함께 말을 이었다.

"밤잠을 못 이루던 사내는, 그 달빛이 너무나도 좋아서 그 달

을 바라보고 또 바라보았습니다."

"꽃과 달이라. 생각만 해도 아름다운 것들입니다."

황후가 작게 웃으며 은후의 이야기에 귀를 기울였다. 그리고 다음 이야기를 가만히 기다렸다.

"그런데 어느 날 그 사내는 자신이 달에게 연정을 품고 있다는 것을 알아채⋯⋯"

"잠시."

'꽃⋯⋯. 밤잠⋯⋯. 연정⋯⋯.'

문득 낯설지 않은 단어들이 황후의 기억 속에 떠오르기 시작했다. 황후는 발걸음을 멈추고 한 손으로 자신의 이마를 짚었다.

마치 전에도 누군가와 이런 대화를 나누었던 것 같은 기분이 들었다. 오랫동안 잊고 있던 무언가가 망각의 벽을 뚫고 떠오르려고 하자, 머리가 깨질 듯이 아파 왔다.

"⋯⋯!"

희미한 기억의 안개 사이로 누군가의 얼굴이 스쳐지나갔다. 그리고 낯익은 목소리가 귓가에 울렸다.

─뭇 수많은 사내들을 밤잠 못 이루게 할 만큼의 미색을 지녔구나. 사랑을 해 본 적은 있느냐? 아니면 현재 연정을 품고 있는 자라도?

─사랑에 대해선 잘 모릅니다. 여인에게 사랑은 사치라

고 들었기에 해 본 적도, 해 볼 마음도 갖고 있지 않지요.

황후의 눈빛이 흔들리기 시작했다. 한 해 전. 이맘때 즈음이었다. 사가 근처를 지나다 길가에 핀 꽃을 구경하고 있던 자신에게 누군가 다가와 말을 걸었다. 그리고 그 목소리는 눈이 멀었을 적, 황궁에서 자주 들었던 목소리였다.

'누구지.'

"왜 그러는 것입니까."

은후가 이마를 짚고 있는 황후의 손을 내리며 그녀를 바라보았다. 그의 맑은 눈동자가 그녀를 물끄러미 응시하고 있었다.

불안한 표정으로 기억 속 목소리의 주인을 생각해 내려 애쓰던 황후는 은후의 얼굴이 시야를 메우자 곧 정신을 차렸다.

"아닙니다."

그리고 그녀는 다시 발걸음을 떼기 시작했다. 여전히 어딘가 의아한 느낌을 지울 수가 없었지만, 지금은 그보다 더 중요한 일이 있었다.

앞으로 마주하게 될 아버님과의 기 싸움을 위해서는 더욱더 정신을 집중해야 했다.

그래야만 황궁에서 도망친 나약한 천나라의 황후가 아닌, 아버님과의 진실한 대화를 원하는 딸로서 그의 앞에 나타날 수 있었다.

이야기를 끝맺지 못한 은후는 아픈 미소를 지었다. 마지막으로 묻고 싶었다. 그대는, 그 사내를 바라보던 달로서…… 나를 어떻게 생각했느냐고.

영문을 모르는 황후는 은후의 이야기 덕분에 잠시간 가셨던 긴장감이 다시 몸 전체를 휘감는 것을 느꼈다.

그리고 그것을 이겨내려는 듯 어금니를 꽉 문 채 아버님을 만날 시간이 가까워졌음을 상기시켰다.

이제 조금만 더 가면, 집이었다.

눈물을 머금고 돌아서야 했던…… 자신의 집.

은후와 월은 사가의 돌담 벽을 따라 중심에 위치한 대문을 향해 걸어갔다. 그리고 그 순간─

반대편에서 걸어오던 낯선 그림자가 그녀의 발 앞에 드리워졌다.

누군가와 눈을 마주친 월의 눈동자가 중심을 잃고 거세게 요동치기 시작했다.

황후와 한 사내의 사이로 분홍빛을 고이 간직한 벚꽃 잎들이 흩날렸다.

늘 시리게만 느껴졌던 춘풍이, 얼어 있던 둘의 뺨을 어루만졌다.

"황후……?"

그렇게 다시, 눈이 보이지 않았던 차가운 그녀와…… 사랑 따위 메말랐던 차가운 그가 마주 보고 섰다.

봄바람에 둘의 머리카락이 부드럽게 휘날렸다. 황후의 코끝에 은은한 솔잎 향이 감돌았다.

그리고 그 솔잎 향의 끝엔, 언제나 그가 있었다.

"황제 폐하……."

황후는 자신이 꿈을 꾸고 있는 것은 아닐까, 눈앞의 그에게는 들리지 않을 만큼 작은 목소리로 그를 불러보았다.

'어찌하여 당신이 이곳에 있는 것입니까.'

'그대가, 정녕…… 황후가 맞는 것이오?'

황제는 자신이 꿈을 꾸고 있는 것은 아닐까, 자신의 앞에 서 있는 황후에게 점점 더 가까이 다가갔다.

제발, 연기처럼 사라져 버릴…… 허상이 아니기를.

그리고 이내 손을 뻗어 황제는 조심스럽게 황후의 뺨을 어루만졌다.

"폐하……."

황후는 그의 손길이 닿자마자 눈물이, 불현듯 터져 나왔다.

그의 곁을 떠날 땐 언제고, 그가 찾을 수 없는 곳으로 숨을 때는 언제고…… 그를 보자마자 멍하니 그 자리에서 발이 묶여 버렸다.

뜨거운 눈물이 황후의 뺨 위 황제의 손가락을 적셨다.

"……!"

이윽고 이 모든 것이 꿈이 아니었음을 느낀 황제는 거칠게 자신의 품 안으로 황후를 끌어안았다.

"……!"

그의 품에 안긴 황후의 두 눈이 커졌다.

절대 놓치지 않겠다는 듯 힘주어 그녀를 안은 그의 어깨가 가늘게 떨렸다.

"이젠 아무 데도 못 가."

그리고 그는 그녀를 더욱 세게 안아 단단한 자신의 가슴에 밀착시켰다.

이내 깊은 곳에서 토해낸 황제의 뜨거운 숨결이 그녀의 귓불에 닿았다.

"다시는…… 놓치지 않을 테니까."

〈다음 권에 계속〉

"려운아. 앞으로 이곳에서 함께 살게 될 네 누이다."

"예……?"

어느 날 갑자기 나타난 누이. 불현듯 다가온 한 떨기 여린 꽃은, 얼떨결에 새로운 가족을 맞이하게 된 그의 넋을 앗아가 버렸다.

"연화라 합니다. 오라……버니."

연화라는 아이는 크고 맑은 눈으로 려운을 바라보고 있었다. 문득 연화와 두 눈을 마주쳐 버린 려운은 어두운 표정으로 말없이 몸을 돌렸다.

그리고 그녀를 등진 채 저벅저벅 걸어가며 실소를 터뜨렸다.

"오라버니라."

얼마 전에 돌아가신 어머니 때문에 그렇잖아도 마음이 복잡했다. 그리고 나타난 배다른 누이. 너무도 갑작스러워 어떻게 받아들여야 할지 감조차 잡히지 않았다.

왜 이제야 저 아일 집안으로 들이신 것인지, 저 아이의 어미는 누구인지 자신에게 아무런 언질도 주지 않은 채 잠자코 받아들이라는 아버지의 눈빛도 이해할 수 없었다.

그래서 처음 며칠간은 그 아일 보았어도 보지 못한 척, 혹여나 눈을 마주쳤어도 곧바로 시선을 피해 버렸다.

그것이 얼마가지 못했다는 것이 흠이긴 했지만.

*　　*　　*

쉭— 쉭, 쉭—

검이 허공을 가르는 소리가 사가 후원에 울려 퍼졌다.

려운은 여느 날과 다름없이 검술 수련을 하고 있던 중이었다.

마치 검과 한 몸이 된 것처럼 능수능란하게 검을 휘두르는 그의 모습은, 아직 앳된 사내라기엔 너무도 강인해 보였다.

그는 대대로 황실일가를 호위하던 가문의 장자답게 일찍이 검술에 소질이 있었다. 그래서 현 황제 또한 려운을 세 황자들 중 한 명의 호위무사로 점찍어 둔 상태였다.

이윽고 마지막으로 검을 휘두른 려운의 칼끝이, 절도 있으면서도 부드럽게 아래로 떨어졌다.

"후."

려운의 이마에서 굵은 땀방울이 흘러내렸다. 려운은 가쁜 숨을 내쉬곤 검을 들어 칼집에 집어넣었다.

짝짝짝—

그리고 그때, 불현듯 그의 귓가에 낯선 소리가 들려왔다.

"……?"

려운이 주위를 둘러보며 미간을 좁혔다. 이내 그의 시야에 달갑지 않은 한 사람이 들어왔다.

"넌……."

"오라버니께서 검을 휘두르는 모습은, 언제 보아도 정말 멋집니다."

연화가 싱긋 웃으며 말했다.

언제부터 보고 있었던 건지. 검술 수련에 너무도 집중을 한 탓이었을까. 연화가 자신을 보고 있었다는 것을 어리석게도 눈치채지 못했다.

려운은 이마를 타고 흐르는 땀방울을 스윽 닦아내곤, 아랫입술을 물었다. 그리고 늘 그래 왔던 것처럼 말없이 연화를 지나쳐 저벅저벅 걸어갔다.

"오라버니, 혹 저 때문에 수련에 방해를 받으신 것입니까?"

그러나 연화는 그의 싸늘한 반응에도 아랑곳 않은 채 려운을 쫓아가며 물었다. 그리고 그런 연화가 귀찮다는 듯, 려운은 못 들은 척 계속 앞으로 걸어갔다.

"오라버니, 저도 검술을 가르쳐 주시면 안 될까요?"

"……."

"오라버니, 혹 너무 힘이 드셔서 제 물음에 답을 못 해 주시는 것입니까?"

"……."

"오라버니."

"너!"

려운이 우뚝 멈춰 서서 그녀를 돌아보았다. 두 눈을 차갑게 뜬 그는 한동안 연화를 가만히 응시했다.

이 아일 딱히 싫어하는 건 아니었다. 싫어할 연유도 없었다. 그저, 아직은 정도 없고 낯설 뿐.

"대답을 해 주시는 것을 보니 딱히 힘이 드신 건 아닌가 봅니다."

그런 려운의 속을 아는지 모르는지, 연화는 해맑게 웃으며 그를 바라보고 있었다.

이내 려운이 옅은 한숨을 쉬며 말했다.

"너는 내가 좋으냐."

그의 물음에 연화는 입가에 미소를 띤 채 고개를 끄덕였다.

예쁘게 휘어진 연화의 눈을 마주한 려운은, 그녀를 물끄러미 바라보았다.

그는 어쩐지 이 아일, 누이로서 받아들이게 될 것 같은 예감이 들었다.

　　　　　*　　　　　*　　　　　*

　달빛이 훤히 보일 만큼 어두운 밤이었다. 낮에 수련을 하지 못해 혹여나 몸이 굳을까, 려운은 가볍게 검을 휘두르고 있었다.

　그리고 그런 려운의 앞에 연화가 조심스럽게 다가와 물었다.

　"오라버니, 제가 급히 살 것이 있어 저자에 가 보아야 하는데 밤길이 너무 어두워 두렵습니다. 혹 같이 가주시면……."

　"난 지금 수련을 해야 해서."

　려운은 짤막하게 대답하고는 다시 검을 휘둘렀다. 연화는 그럴 줄 알았다는 듯 한숨을 쉬고는 그에게서 돌아섰다.

　려운은 신경 쓰지 않는 척하면서도 그런 연화를 흘끗 바라보았다. 그러나 이내 신경 쓰지 말자는 듯 다시 검술 수련에 집중했다.

　　　　　*　　　　　*　　　　　*

　"하아……."

　결국 연화는 두 눈을 질끈 감고 어두운 밤길을 걸어 저잣거리로 들어섰다.

　밤에 혼자 가는 것이 두려웠던 건 칠흑 같은 어둠 때문이기도 했지만 혹 도적이나, 먹잇감을 노리며 길거리를 배회하는 사내 무리들을 만날지도 몰라서였다.

시녀 아이와 함께 와도 되었으나 이미 잠들어 있던 아이를 깨우고 싶지는 않았다. 그래서 고민을 하던 중, 아직 자지 않고 있던 려운을 보았고 같이 가 달라 청했던 것이었다. 비록 보기 좋게 거절당해 버렸지만.

그러나 연화는 그를 원망하지 않았다. 그녀도 려운이 자신을 그다지 좋아하지 않는다는 것을 아는 데다, 그 연유도 어렴풋이 이해하고 있었기 때문이었다.

초저녁이었다면 와자지껄했을 저자는 한밤중이 되니 고요했다. 아직 장사를 접지 않은 곳들의 등불이 환하게 켜져 있었다. 덕분에 긴장감과 두려움이 조금 가시자, 연화는 자신도 모르게 안도의 한숨을 내쉬었다. 그리고 곧장 책방이 있는 곳으로 향했다.

다행히 책방은 아직 문을 닫지 않고 있었다. 연화는 그곳에서 서책 한 권을 품에 안고, 행복한 표정을 지으며 나왔다.

그러나 문제는 다시 그 어두운 밤길을 걸어가야 한다는 것이었다. 저자를 밝히던 등들도 하나둘 꺼져가고 있었다.

"괜찮아. 혼자 갈 수 있어."

연화는 다시금 두 눈을 질끈 감았다 떴다. 그리고 한걸음, 한걸음 내딛기 시작했다.

이윽고 그녀는 올 때와 마찬가지로 최대한 빠르게 걸었다. 그러나 그런 연화의 앞에 어두운 그림자가 서서히 다가오기 시작했다.

"이야, 어여쁜 아씨네."

"어찌 고귀하신 아씨께서 이 오밤중에 혼자 다니실까."

"그러게 말이야."

그들은 무리를 지어 다니는 왈패들로, 이 근방을 어슬렁거리고 있던 중이었다.

연화는 자신의 우려가 현실로 드러나자, 겁에 질려 어쩔 줄을 몰라 하고 있었다. 막연히 생각했던 두려움이 사실이 되었기에 더욱 당황한 그녀였다.

그러나 그녀는 곧 정신을 똑바로 차려야 한다는 생각을 하며 침을 꿀꺽 삼켰다. 그리고 서책을 꼭 안은 채, 그들을 무시하고 앞으로 걸어 나갔다.

"이런, 이런. 그냥 가면 재미없지."

왈패들은 킬킬 웃으며 연화의 앞을 가로막았다. 연화가 긴장감이 잔뜩 어린 얼굴로 그들을 바라보았다. 그들은 재미있다는 듯이 이를 드러내며 웃고 있었다.

"어디 그 고운 얼굴 좀 한번 만져볼까. 이런 기회가 흔치 않으니."

왈패들 중 대장인 듯한 사내가 연화의 뺨을 향해 손을 뻗었다. 그리고 그때, 곁에 있던 다른 사내가 말했다.

"그보다 우리 소굴로 데려가는 건 어때."

"그래, 그게 좋겠군."

대장인 듯한 사내는 아쉽다는 듯 씩 웃고는 손을 거두었다. 그리고 그녀를 데려가기 위해 그녀의 팔을 잡아당기는 그였다.

"이거 놔!"

연화는 절대로 끌려가지 않기 위해 안간힘을 쓰며 버텼다.

"가만히 따라오면 다치지 않게는 해 주지."

그러나 워낙 강한 사내의 힘을 그녀가 이길 재간은 없었다. 연화는 두려움에 가득 찬 얼굴로 계속해서 버티며 소리쳤다.

"거기 누구 없어요? 제발 저 좀 살려 주세요. 제발……."

"그 손, 놓지 못하겠느냐."

그리고 그 순간, 누군가 어둠속에서 나타났다. 낮은 목소리와 함께 모습을 드러낸 사람은 다름 아닌 려운이었다. 려운은 그 어느 때보다도 매섭고, 차가운 눈빛으로 연화와 왈패 무리들을 응시했다.

"오라버니!"

려운을 알아본 연화가 긴장이 풀린 듯 눈물을 쏟아내기 시작했다.

"오라버니? 네놈이 이 아씨의 오라비란 말이냐?"

연화의 팔을 잡고 있던 사내가 피식 웃으며 물었다. 그러자 려운은 날카로운 눈빛으로 사내를 응시하며 저벅저벅 다가왔다. 그리고 사내와 연화의 앞에 멈추어 섰다.

려운이 사내가 잡은 연화의 팔을 물끄러미 바라보았다.

"그래. 내가 이 아이의 오라비다."

그리고 낮은 한마디와 함께 사내의 팔을 턱, 잡고 힘을 주어 뒤로 꺾어 버렸다.

"으아아아아!"

갑자기 팔이 꺾여 버린 사내는 비명과 함께 연화의 팔을 놓았고, 연화는 그와 동시에 재빨리 려운의 뒤로 달려갔다.

"뭐하고 있어! 당장 죽여 버려!"

이윽고 팔을 부여잡은 사내가 곁에 있던 다른 사내들을 향해 소리쳤다. 그러자 상황을 지켜만 보고 있던 다른 사내들은 엉거주춤 그에게 덤벼들 태세를 취하기 시작했다.

"어디, 덤벼 보아라. 대신 목숨을 구걸할 땐, 이미 늦었다는 것을 잊지 말아야 할 것이다."

려운이 여유롭게 웃으며 말했다. 그러나 사내들은 콧방귀를 뀌며 곧바로 려운에게 달려들었다.

그러나 얼마 뒤.

"제발 살려만 주십시오."

"죽을죄를 지었습니다. 제발 살려 주세요."

"아씨, 제발 용서해 주십시오."

왈패들은 무릎을 꿇고 앉아 려운과 연화의 앞에 싹싹 빌고 있었다. 려운은 뒷짐을 진 채 그들을 가소롭다는 듯 바라보며 말했다.

"목숨을 구걸해도 소용없을 거라 했을 텐데."

"제발요. 제발……. 살려만 주시면 뭐든지 다 하겠습니다."

왈패의 대장인 듯한 사내가 두 손을 모아 간청했다. 려운은 고개를 돌려 연화를 바라보았다. 어찌 할까, 라고 묻는 눈빛이었다.

연화는 이제 그만 되었다는 듯 고개를 저었다.

바보 같을 정도로 착한 녀석. 려운이 미간을 좁혔다.

"그럼, 이제 그만……."

결국 그가 사내들을 보내주려던 찰나, 연화가 려운의 팔을 붙잡았다.

"잠시만요, 오라버니."

이내 연화는 의미심장한 얼굴로 아까 자신의 팔을 잡았던 그 대장 사내에게 다가갔다.

"이건……."

그리고 줄곧 들고 있던 책으로 사내의 머리를 내리치며 말했다.

"내 몫이다."

그녀의 당돌한 행동에 려운이 잠시 멍하니 연화를 바라보았다. 그러더니 피식, 웃음을 터뜨리는 그였다. 무방비 상태에서 서책으로 머리를 얻어맞은 사내는 그 자리에서 옆으로 고꾸라졌다. 려운은 다시금 그들을 바라보고는 낮게 말했다.

"다신 이 근방에 나타나지 마라. 다시금 서책으로 두들겨 맞기 싫다면."

려운의 입가에서 보일 듯 말 듯한 웃음이 묻어났다.

*　　　*　　　*

"서책을 사러 이 밤중에 저자를 갔다는 말이냐."

집으로 돌아가는 길을 려운과 연화가 나란히 걷고 있었다. 지나다니는 이 없는 고요한 길가 위에서는 둘의 자박거리는 발소리만이 들려올 뿐이었다.

려운의 물음에 연화가 어색한 미소를 지으며 답했다.

"주인장이 제게 오늘까지 오지 않으면, 다른 이에게 팔 것이라 한 것이 갑자기 생각났습니다."

"단지 그것 때문에?"

"단지 그것 때문이라니요. 다른 이에게 팔리면 사고 싶어도 사지 못합니다."

연화는 뿌듯하다는 얼굴로 품에 안고 있던 서책을 바라보았다. 이 대책 없는 아이를 어찌 해야 할까. 려운은 기가 차다는 듯 짤막한 숨을 내쉬었다.

"헌데 오라버니께선 무슨 연유로 나오신 것입니까? 설마 제가 걱정되어서 나오신 것입니까?"

문득 연화가 밝은 표정으로 물었다.

"그건……."

려운이 입술을 잘근 문 채, 머뭇거렸다.

신경 쓰지 않으려고 했다. 허나, 지금은 어두운 밤이었다. 결국 여인인 연화를 혼자 보내는 것이 아니었다고 생각하니…… 도저히 신경을 쓰지 않을 수가 없었다.

갈까, 말까 고민을 수십 번도 더 했지만 결국 머리를 헝클어뜨리며 집밖을 나선 그였다.

"허면 그저 우연이었던 것입니까."

그가 한동안 아무런 대답도 해 주지 않자, 연화는 실망한 기색이 역력한 얼굴로 중얼거렸다.

려운은 이번에도 침묵을 유지할 뿐, 저벅저벅 걷기만 했다. 연화는 입술을 삐죽이며 그에게서 무언가를 기대한 자신이 바보라는 듯 한숨을 내뱉었다.

그리고 문득, 그녀의 귓가로 솔직함이 묻어난 목소리가 들려왔다.

"······생각을 해 보아라. 내가 이 늦은 밤에 무엇을 하려고 밖에 나왔겠느냐."

연화는 자신이 방금 잘못 들은 것은 아닌지 려운을 뚫어져라 쳐다보았다. 그리고 그가 한 한마디를 곱씹어 보는 그녀였다.

이내 연화의 얼굴에 환한 미소가 번졌다

"그럼 오라버니. 이제 진짜 제 오라버니가 되어 주신 것, 맞죠?"

"뭐?"

"아까 그러셨잖아요. '그래. 내가 이 아이의 오라비다.'라고."

연화가 려운이 했던 말을 떠올리며 어여쁜 미소를 지었다.

내가 왜 그랬을까. 려운은 괜스레 붉어지는 얼굴에 단호하게 고개를 저었다.

"그런 적 없는데."

그때는 그저 그 못된 녀석들이 연화를 범하려 했다는 생각에 화가 났을 뿐이었다. 그저, 누이를 감히 데려가려 했던 그 녀석들을 가만두지 않으려⋯⋯.

'누이?'

려운이 말없이 두 눈을 깜박였다. 연화의 말대로, 어느 순간부터 자신은 연화를 누이로 받아들이고 있었던 걸까. 그는 '누이'라는 단어를 낮게 읊조렸다.

"분명 그러셨습니다. 제가 똑똑히 들었으니, 발뺌하셔도 소용없어요."

"네가 잘못⋯⋯"

"오라버니가 오셔서 제가 얼마나 기뻤는지 아십니까? 오라버니가 없었다면 저는⋯⋯."

연화가 상상하고 싶지도 않다는 듯 두 눈을 감았다. 너무도 절박했던 순간, 어둠속에서 나타난 려운의 모습을 그녀는 아직도 잊을 수가 없었다.

려운은 더 이상 아무 말도 할 수가 없었다.

부정해 보았자, 연화가 있는 곳에서 말한 것은 사실이었다. 다만 그 자신도 왜 그리 말했는지 이해할 수 없을 따름이었다.

그러나 만일 자신이 그 자리에 없었다면, 연화는⋯⋯ 어떻게 되었을지 모르는 운명이었다.

연화를 찾으며 마음을 졸이고, 혹시라도 그 아이가 잘못되진 않았을까 불안함에 식은땀이 흘렀던 것을 보니 아주 거짓말을 할 수는 없을 것 같았다.

려운은 결국 인정할 수밖에 없었다.

나는 너를 내 누이로 받아들이고 말았다고.

려운은 머리가 점점 지끈거려 오는 것만 같았다. 그러나 다행히 어느새 사가에 다다랐고, 려운은 도망치듯 안으로 들어서며 말했다.

"다 왔으니 어서 발 닦고 잠이나 자거라."

"칫. 안녕히 주무세요. 오라버니."

연화는 여전히 까칠한 려운이 밉다는 듯 입술을 살짝 내밀곤 자신의 방으로 향했다.

그때, 려운이 잊고 있었다는 듯 덧붙였다.

"밤에 혼자 돌아다닐 생각은, 이제 절대로 하지 말고."

"예……?"

연화가 뒤를 돌아 려운을 물끄러미 바라보았다. 려운은 옅은 한숨과 함께 말을 이었다.

"오라비 걱정시키지 말라는 뜻이다."

그리고 이내 옅은 미소를 지으며 유유히 사라지는 그였다.

* * *

"려운아. 안에 있느냐."

"누구……?"

그리고 어느 날. 밖에서 꽃을 한 아름 따온 연화가 마당에 서 있는 낯선 사내를 바라보며 물었다.

사내도 연화를 바라보곤 누구냐는 듯, 고개를 비스듬히 기울였다.

"너는 누구지."

"전, 홍연화라고 합니다."

"어인 일이십니까."

려운이 바깥으로 나와 사내의 앞에 머리를 숙였다. 그것을 이상하게 바라보던 연화는 얼떨결에 함께 머리를 숙였다.

"려운. 오늘 너와 같이 사냥을 나가고 싶어서 이렇게 달려왔다. 아바마마를 조르느라 좀 힘이 들긴 했지만. 네가 불편할까 봐 호위들도 최소한으로 데려왔다."

휘가 바깥에 세워둔 호위 둘을 가리키며 말했다. 얼굴에 뿌듯함이 가득한 그의 기분을 저하시키고 싶지는 않았지만, 려운은 고개를 저으며 대답했다.

"저도 그러고 싶지만, 오늘은 연화의 생일이라 종일 같이 있어주기로 약조를 했사옵니다."

"연화의 생일?"

"예. 전에 제가 말씀드렸던 제 누이입니다."

려운이 연화를 바라보며 말했다. 그러자 휘는 몸을 숙여 두 눈을 가까이 대고 그녀와 시선을 마주했다.

"네가 연화. 예쁜 이름이다."

휘가 빙긋 웃었다. 강인하고도 부드러운 그의 눈빛에 연화는 잠시 시간이 멈춘 듯 그를 가만히 응시했다.

그리고 자신도 모르게 손에 들고 있던 꽃 몇 송이를 떨어뜨리고 말았다.

"아, 이런."

연화가 놀란 눈으로 바닥에 떨어진 꽃들을 바라보았다. 그리고 자리에 주저앉아 그 꽃들을 집으려던 순간, 그녀의 손이 그 꽃을 집어 주려던 휘의 손과 맞닿아 버렸다.

"아……."

연화의 커다란 눈망울이 귀엽다는 듯 휘는 피식 웃으며 꽃들을 마저 집어주었다.

그리고 그 순간부터, 그녀는 알 수 없는 전율과 함께 빠르게 뛰는 심장박동을 느끼기 시작했다.

넋을 놓고 그를 바라보는 연화의 시선을 느끼지 못한 채, 휘는 마지막 꽃 한 송이를 연화에게 건네주면서 말했다.

"생일 축하한다. 연화야."

낮으면서도 부드러운 그의 목소리는, 연화의 귓가를 단번에 휘감아 버렸다.

*   *   *

"그분은 누구십니까?"

휘가 아쉬움을 뒤로하고 황궁으로 돌아가자, 배웅을 마치고 돌아온 려운에게 달려 나와 묻는 연화였다.

"그분은 이곳 천나라의 황태자마마이시다."

"정말요? 곧 황제가 되실 분이라는 것입니까?"

"그래."

려운이 무심한 말투로 대답했다. 연화는 꿈결처럼 지나간 휘를 떠올리며 나직이 말했다.

"그렇군요……."

그날 이후로부터 연화는 뭔가 할 말이 있는 듯 없는 듯 려운의 주위를 맴돌았다.

이따금씩 누군가를 생각하는 것처럼 하늘을 올려다보기도 하고, 멍하니 딴 생각에 잠겨 있기도 했다.

그것을 이상하게 여긴 려운이 어느 날 한쪽 눈썹을 치켜 올리며 물었다.

"요즘 따라 네가 이상한 것 같은데."

그의 물음에 연화가 오랫동안 뜸을 들였다. 그저 가슴에 담아만 두리라 했던 마음은, 점점 더 커지고 또 커져 버렸다.

그리고 그날, 려운은 잠을 이루지 못했다.

*　　　*　　　*

"왜 하필 휘인 것이냐……."

려운이 밤하늘을 올려다보며 나직이 탄식했다. 아무것도 모른다는 듯 밝게 떠있는 달이 야속할 뿐이었다.

연화만큼은 그저 아무 탈 없이, 평범하고 또 평범하게 그리고 행복하게 자라길 바랐는데.

늘 불안할 수밖에 없는 자리에 서있는 휘의 곁에 있고 싶다 말하다니.

그 누구보다도 해맑고 순수한 아이가, 온갖 더러움이 가득한 황궁에서의 삶을 꿈꾸게 하고 싶지 않았다. 아무리 권력을 가지고 모든 부와 권위를 가진다해도, 휘는 행복해 보이지 않았다.

더불어 황제란 자리는, 오로지 황후만을 생각할 수 없는 자리. 사내의 정을 바라는 여인에게는 너무도 가혹할 수 있는 자리였다.

그것을 너무도 잘 알고 있었기에 려운은 연화의 마음이, 더 이상 커지지 않기를 바랐다. 그저 한 순간의 지나가는 감정이길 바랐다.

그런 려운의 곁에 연화가 조심스럽게 다가왔다. 려운은 연화를 물끄러미 바라보았다. 연화는 머뭇거리듯 붉은 입술을 달싹이다 이내 입을 열었다.

"오라버니. 저희 가문이…… 천나라의 황제 폐하를 모셔온 가문이라 들었습니다."

려운은 그녀가 무슨 말을 하려는 것인지, 어렴풋이 눈치 챈 자신이 원망스러워졌다. 그래서였을까. 그는 쉽게 입술을 뗄 수가 없었다.

"오라버니……."

연화는 아무런 대답이 없는 려운을 슬픈 눈빛으로 바라보았다. 오라버니라면, 그분을 영원히 지켜 주실 수 있지 않을까. 자신이 다가갈 수 없는 분일지라도, 오라버니인 려운만큼은 그분을 지켜줄 수 있을 것 같았다.

"언젠가, 오라버니께서 누군가를 지키셔야 할 때가 오면……."

려운은 자신을 바라보는 연화의 시선을 느꼈다. 굳게 다문 그의 입술이 메말라 거칠어졌다.

연화가 마른 침을 넘겼다. 그리고 려운의 앞에 다가가 그와 두 눈을 마주치며 말했다.

"그분을 지켜 주세요."

*   *   *

천 우, 천 휘, 천 영 세 황제 중 천호영으로서 려운이 호위할 황제를 선택하는 날이었다.

이윽고 현 황제가 굳게 닫혀 있던 입술을 떼며 물었다.

"자. 이제 너의 선택만이 남았다."

"……."

"려운. 넌 세 황제들 중, 누구를 선택하겠느냐."

려운이 마른침을 삼켰다.

천 우. 천 영. 천 휘. 모두 그에겐 형제나 다름없는 벗들이었다. 언젠가 그 또한 셋 중 한 명을 선택해야 하는 순간이 오면 누구를 선택을 해야 할까, 늘 고민을 하고 있었다.

그리고 그 사이로 연화가 뛰어들었다. 천 휘는 자신과 나이 또한 같은 지라 더욱 각별하긴 했으나, 그렇다고 해서 그것이 무조건 적으로 천 휘를 선택해야 하는 연유는 아니었다.

누가 가장 현명하고, 어질며, 강인한 황제인지를 알아볼 줄 아는 혜안을 갖고, 그들을 지켜보고 선택해야 하는 문제였다.

그러나 그는 결국, 쓰라린 가슴을 삼켰다. 연화를 처음 보았던 그날을 떠올리면서.

'연화야. 네가 나의 누이만 아니었더라면…….'

그의 눈 밑이 어두워졌다. 가늘게 떨리는 입술이, 황제의 하문에 대한 답을 하기 위해 벌어졌다.

'나는 네 청을 받아들이지 않았을 것이다…….'

이윽고 그가 천 휘의 앞에 한쪽 무릎을 꿇고 머리를 조아리며 말했다.

"천나라의 황제 폐하를 모시겠습니다."

〈어느 호위무사의 이야기 끝〉